MUERTE
en el
MERIDIANO

CARLOTA SUÁREZ

MUERTE
en el
MERIDIANO

Editado por HarperCollins Ibérica, S. A.
Avenida de Burgos, 8B - Planta 18
28036 Madrid

Muerte en el meridiano

Diseño de cubierta: Lookatcia.com

ISBN: 978-84-10021-81-5
Depósito legal: M-31404-2023
Impreso en España por: BLACK PRINT

MIXTO
Papel procedente de
fuentes responsables
FSC® C159065

*Para el bizarro, capaz de crear verdades,
hacerlas suyas y morir por ellas*

El mal nunca queda sin castigo,
pero a veces el castigo es secreto.
AGATHA CHRISTIE

N

Playa de
Sotavento

Greenway
House

Pedrero

Colina
de
Hércules

Arenal de
Barlovento

Duna
Chica

Duna
Grande

Centro
Holístico

ISLA DE
SANTA LUCÍA

Playa
Brava

Festival de
El Meridiano

Santa
Lucía

Océano
Atlántico

Puerto
Salina

ISLA DE
EL MERIDIANO

(ISLA DE EL HIERRO)

Aeropuerto

Respiras. Sientes dolor. Será por poco tiempo. La muerte se presenta de súbito, tras la séptima ola.

Olas. Rompen con fuerza. Cerca, muy cerca. Puedes oírlas. Pronto dejarás de hacerlo. Aún estás viva cuando el hombre de las gafas se aproxima. Ha estado allí todo el tiempo. Sigue buscando al escultor.

Lo ves, a través de la sangre que corre sobre tu cara. Se agacha a tu lado. Por un momento, tienes la esperanza de que te socorra. Pecas de ingenua. Como tantas otras veces, en el pasado. Tantas tantas veces…

Él toma la piedra del suelo. Está teñida de rojo. Es tu sangre. No entiendes para qué la quiere. No entiendes por qué la mete en la bolsa. Cuando la oscuridad te engulle para siempre, sigues sin entender.

Embustera

Todo empezó con un adjetivo. El principio es siempre una palabra. Lo que no se dice no es, lo que no se escribe no está. Embustera.

Embustera, porque ya no queda kétchup en la nevera y el bote se compró esta mañana y el kétchup no desaparece solo y los seres mitológicos no existen. Echar la culpa a los trasgos es de niñas embusteras. Embustera.

Embustera, porque no has hecho los deberes de matemáticas y en lugar de confesar que has preferido terminar *Agnes Cecilia* a pelearte con los catetos, porque es mucho más divertida Maria Gripe que Pitágoras, te inventas una historia sobre ladrones que se llevan el televisor y los gemelos de oro de tu padre y tus deberes de mates. La profe no te cree y te acusa de embustera. Embustera.

Embustera, porque la culebra que nadaba entre tus compañeros de campamento era solo una culebra y no un bebé dragón y los dragones vuelan, pero no existen y las culebras existen, pero no vuelan. Embustera, porque fuiste tú quien sacó la culebra del río y la metió en la piscina. Y la niña de las trenzas casi se ahoga del susto. Embustera.

Me enviaron al despacho del director en más ocasiones de las que puedo recordar. Entonces, yo ya jugaba con el niño muerto, pero su boca solo estaba llena de dientes de leche, muy blancos y separados. También de los otros, que eran grandes y amarillos y estaban demasiado juntos. No había una sola mosca. Ni moscas, ni gusanos ni cuencas vacías, solo dientes. Dientes blancos y amarillos.

15

Hace tres o cuatro años, el exdirector de mi antigua escuela acudió a la presentación de uno de mis libros. No dejé pasar la oportunidad de corregirle. No él a mí, como entonces, sino yo a él. Maticé: la alumna a la que en tantas ocasiones sentaron frente a su mesa no era una embustera. La niña era —es— escritora. Don Pedro sonrió y asintió con la cabeza.

Envejecer me dio credibilidad. Cre-di-bi-li-dad. Doce letras, cinco sílabas. Tan absurdas, que dan risa. Concejales, ministros y políticos de toda índole y condición, sin ir más lejos, envejecen dando la mano a la mentira. Consumen vidas enteras, propias y ajenas, instalados en el embuste y dudo que sepan qué supone estar al otro lado de la mesa del director. No es su lado de la mesa.

Ahora, que vivo en la ficción y mi trabajo consiste en escribir mentiras y comerciar con ellas, soy más creíble que cuando solo describía el mundo tal y como lo veía. A pies juntillas, ni una mentira, ni un embuste. Y me acusaban de embustera.

I

Me despierta Bob Marley:

> *Get up, stand up (Stand up for your life),*
> *stand up for your rights (Stand up for your life).*
> *Get up, stand up (Stand up for your life),*
> *don't give up the fight!*

proponiendo que me levante «por mis derechos». Lo increpo por despertarme para perseguir una quimera. Elevo el tono. Casi grito. Le recuerdo que soy blanca, intelectual reconocida y europea.

No encuentro el teléfono. Cuando lo hago, ha dejado de sonar. La voz de Bob se apaga. No me molesto en mirar quién es.

Últimamente, he leído algunas biografías interesantes. Todas hablan de grandes mujeres, que canalizan sus emociones a través de la música. La mayoría son bailarinas. Algunas ya no están. Son, pero no están. Yo soy escritora y aún estoy. Estoy y escucho, pero no bailo. Pensándolo bien, tampoco escucho. Oigo. Asisto a interpretaciones ajenas. Nunca se me ha dado bien escuchar.

La sintonía de mi móvil cambia con frecuencia, casi al mismo tiempo que mi humor. Casi. La cronología exacta es: cambio de humor y cambio de sintonía, para compensar el desequilibrio anterior. Sencillo y práctico. Opté por el tema *reggae* tras un ataque de ira. Recurrí a Marley cuando llegó a mis oídos el nombre de la futura

17

ganadora del Premio Solsticio de Novela. Entre bambalinas literarias, esas cosas se saben. La afortunada será Catalina Fanta, una bloguera-*influencer* con apellido de refresco de los noventa que se niega a asumir que se acerca a los cuarenta. No asumir la edad de una es un mal muy extendido. Creerse escritora, por haber aprobado primero de primaria, también. Si sabes escribir, eres escritora.

Para mi desgracia, la bloguera y yo compartimos agente, un sesentón con implantes capilares y bronceado de cabina que lleva años con la agenda blindada. Me corrijo: lle-va-ba. Hasta que llegó ella y se metió en su cama. Lástima que Fernando Carriles no blindara también su braguera.

El aire es denso. Huele raro. Quizá deba de seguir el consejo de Bob y abandonar el sofá. Ventilar un poco esta pocilga. Quizá.

Es duro abandonar lo que yo entiendo como lectura de duelo.

Hago un triste amago de levantarme. Me dejo caer de nuevo. Mi cuerpo pesa. La novela no ha salido aún a la venta y ya estoy exhausta. No me cansa leer o escribir, sino todo lo demás. Lo que viene después del punto final me agota. Ferias, seminarios, presentaciones. Promoción. Ventas. Pesa.

Quien no acostumbre a navegar este mar de letras y artificio, no entenderá la importancia del halago de firma ilustre en la faja de un libro o de la presencia del autor en redes sociales, prensa, ferias y otros eventos literarios.

Aquellos que se conforman con disfrutar de la lectura y sienten por el libro adoración y respeto, estarían profundamente decepcionados si supieran que el reconocimiento de esas obras depende de lo premiadas que estén. Sin premios, muchos de los libros que han leído, releído y recomendado no habrían llegado a sus oídos. No habrían llegado a sus bibliotecas. No habrían llegado a reposar sobre sus mesitas. No.

Festivales, grupos editoriales, fundaciones, ayuntamientos…, cada uno se inventa unas bases, un jurado y, en ocasiones, una novela o ensayo digno de subirse al podio. Los premios son embustes. Premios inventados.

No es costumbre, digan lo que digan las bases mentirosas, elegir un libro ganador. Se elige un personaje, un autor. Un escritor que algunas veces, véase el ejemplo de Catafanta la bloguera, es también un ejemplo de ficción comercial.

Soy arte y parte de esta comedia.

Mi primer premio fue accidental. Llegó a mis manos porque las bases prohibían que se quedara desierto. Ciertas desavenencias entre los miembros del jurado, mientras discutían sobre la conveniencia de emitir o no el fallo que proponía la mayoría, fueron las responsables. En estos casos, a riesgo de que una decisión de esa índole pueda crear enemistades con editores o agentes de cierta relevancia, lo más oportuno es decantarse por un completo desconocido. Eligen no elegir. Yo, que entonces no era nadie, había enviado mi novela sin reflexión previa. Ignoraba los pasos básicos de aquella coreografía de escuálos de la narrativa. En esa ocasión, una entre mil, mi ignorancia tuvo premio. Pre-mio. Dos sílabas. Seis letras.

Fernando Carriles, el agente que sembró la discordia en aquel jurado, decidió sacar partido a su fracaso. Actuó por despecho. Después de que a su representado se le negara la posibilidad de sumar una línea al apartado «premios» en su prolijo perfil de Wikipedia, optó por ofrecer sus servicios a Nadie. Fui Nadie durante tres semanas; luego, me convertí en superventas. Empecé a escribir a tiempo completo por accidente.

En los ocho años siguientes, publiqué cinco novelas. Obtuve dos premios internacionales, cinco nacionales y un buen puñado de reconocimientos menores.

El número de lectores o ediciones es directamente proporcional a esos premios inventados, así que es fácil imaginar la alegría de mi editora, el entusiasmo de mi agente o la gratitud de Gabi, traductor al alemán de mi obra y lo más parecido a un amigo que tengo. Hay quien piensa que es injusto. Cuando se habla de literatura, no tiene el menor sentido mencionar a la justicia. Reflexionar sobre ello es inútil, improductivo e insano. In-.

Se han vendido más de cien mil ejemplares de mi última novela publicada. Las opiniones de los lectores son halagadoras, pero lo que llevó *Sótano de hielo* a los escaparates, bibliotecas y librerías fue que dos autores reconocidos a nivel internacional firmaron una breve frase-peloteo en la portada. Ayudó que un quisquilloso crítico literario la ensalzase en los medios y en sus redes sociales la misma semana que se puso a la venta.

A los generosos colegas que rubricaron su reconocimiento en obra ajena, la mía, y que también eran de mi editorial, de un modo u otro, tendré que devolverles el favor. En lo que respecta al crítico con capacidad de encumbrar o hundir, huraño y con cara de pocos amigos, como manda la tradición, escribe para medios de mi grupo editorial. Todo queda en casa.

Decimos a los lectores qué deben leer. Los convencemos de que apuestan sobre seguro. Ahorran tiempo. Evitan desilusiones. No entres en la librería, no fisgonees entre las estanterías. Indagar es malo. Si solo está a la vista el lomo, esa novela no es para ti.

Dejo de analizar una realidad demasiado simple. Sin levantarme del sofá, donde llevo durmiendo unas tres o cuatro semanas, veo que el reloj del microondas marca las doce del mediodía.

Siento la espalda agarrotada. Tengo el cuello dolorido. Mi apartamento es un caos que huele como una guarida de mofetas. Debería buscar el teléfono. Debería comprobar las llamadas. Debería. Nunca he sido de cumplir con mis deberes. Encontrar el teléfono entre los restos de comida rápida, papeles arrugados, libros y trapos difíciles de clasificar se me antoja misión imposible. Imposible e inútil, por otra parte. In-.

II

Me desperezo. Lo que empieza como un bostezo termina en una arcada al inhalar el hedor procedente de mi sobaco. En un acto de masoquismo, ahueco la mano delante de la nariz. Constato que mi aliento es un efluvio de alcantarilla. No recuerdo la última vez que me cepillé los dientes.

Le echo arrestos y me levanto, con la rigidez propia de una cuarentona malnutrida e inactiva. Una, dos, dos y medio, ¡tres! Subo la persiana de golpe, como quien despega un esparadrapo o una tira de cera. «Depilarme el sobaco».

La luz del sol se apodera de la sala. Miles de alfileres se me clavan en las sienes. Al mismo tiempo, unos molestos destellos en forma de medialuna se alojan en el lateral derecho de mi campo visual. Me convenzo de que estoy sufriendo un desprendimiento de retina. Sí, es eso. Seguro. Viviré atada a un bastón. Tendré que adiestrar a un perro. No me gustan los perros. Los detesto casi tanto como a las personas. Casi.

Quedarse ciega es lo peor que le puede pasar a una escritora. Y a una lectora. Y a un relojero. Quedarse ciega es un círculo del Infierno. Por suerte, sé leer braille. Estudié el alfabeto para invidentes hace unos años, antes de firmar el consentimiento informado para operarme de miopía. No dejé que el láser se me acercara un milímetro hasta que no fui capaz de leer *El Principito* en braille. No me gusta *El Principito*. Como tantos otros libros, está sobrevalorado, pero fue el único libro con puntos braille que pude conseguir.

Parpadeo varias veces, cierro los ojos durante unos segundos e intento respirar. Me tranquilizo cuando consigo enfocar la mirada en el regalo de despedida de mi último ex. Leo: «El ser humano es un animal social. Recuerda que eres parte de la tribu». Germán, que hizo la maleta tras dos semanas y media de sufrir mi ostracismo más absoluto, me dejó esta tarjeta a modo de recordatorio.

No puedo quitarle la razón. La tiene. En términos generales, la gente me resulta molesta. Cubro mi cupo de socialización sin salir de casa. Más difícil todavía, sin levantarme del sofá.

Converso a diario con muertos de todas las nacionalidades y con extranjeros vivos. Hubo un tiempo en el que leía también a los vivos nacionales, pero ya no me interesan. En el mejor de los casos, escriben mejor que yo; en el peor, venden diez veces más sin alcanzar ni de lejos mi calidad narrativa. Y se llevan todos los premios. Premios.

Dialogo a través de los libros. Nunca tuve predisposición para sufrir ese otro tipo de conversaciones que obligan a discernir, desgranar e interpretar. Todo sería más fácil si se usara la palabra como quien usa un destornillador o un martillo. «Hola» para saludar, «estás guapa» para halagar; el destornillador para poner y quitar tornillos, el martillo para clavar. Pero no es solo la palabra. Es el tono, el contexto, los gestos. Se me da bien leer «a». La comunicación gestual no es un secreto para mí, pero sí una chorrada. Y no tengo tiempo para chorradas. O sí, pero paso.

A través del cristal, observo la calle. Es como cualquier otra. Carritos de la compra y mochilas escolares; bolsas de deporte y maletines de piel; cochecitos de bebé y correas de perro. En esta ciudad, hay demasiados perros. Y demasiada gente.

Desde la marquesina del autobús, el actor de moda mira de reojo a los viandantes. Es quince años más viejo que yo. Protagoniza la mayor parte de las series que se ruedan en este país. Ha engordado para interpretar al jefe de *La organización*. A su lado, una veinteañera. Pómulos marcados, labios operados… Lo de siempre. No sé qué papel puede tener Barbie Malibú en una serie basada en la novela de Julián Manzano. Y no pienso averiguarlo.

Manzano escribió *La organización* el año pasado. No la leí. No tengo previsto leerla. Sé que trata del cártel de los Saltacharcos porque Gabi me lo dijo, después lo vi en la prensa. Luego, oí hablar de ella en el quiosco del barrio.

El mes anterior a que se publicase la novela, detuvieron al jefe de la organización. Al real, al de verdad, al que inspiró al escritor. Manzano saltó a los titulares y a los platós. Netflix compró los derechos.

Se escribieron cientos de artículos sobre el tema. Dos importantes productoras dedicaron a los narcos sendos reportajes de investigación. Se vendieron más de cuarenta mil ejemplares de la novela en las cuatro primeras semanas. El caso sigue abierto y el mes que viene se estrena la serie. Julián Manzano es un escritor con suerte. Y un capullo. La mayoría de los escritores lo son.

> *Get up, stand up (Stand up for your life),*
> *stand up for your rights (Stand up for your life).*
> *Get up…*

Bobby vuelve a llamar mi atención. Esta vez, puedo distinguir la pantalla iluminada del teléfono debajo de unos calcetines de color verde. Miro el rectángulo luminoso. Suspiro. Es Gabi.

Gabriel Alpide Lang. Español de nacimiento y corazón. Sobre todo, de corazón. Gabi es un blando. A los pocos días de cumplir los seis años, sus padres se separaron. Su madre, Casilda, se lo llevó con ella a Múnich. Casilda es alemana. Gabriel visitaba a su padre durante las vacaciones escolares y siempre tuvo predilección por España. Por ese motivo, tras licenciarse en Filología Alemana en la universidad de Múnich, se mudó definitivamente a su amado país natal.

No conforme con ser alemana y ejercer como tal, Casilda Lang también es editora. Es mi editora en Alemania. Y tuvo la mala idea de cargar a su hijo con la traducción de buena parte de mi obra. A la pesada mochila que supuso esa tarea, Gabi tuvo a bien sumar el peso del afecto. Fue un accidente. Aún no sé cómo pudo suceder algo así.

23

Nunca me había pasado. No me ha vuelto a ocurrir. No acostumbro a buscar aprobación con mis acciones y mucho menos afecto. A-fec-to. Tres sílabas. Seis letras. Gabi es un poco masoquista. Y lo más parecido a un amigo que tengo. A veces, está más cerca de una madre que de un amigo. Eso me cabrea.

Cuando aparca sus manías germanas y su papel de gallina clueca, el traductor puede alcanzar un siete en mi escala de tolerancia social.

—Andrea, ¡llevo tres días intentando localizarte! —Hoy apenas roza el cinco—. Casi llamo a la policía.

—No seas dramático, estaba durmiendo.

—¿Durmiendo? Nuestro vuelo sale en cuatro horas.

—Vale.

—¿Y ayer? Estuve ahí, en tu portal, más de veinte minutos. Casi te quemo el timbre de tanto llamar.

—Lo sé. —Imagino que los vecinos también lo saben—. No quería hablar.

—Menuda novedad. Cada vez que terminas una novela, es lo mismo. *Ich habe es satt!*

—¿Qué?

—Nada, que estoy harto, ¿y qué me dices de anteayer y del lunes?

—Estaba leyendo, con Bolaño.

—A.

—¿Qué?

—Estaba leyendo «a» Bolaño.

—¿Tú también?

—No, yo te estaba llamando a ti, que no me contestaste porque…

—Ya te lo he dicho, porque estaba leyendo con Bolaño. Con.

—Déjalo. Salgo para el aeropuerto, ¿nos vemos allí?

—Sí.

—Date prisa.

Cuelgo. Me arrepiento de haber aceptado ir a ese dichoso festival. El Festival Meridiano Cero se celebra en la pequeñísima isla de Santa Lucía. No me convenció la campaña turística de las islas

Canarias. No me convenció viajar al sur ni tomar el sol. Me convenció la idea del origen, del cero, del vacío, de la nada.

Santa Lucía es algo así como una isla-pedanía que depende de El Hierro. Me gusta pensar en El Hierro como la Isla del Meridiano. Aún se la conoce por un nombre que data de los tiempos en que se creía que la Tierra era plana. De ser así, el meridiano de Greenwich pasaría justo por uno de los cabos que dibujan su costa. Me pregunto si la organización del festival no correrá a cargo de un puñado de terraplanistas chiflados.

Dejo el teléfono al lado de unas bragas con la goma cedida y media chocolatina Twix pegada en el trasero. «Ordenar este caos». Las doblo, les doy un mordisquito y lo saboreo. Chocolate con tofe. Mis papilas gustativas envían a mi cerebro la imagen de un envoltorio dorado. Era la antigua presentación de la chocolatina que, cuando era niña, se llamaba Raider. Claro que entonces las cosas se llamaban por su nombre. Una chocolatina era una chocolatina, y un *snack*, un videojuego.

Hay sabores, olores y melodías que son portales. Hago una bola con mis bragas-portal e intento encestar en el revistero. Fallo. Nunca estuve muy dotada para los deportes con balón. Jamás practiqué ninguno. Quizá sea el motivo de que no sepa trabajar en equipo. Quizá por eso no me gusta la gente. Quizá.

Me pasé la niñez eligiendo equipo. E-qui-po. Tres sílabas. Seis letras. No estaban permitidas las medias tintas y había que tomar partido, color y bandera. Sigue ocurriendo lo mismo.

Hoy, me vuelven a pedir que elija. Entre defender el artículo neutro, algo muy poco sororo, o hablar como una tartaja políticamente correcta, lo que dada mi profesión y sexo resulta muy adecuado; adoptar un gato, como Borges o Cortázar, o un perro, que no es de intelectuales; comer carne, lo que me convertiría en poco menos que una caníbal, o tofu, que demostraría una conciencia medioambiental muy conveniente. «Elige, Andrea».

Las etiquetas de los ochenta y noventa eran otras, pero aquella sociedad también exigía saber quién eras. Entonces, como ahora, lo hacían en

25

función de si ibas con los Tigres o con los Leones, si preferías a Charlie Brown o a Mafalda, Mars o Raider, Arias o Churruca, Cheiw o Boomer. Si quieres pertenecer a la tribu, como sugiere la tarjeta de mi ex, debes elegir; de lo contrario, estás fuera. Y pobre de ti como no te puedan etiquetar, clasificar y ordenar. Yo elijo no elegir, ¡a la mierda la tribu!

Hace días que no la ves. La observas siempre que puedes. Sabes que hoy debe tomar un vuelo. Estás vigilante.

Captas movimiento en una de las ventanas de su piso. Abre la persiana. Arruga la frente. Cierra los ojos. No te ve. Te has ocultado bien. Te dices que no es necesario; no repararía en ti aunque estuvieras a un palmo de sus narices. Tu conclusión duele. «Te» duele.

Durante tu guardia de ayer viste a Gabriel Alpide. Pobre Gabriel. Permaneció frente a su timbre más de quince minutos. Preocupado, indeciso, con el móvil en la mano y el corazón en un puño.

Andrea no merece la amistad del traductor. Lo usa, como usa a todo aquel que se cruza en su camino. Solo tiene que llamarlo y allí está él. Pero llegará el día en que no sea así. Llegará el día en que nadie correrá a ayudarla. Eres paciente. Puedes esperar a que llegue ese día.

Miras el reloj y te vas. Tú también tienes que emprender un viaje.

III

Abro el navegador. «Aún hay tiempo». Busco una canción de Torrebruno que se ha instalado en mi cabeza. Me ocurre a menudo. Lo tomo como una señal.

Cambio la sintonía del *smartphone* siguiendo las instrucciones que Gabi me anotó hace meses en un papel. «Tu premio y tú me importáis cero, Catafanta. Voy con los Leones. Prefiero Twix, Churruca y Cheiw. Y por supuesto, Mafalda, bloguera-impostora de pacotilla, ¡siempre Mafalda!». Esas son mis etiquetas del siglo pasado; este, me las arranqué de cuajo.

Salí de la tribu el día que dejé el instituto. Ya no elijo cuando me lo piden. Ahora, elijo cuándo elegir.

Volviendo a los premios: como le ocurría a Mafalda y a las pipas Churruca, en literatura, si no te eligen no vales nada. Sin premios, no eres nadie.

Hace un mes que entregué el manuscrito de mi última novela. Lo escribí a medida. Se gestó para llevarse el Solsticio. Ahora, sé que no ganará.

Para un escritor, desprenderse de una novela es un salto al vacío. Puede derivar en depresión, enajenación o suicidio. El concepto romántico-cutre de «escritor maldito» está pasado de moda. Las modas me importan cero. Y sigue sin gustarme el cliché de escritor deprimido, amargado y adicto. Para evitar caer en el pozo, recurro a la medicina más

28

eficaz que conozco: leo. Elijo leer. A este proceso lo llamo lectura de duelo. Es un método preventivo e infalible.

La receta para afrontar la pérdida de cada una de mis criaturas son los libros. La pauta, entregar la novela a mi agente, que se la hará llegar a mi editora; dedicar entre tres y cinco reuniones presenciales —nada de teléfonos— al corrector y sumergirme en la lectura durante días, semanas o meses.

Leo. Siempre. Esté trabajando en un proyecto o no, leo. Pero la lectura de duelo es otro concepto, otro verbo, otra palabra. La lectura de duelo requiere dedicación exclusiva. Algunas veces me olvido de comer; otras, como compulsivamente y acabo con la cabeza metida en el váter. El proceso toca a su fin cuando soy consciente de que las páginas de las que emerjo me han inoculado una idea. Sé que es buena porque me hace olvidar la pérdida y me empuja a la superficie. Esa idea germina, se convierte en una nueva historia y el ciclo se repite. Es el mismo mecanismo que el de una ruptura sentimental. Un clavo saca otro clavo.

Tigres (tigres), leones (leones).
Todos quieren ser los campeones.
Tigres (tigres), leones (leones).
Todos quieren ser los campeones.
Son los tigres los más fuertes, los más duros de pelar…

Al parecer, toda la tribu se ha puesto de acuerdo para tocarme los ovarios hoy. «Comprar tampones».

En esta ocasión, el teléfono está a plena vista. Sin dar a Torrebruno la oportunidad de defender a los leones, respondo. Es Fernando.

—Buenas tardes, Andrea, ¿cómo va todo? —Detesto a las personas que no van al grano. Me corrijo: detesto a las personas en todas las circunstancias. Más aún, cuando no van al grano.

—Bien, ¿qué quieres? —Sé lo que quiere. Me lo ha dicho cientos de veces. Quiere que me implique en la promoción de mi obra, contraviniendo la norma de que solo escribo. Quiere que sea amable con los lectores, con los libreros, con los organizadores de un festival al que ya no deseo ir. Quiere im-pli-ca-ción. Quiere. Puedo fingir que escucho su manido sermón. Puedo hacerlo. Pero no sé si quie-ro.

—A veces olvido lo borde que eres.

—No te preocupes, Fernando, yo te lo recuerdo.

—¿Ya estás en el aeropuerto?

—No.

—¿Vas de camino?

—No.

—Pero vas a ir, ¿no?

—Sí.

—Vale. Esto…, no te he dado las gracias, por lo de Catalina.

—Ya. —La bloguera no estaba invitada. Yo, sí. Soy una *rara avis* que siempre dice que no. Los organizadores se tomaron mi aceptación como una victoria. Además, les conseguí a Minerva Novoa. Me habrían concedido cualquier favor. Elegí boicotearme pidiendo que admitieran a Catafanta.

—Agradezco mucho que hayas intercedido por ella ante la organización…

—Lo hice para que dejaras de acosarme.

—¿Cómo que acosart…?

Cuelgo.

Abro la ventana, con intención de ventilar, y me arrastro hasta la cocina. Rasco con ahínco el fondo del tarro de café y consigo llenar una cuchara sopera, que me permite preparar un aguachirri medio bebible. «Comprar café».

Completo el festín matutino con tres magdalenas, de las que vienen empaquetadas y rellenas de una crema que el fabricante pretende hacerme creer que es cacao. Engullo una detrás de otra, sin saborear. Entre mordisco y mordisco, siento reducirse el diámetro de mis arterias. Disfruto de un desayuno suicida antes de volar a la Isla del Meridiano.

1

Carlos empezó primero de EGB dos meses más tarde que el resto de sus compañeros. Era una escuela de barrio. Dos meses suponían ser «el nuevo» hasta que llegase otro al que colgar el sambenito. En colegios como el nuestro, los cambios no eran frecuentes, así que aquello no ocurrió hasta octavo curso, pero Carlos ya no estaba entonces. Era, pero no estaba.

Carlos Sariego Pinzones dejó de ser el niño nuevo para convertirse en el niño muerto.

En 1990, el primer día lectivo tras las vacaciones estivales, nuestra tutora entró en clase con aire compungido. Nos pidió que guardáramos silencio. Si-len-cio. Tres sílabas, ocho letras. Su rostro transmitía gravedad. Obedecimos. Escuchamos la noticia. El silencio se prolongaría durante toda la semana. Se adueñaría del aula y se extendería por los pasillos, como las epidemias. Pensé en la varicela y la gripe y el sarampión y los piojos. Un, dos, tres, responda otra vez: varicela, gripe, sarampión, piojos, silencio. Cinco respuestas acertadas, a veinticinco pesetas cada una, ciento veinticinco pesetas.

El pupitre de Carlos estaba vacío. Se discutiría mucho sobre la conveniencia de ocuparlo ese curso. La palabra de los psicólogos empezó a pesar más que la de los maestros. Los alumnos no opinábamos. Y si lo hacíamos, nuestra opinión no contaba.

El pupitre vacío se grabaría para siempre en nuestra memoria, como símbolo de la fragilidad humana.

La hermana pequeña de Carlos, que empezaba ese año la escuela, vagaba por los pasillos sin apartar la mirada del suelo. Nunca supe su nombre, pero poco importaba ya. A partir de entonces, fue para todos la-her-ma-na-del-ni-ño-muer-to.

Aquello me hizo consciente del poder de la muerte. La parca tiene la mala costumbre de robar identidades a quienes se quedan y añadir relevancia a los que se van. Muchos «nadies» se convierten en alguien tras cruzar a la otra orilla y estoy convencida de que pagan al barquero con los nombres de los de esta.

Aquel primer día, antes de salir al recreo, la profesora se acercó a mí. Me pidió que le dedicara unos minutos. La petición de la maestra era una orden disfrazada. Interpreté mi papel. Obedecí, que no es lo mismo que aceptar, porque era lo que ella esperaba. Tomó mi mano y me condujo al pupitre vacío. Me preguntó cómo me sentía. Pensé en contarle lo de las moscas, los gusanos y lo mal que olía Carlos aquella tarde. No lo hice. Quise evitar que me acusara de embustera y me enviara, como de costumbre, al despacho del director. Ahora, años después, comprendo que ya lo sabía.

Por suerte, el silencio tras la pregunta no se alargó mucho, por lo que no me sentí obligada a llenarlo.

—Andrea, cariño —«Detesto que me llamen *cariño*»—, sé que es muy difícil entender que algo que debería sucederles solo a los viejecitos le pueda ocurrir a un niño.

—Sí, señorita. —A mí no me parecía tan difícil entender que Carlos se hubiera muerto. En el cuento de *La cerillera,* se moría su madre que era mayor y también la cerillera, que era una niña como yo. Como Carlos. Pensé en los libros antiguos, plagados de niños muertos. Los nuevos, no tanto. Me dije que los escritores modernos eran unos blandos. Y unos mentirosos.

Cuando una no entiende algo está confundida. Yo entendía. No estaba confundida, solo me pesaba la tripa. Me apretaba la garganta y la oscuridad se había vuelto roja, desde el episodio de las moscas, los gusanos y las cuencas vacías. Creo que estaba triste.

—Si necesitas hablar de esto conmigo o con la psicóloga, puedes hacerlo. De esto o de cualquier cosa que te preocupe. —Me sonrió de un modo extraño. Su boca reía y sus ojos lloraban. Yo ya estaba acostumbrada a las incoherencias de los adultos. Los mismos adultos que, entre mentira y mentira, me acusaban de embustera.

—Sí, señorita.

Me dirigí al patio de los manzanos. Me senté con la espalda apoyada en un tronco a leer *Mujercitas*. Mamá se había empeñado en que viéramos juntas la peli. Yo no quería verla, porque no me gustaba el título. A veces no me atraen los títulos de los libros o de las pelis y decido que no los voy a leer o ver nunca jamás. Disfruté viendo la peli de *Mujercitas. Me gustó.* Mamá me dejó el libro. Lo tenía en casa. Lo estaba leyendo en el recreo, porque me gustaba mucho, porque contaba cosas sobre las cuatro hermanas y ninguna era la protagonista. No como en la peli, que Jo es la más importante y la que más quiere todo el mundo. Pensé que a Enid Blyton también le debió de gustar mucho Jo, porque Jorgina era como ella. Me encantaban las historias de personajes valientes y que tuvieran muchas cosas que decir. Carlos prefería las aventuras. Sus favoritas eran las de Sandokán.

La tarde que averiguamos que Sandokán, bueno, el marino en el que Salgari se inspiró para crear su personaje, también se llamaba Carlos, su admirador y tocayo estuvo dando saltos y fingiendo que manejaba una cimitarra durante diez minutos seguidos. Una mañana, varios meses después, se enfadaría mucho con su madre porque insistía en llevarlo a la peluquería. Él no quería. Había decidido dejarse el pelo largo, como el personaje de Salgari. Por la tarde, se murió. Sandokán no, Carlos. Sandokán es un héroe y los héroes no se mueren nunca.

Como era habitual, la alarma que daba por finalizado el recreo sonó cuando aún no había terminado el capítulo que estaba leyendo. No me inmuté hasta pasados unos minutos. Para entonces, ya habían cerrado la puerta de acceso a las aulas.

Pulsé el timbre y traté de convencer al bedel para que me dejase pasar. Le expliqué que me había entretenido consolando a una amiga a la que su hermana le había quemado un manuscrito muy importante. No era exactamente una mentira, pero sí una verdad con matices. Mis excusas solían funcionar con el conserje; con la maestra, no tanto.

Para mi sorpresa, la profe me dejó entrar en clase. No sé si se creyó lo del manuscrito, pero en lugar de llamarme embustera o enviarme al despacho del director, me acarició el pelo y me acompañó al pupitre. Se me ocurrió que si la muerte de Carlos suponía no volver a escuchar la palabra em-bus-te-ra, quizá había sido una suerte para mí que se le llenara la boca de moscas.

Me maravilló el cambio de actitud que la lástima había obrado en mi maestra. Fantaseé con la idea de que mis padres sufrieran un accidente mortal antes de mi próximo examen de matemáticas. No se me dan bien los números. Si hubiera sabido lo que sé ahora, quizá no habría tenido ese pensamiento. Quizá.

Recuerdo aquel curso como el más importante en toda mi época de estudiante. Fue el año que terminé EGB. El que más aprendí, el que miré a la muerte a los ojos y el que dejé de leer literatura juvenil. Puede que las aventuras de los Cinco fueran los últimos libros clasificados como tal que pasaron por mis manos. Harry Potter no cuenta. Sus libros son el mejor tratado de filosofía que existe. Pero cuando yo tenía trece años, Rowling aún no había gestado a mi mago favorito.

Hogwarts aún no existía y, por lo tanto, no era una posibilidad académica, así que seguí el camino de baldosas amarillas. Me matriculé en el instituto del barrio.

Mis compañeros serían los mismos; salvo Carlos, claro, que estaba muerto. Muer-to. Dos sílabas. Seis letras. Tuve la esperanza de que me ocurriera lo mismo que a su hermana pequeña y que alumnos y profesores empezaran a verme como la-a-mi-ga-del-ni-ño-muer-to.

Habría sido fantástico, sustituir mi enquistada condición de mentirosa patológica por la de amiga en proceso de duelo. Pero nunca ocurrió. Me siguieron llamando embustera hasta que me fui. Em-bus-te-ra.

Soy una ávida lectora, desde que tengo uso de razón. Ya entonces leía los rostros de quienes me rodeaban con la misma facilidad que los libros de la biblioteca. Leía a mis padres. A mis compañeros. A mis profesores. A.

Dejé de mirar a mis compañeros a los ojos, porque no los quería leer. Respondía a mis profesores con la mirada pegada a las baldosas del suelo, por el mismo motivo. No quería. Si alguno de ellos me agarraba del mentón y fijaba sus ojos en mí —el idiota que nos daba Física lo hacía a menudo—, la lectura era siempre la misma: Em-bus-te-ra.

Uno de los motivos de que socializar me suponga un esfuerzo titánico es que no me gusta leer a. En cambio, disfruto leyendo con. Con.

Seguiría siendo una embustera hasta tercero de BUP. Luego me iría del barrio. Me examinaría de selectividad y me matricularía en la universidad. Me instalaría en la ciudad más grande y anónima que encontrara, donde nadie tuviera nombre y a nadie le importara el mío. Pero eso sería mucho después, cuando mamá ya no estuviera y la esperanza de mi padre se redujera a conseguir una pierna ortopédica que no le provocara laceraciones en la piel que le cubría el muñón.

IV

El espejo me devuelve la imagen de una rubia de bote, ojerosa, con raíces kilométricas atestadas de canas. «Comprar tinte». Me cepillo los dientes, sin piedad. Las encías me sangran tanto que el lavabo parece una vasija de sacrificio maya. Completo la ofrenda a los dioses con un corte de uñas rápido.

Me depilo a lo bestia, usando una cuchilla desechable, de color rosa chicle. «Azul para las barbas, rosa para las ingles». Me río. Solo lo hago en privado. Me refiero a lo de reírme, no a afeitarme las ingles. Bueno, eso también.

En la ducha, valoro la posibilidad de sustituir la esponja por un estropajo. Siento lástima de mí misma, así que me limito a combinar un guante exfoliante con el gel de avena de marca blanca del supermercado. Puedo permitirme cosmética de gama alta, con nombres en francés, pero elijo el envase de dos litros de Mercadona. Encuentro ridículo pagar más de dos euros por algo que voy a tirar por el desagüe. Levanto el michelín que me cae sobre el ombligo. «Este no estaba aquí antes del duelo». Y froto con ganas. «Comprar fruta».

No tengo por costumbre salir de casa con el móvil. Cuando el frío me entumece las orejas, uso gorros de lana; algunas veces me pongo bragas y otras no; el móvil, jamás. Por ese motivo, y para evitar perder el teléfono de nuevo, se me ocurre establecer un área de telecomunicaciones dentro de mi apartamento. Encuentro el lugar perfecto, en el cuarto estante de la biblioteca del recibidor.

Me puse hecha un basilisco con el carpintero cuando decidió hacer, en el panel del fondo de la librería y sin consultarme, un agujero para el enchufe. Ahora le daría un beso en los morros.

Mientras conecto el teléfono entre Ryle y Rowling, veo que tengo varias llamadas perdidas —recuerdo, vagamente, haber escuchado a Torrebruno destacar las lindezas de los tigres y halagar a los leones—. Ninguna parece importante. Gabi (9), Rubia-anoréxica-de-gafas (2), Tías (1), número oculto (36). Ninguna de mi padre. Pospongo el propósito de llamarlo. No lo olvido, solo retraso la llamada. Hasta que no se adapte a su nueva prótesis, no habrá quien lo aguante. No quiero escuchar lamentos y frases con doble sentido. Calculo que, cuando regrese del Festival Meridiano Cero, el viejo estará más receptivo. O más soportable. Más.

Me cuelgo la mochila de los hombros. Antes de salir, lleno dos bolsas de basura con los restos acumulados alrededor del sofá. Incluyo las bragas que, tras mi tiro fallido, han ido a parar a tres metros del revistero. Con un cálculo rápido, estimo que he batido mi propio récord en colección de mierda y consumo de comida procesada.

En el portal, dos vecinos conversan de forma amistosa. Uno de ellos sujeta la puerta con una mano y la correa de su perro con la otra. Tengo la esperanza de que se vayan antes de verme obligada a establecer cualquier tipo de contacto verbal. No quiero arriesgarme a que me recuerden la ordenanza municipal sobre el horario de recogida de residuos. No tengo suerte. Me saludan. No respondo. No quiero hablar. No.

Tiro la basura al contenedor amarillo. Toda. No siento la necesidad de reciclar, pero sí un poco de lástima al deshacerme de las bragas con sabor a chocolatina y adolescencia.

Paso frente a la marquesina del autobús, donde destaca el actor madurito de moda. Me obligo a no pensar en la novela de Manzano. Soy escritora, estoy programada para sentirme ofendida por los éxitos ajenos. *La organización* de Julián Manzano no es una excepción.

Hago una parada en el quiosco de Rodrigo. No hay nadie detrás del mostrador. Solo una televisión diminuta. Una mujer rubia, con exceso de maquillaje, habla de un tal Jacob Miller. Y de Armando Giraldo. Giraldo es el jefe del cártel que fue detenido. Miller, el contable. Los informativos han dado paso a un magazine. Disfrazan el contenido sensacionalista de trabajos de investigación. Es solo cotilleo. Suficiente para mantener el pico de audiencia.

Un presentador con gafas de pasta de color turquesa sustituye a la rubia. Gesticula en exceso. Lo acompañan tres colaboradores y un invitado especial. Siento acidez al ver la sonrisa artificial de Julián Manzano. «Capullo». Habla de los narcotraficantes colombianos como si fuera un experto. Suelta toda una retahíla de datos, que sin duda obtuvo a fin de documentar su novela.

Rodrigo sale de la trastienda. Pregunto por lo mío.

—Dos cajas de cincuenta, Andrea —me confirma—. Están en el almacén.

—Vale. Cóbrame.

—¿Te las llevas ahora?

—Todas, no. Dame diez y recojo el resto a la vuelta. —Abono las cien bolsas de pipas Churruca. En efectivo. Los vicios se pagan a tocateja, siempre. Es ley.

Meto las pipas en la mochila, detengo un taxi y salgo hacia el aeropuerto.

V

Llego al aeropuerto sin resuello. Miro el reloj. Decido que tengo tiempo suficiente. Me equivoco.

Respiración larga, a fin de tomar fuerzas, antes de unirme a la marabunta. De muy mala gana, me dejo arrastrar por ella.

Hubo un momento en que la perspectiva de viajar a la isla me pareció excitante. Pero las circunstancias cambian. Las perspectivas también. Cola para facturar —de esta me libro, porque viajo con equipaje de mano—, cola para pasar el control de seguridad, cola para esperar la lanzadera que me llevará a la terminal —no, señora («Señora, tu abuela»), no se puede acceder de otro modo; sí, señora, tiene usted que tomar ese tren lleno de gente—, cola para salir de la ratonera en la que se ha convertido el andén.

Una pareja y su prole me rodean. «Pónganles correa a sus cachorros, señores». Gritan, me empujan contra un panel de publicidad. Anuncia el próximo estreno de *La organización*. Califica la serie de éxito internacional. Es una paradoja, porque no se ha estrenado aún. O un mantra. La boca me sabe a bilis.

Julián Manzano («tengo a ese capullo hasta en la sopa») está invitado al Festival Meridiano Cero. Me lo dijo Gabi. También me dijo que no va, porque tiene muchos compromisos en televisión. Y está ejerciendo de perito para la Interpol. Gabi no se lo cree. Piensa que es un truco publicitario. Yo no me he formado una opinión. No

39

tengo interés en hacerlo. Pensar en obras ajenas me produce acidez. «Comprar Almax».

Por fin llego a la puerta de embarque —cola para embarcar—. Gabi me espera, con las mejillas encendidas. Tiene cara de pocos amigos. Su tupé color zanahoria arde. Creo ver las llamas sobre su cabeza. Tiene aspecto de supervillano. De no ser por las pecas y su complexión de tirillas, me echaría a temblar con solo mirarle.

—¿Se puede saber dónde te habías metido? —No contesto—. Te he llamado unas veinte veces.

—¿En tres horas?

—¡Vale, quizá me haya puesto un poco nervioso, pero intenta responder al teléfono! —Pone los ojos en blanco, como si yo fuera una niña de parvulario—. Pensé que te habías rajado.

—Lamento decepcionarte. De todos modos, no sé qué hago aquí.

—Vale, perdona. —Hace amago de darme un beso, pero se detiene a tiempo. Detesto que me besen—. Borra las llamadas perdidas. Tienes unas cuantas.

—Cuando regrese.

—Andrea, ¿te has dejado el móvil en casa?

—Claro. —Gabi debería saber que mi teléfono móvil es solo un te-lé-fo-no. No hace justicia a su apellido.

Muestro la tarjeta de embarque a la azafata. Camino hacia la pasarela que comunica con el avión. Por enésima vez, me pregunto qué hago aquí. Pienso en lo irracional que ha sido aceptar la invitación. Casi tan absurdo como haber instalado el área de telecomunicaciones en la sección de filosofía británica de mi biblioteca. «Cambiar la ubicación de los tratados de filosofía».

Gabi apura el paso, se pone a mi lado. Imagino que me dará la matraca por no haber traído el dichoso móvil.

—*Klar!* —No sé para qué me habla en alemán, si no entiendo nada—. Esto… Olga y Carmelo ya están en el avión.

—Muy bien. No sé quiénes son esos, ¿me lo vas a explicar en alemán?

—Carmelo es tu editor, Andrea.

—¿Mi editor? —Gabi está fatal—. Mi editora se llama Elena. Y si tiene testículos, disimula de miedo.

—Elena no te aguantaba más y salió por patas hace dos semanas. Como hicieron Ariadna y Nacho antes que ella.

—Ya, ese Nacho es el tío con el que te acostaste en la Feria de Frankfurt…

—Ya te vale, Andrea. —Abre mucho los ojos y sube las cejas. Intuyo que quiere llamar mi atención. No lo consigue—. Elena le ha pasado el marrón a Carmelo y el pobre no tiene más remedio que asumirlo. Quizá va siendo hora de que te preguntes por qué tus editores preferirían ocuparse de negociar derechos de traducción de manuales de jardinería antes que tratar contigo.

—Vale, ¿y la tal Olga?

—Olga es tu *community manager*.

—Vale, a esa la conozco. Es la anoréxica rubia con gafas, que me llama Andi y habla como si aún no hubiera cumplido los siete años.

—Carmelo y ella son pareja, no los incomodes, ¿quieres?

—No sé si quiero.

—De no ser por Olga, no te conocerían ni en la librería de la esquina, pero te quiero contar otra cosa…

—Pues suéltalo. —Ya estamos en el interior del avión. Quiero tomar asiento y sumergirme en la lectura de *El sueño eterno*.

—Es Catalina. También viene.

—Ya.

—¿Cómo que «ya»? —Me mira, levanta las cejas de nuevo. Recuerda a un Groucho pelirrojo, sin bigote y con el flequillo encendido. Leo a Gabi. A. No está contento. No va a disfrutar de la compañía de la bloguera. Yo tampoco y me aguanto.

Gabriel se queda en la fila ocho. A mí me han asignado el asiento 23-A. Ventanilla, no está mal. Salvo por el gordo del 23-B, que tarda más de dos minutos en levantarse. Se ve obligado a salir al pasillo para dejarme pasar.

Mi gestora de redes está sentada detrás de mí, al lado de un querubín rubio con cara de no haber roto un plato. Imagino que es mi nuevo editor.

—¡Andi! Holi, holiii. —Espero que no use ese lenguaje en las redes sociales. No con mis lectores, rubia. Mis. No pienso molestarme en comprobarlo—. Qué alegría que hayas decidido venir, ¡es suuuperfabuloso!

—Hola, Olga. —Intento ser amable. Miro al rubito soso.

—Ya conoces a Carmelín, ¿eh, Andi? Cuando me dijo que iba a ser tu editor no me lo podía creer. Es…

—¿Superfabuloso?

—Síí.

—Ya, bueno. —«Sonríe, Andrea»—. Me alegro de veros.

—Lo dudo. —Carmelo habla en tono afable, con una sonrisa sincera, que lo sube un punto en mi escala de tolerancia social—. Llevo toda la semana intentando localizarte, pero ya veo que vas por libre.

—Sí, eso es.

—Cari, de verdad, qué cositas dices. Andi no es tan así.

—El rubito tiene razón, Olga. —Me sorprendo defendiéndolo—. Soy muy «así». Tenemos cuatro días de circo por delante, editor. Hablaré contigo.

—Pediré audiencia. —Este tío me gusta.

—Ay, Andi, qué bien que vayamos a estar tooodos juntos —canturrea Olga mientras saca el móvil de no sé dónde—. Vamos, ¡sonríe!

—¿Qué? —Clic. No me da tiempo a reaccionar y ya ha disparado.

—Fotito para tus redes, ¡hay que promocionar *Puerta al infierno*!

El gordo está esperando a que ocupe mi lugar para poder encajar su culazo en el asiento. Me acomodo como puedo.

Aún no he abierto el libro cuando oigo a varias personas discutiendo en la parte de atrás de la cabina. No entiendo lo que dicen. Las protestas de Olga, que llegan a mis oídos de forma accidental, me dan una pista. No escucho, pero la oigo. Susurra. Está enfadada. Mucho. Todo lo enfadada que se puede estar en diminutivo. En-fa-da-di-ta. La escasa distancia que separa una fila de otra me obliga a oír su conversación con Carmelo.

—Ya tardaba, la se-ño-ri-ta —protesta—. Si no se hace notar, no está conforme.

—Ya.

—¿No dices nada?

—¿Qué quieres que diga? —le responde Carmelo.

—Siempre defiendes a la putita esa, no importa lo que haga.

Lamento mi encierro. Esto es una lata de sardinas llena de personas molestas. No me concentro en la lectura. No me lo permiten. No.

Otro de los motivos por los que no me gusta la gente es el ruido. La gente es ruidosa por naturaleza. Y yo detesto el ruido.

—Ay, Andrea, ¡estás aquí! —Catafanta llega, acompañada de un auxiliar de vuelo. Se detiene a mi altura. Intento no perder el hilo de lo que estoy leyendo—. Quiero darte las gracias por conseguir que me inscribieran fuera de plazo, fue un detalle por tu parte.

—Ya.

—De verdad, Andrea, te estoy muy agradecida. —Levanto la vista del libro y hago todo lo posible por sonreír. No es mucho.

Leo a Catafanta. «A». Sus ojos de color miel dicen que está contenta de haberse subido a este avión. Está acostumbrada a conseguir todo lo que se propone. Estaría aquí con o sin mi intervención.

A mi derecha, el gordo se hunde un poco en el asiento, como si quisiera desaparecer. «Amigo, con ese volumen, lo tienes difícil». Suda y traga saliva. Me fijo en su nuez. Arriba y abajo, arriba y abajo. No pierdo el tiempo en leerlo. Deduzco que es de esos que se ponen nerviosos en presencia de mujeres atractivas. «Conmigo está a salvo».

Desconecto del discurso de agradecimiento de la bloguera. La imagino escribiéndolo en un taxi, a vuelapluma, de camino al aeropuerto. Su indumentaria me reafirma en la teoría de que es una usurpadora de identidades. Catalina Fanta, la escritora farsante.

En los eventos relacionados con el mundo literario, como firmas o presentaciones, la bloguera se pone unas gafas de pasta que no necesita. También he visto imágenes suyas haciendo turismo rural ataviada con camisas de cuadros y gorros de lana a juego. Recuerdo una, en la cena de Navidad de la agencia de Fernando —yo no fui, nunca voy, pero Gabi me enseña fotos y, de vez en cuando, oigo sus cotilleos. Oigo—. Catafanta sonreía a la cámara, colgada del brazo de mi agente. Iba disfrazada de actriz nominada a los Oscar. Fernando parecía un complemento más. Cartera de mano a la diestra y sexagenario bien conservado a la siniestra.

Para este viaje, se ha disfrazado de Audrey Hepburn. Lleva un vestido de gasa de color azul. Un pañuelo a juego en la cabeza completa su plagio. Se lo ha colocado sobre el flequillo azabache, dejando unos mechones a los lados. Quiere que parezca un peinado casual. «Demasiado manido». No está tan delgada como Audrey, pero tiene buena figura. Es casi igual de alta. Su piel luce igual de blanca. Se parece, pero no es.

Mi piloto automático identifica una pausa en el discurso de Catalina. Reconecto de nuevo. Tengo práctica.

—No fue nada. —Hago uso de mis poco entrenadas habilidades sociales. No siento la necesidad de ser amable, pero quiero retenerla un minuto más. Sospecho que es la responsable de que el gordo esté sudando a mares. Y me divierte.

—Bueno, me voy. —Señala en dirección a la cabina—. No soporto volar en la parte de atrás, porque me mareo. Un hombre con muy malas pulgas no ha querido cambiarme el asiento y este chico tan amable me va a sentar en primera clase.

No sé muy bien qué pudo pasar, pero imagino una situación desagradable. Leo ira en los ojos del auxiliar de vuelo. Si por él fuera, la estrangularía de buena gana. En cambio, la acompaña hasta un asiento de primera clase. Desde luego, la bloguera se ha vestido para la ocasión.

Cuando se van, veo a Olga por el rabillo del ojo. Comprendo que el auxiliar no es el único que siente deseos homicidas.

Vuelvo a concentrarme en la novela de Chandler. Mi vecino de asiento, que parece haberse relajado, estira el cuello con intención de leer por encima de mi hombro. Comprendo que la ira se contagia, porque está a medio centímetro de despertar mi instinto asesino.

—*El sueño eterno* —dice. No contesto—. Vi las dos pelis.

—Ya, genial.

—Es bueno, el tal Chandler. —«Lo mato»—. Y esa novela…, si fuera un cómic, se titularía *Marlowe, el origen*, ¿no crees?

Sigo leyendo y cuento hasta diez. La alternativa es hacerle tragar el libro. Me quedaría sin lectura para el resto del vuelo. El gordo se lo piensa mejor. Ignora lo cerca que ha estado de una muerte por atragantamiento.

Las tres horas y media siguientes son un remanso de paz sobre las nubes. Hasta que el sobrecargo nos informa de que estamos a punto de aterrizar.

El gordo quiere mirar por la ventanilla. Se tira literalmente sobre mí. Le doy un codazo.

—¡Qué mal genio!

—Qué mala educación.

—Oye, tranquila. —Levanta las manos, con las palmas hacia afuera, como si lo estuviera apuntando con un arma. «Este tío es imbécil»—. Solo quería mirar los acantilados.

—Vale.

—Me flipa la serie policiaca que rodaron aquí. Estuve enganchadísimo, ¿la has visto?

—No.

—Qué rara eres.

—Ya.

—Es cojonuda. Y de producción nacional, ríete tú de los americanos y los escandinavos. La ambientación es la hostia.

—Vale.

—*La organización* va por el mismo camino. El reparto es casi el mismo.

—Ya.

Abro la mochila, me trago un omeprazol y desconecto de la conversación con el gordo.

VI

El aeropuerto de El Hierro es un escaparate de camisas hawaia-
nas y sandalias con calcetines. Paso de largo la zona de recogida de
equipajes y me hago la sorda cuando Gabi intenta llamar mi atención. Catalina se ha pegado a él como una lapa. Los veo en un extremo de la cinta, esperando a que aparezca el baúl de los disfraces de la
bloguera y la maleta de Gabriel.

Salgo al vestíbulo. Casi me doy de bruces con una cartulina de
color verde lima sobre la que alguien ha escrito mi nombre en mayús-
culas, con un rotulador de trazo grueso. Bajo «Andrea Sabugo», «Gabriel Alpide», «Carmelo Morán», «Catalina Fanta», «Olga Canellada»
y un tal «Ramón Chamorro». No lo conozco. Es un nadie. Carmelo
era un nadie hasta que Gabi me explicó quién era; Olga no era exactamente una nadie, pero no tuvo nombre hasta hace unas horas. «Redactar teoría de los nadies».

Tras el rótulo, un joven de piel morena y melena hasta los hombros, quemada por el sol, me sonríe. Veintipocos, aspecto de quien
pasa mucho tiempo al aire libre. Un Robinson *millennial*.

—Buenas tardes, señora Sabugo —«Señora, tu abuela»—, me
llamo Bruno. Bienvenida a El Hierro.

—Hola.

—Veo que no trae maletas.

—Muy observador.

—Esperaremos al resto de los viajeros —dice, sin ofenderse por la ironía—. Luego, los acompañaré a Puerto Salina. Desde allí, navegaremos hasta La Perdida.

—¿La Perdida?

—A Santa Lucía, quiero decir. Aquí le decimos La Perdida, porque…

—Vale —lo corto. No quiero escuchar historias de isleños.

Me entretengo mirando un expositor de periódicos, revistas y libros de bolsillo. Lo mejor de los aeropuertos son los libros en lengua extranjera y la prensa internacional.

La fotografía de un hombre gordo, con papada, llama mi atención. Es la portada del *Diario del Distrito,* un periódico chileno. Hace referencia a don Armando Giraldo, el jefe del cártel del que todos hablan, y escriben, últimamente. Me río, sin molestarme en disimular. Encuentro hilarante el tratamiento de «don», me recuerda a *El padrino*. Invoco la imagen del actor de moda, en la marquesina de enfrente de mi apartamento. No está bien caracterizado. Ya no me importa el aspecto real del narco. En mi imaginación, tiene el rostro de Marlon Brando.

Leo la noticia a través del escaparate. Han soltado al Don, porque el principal testigo de la fiscalía ha desaparecido. Leo que es el contable. No me sorprende. El asesino es siempre el mayordomo; el chivato, el contable. Este último será también el cadáver, porque a los chivatos hay que cargárselos. Es ley.

Siento una punzada de rabia, porque comprendo que el caso sigue teniendo recorrido. La novela de Manzano se seguirá vendiendo como churros. Y la serie será un éxito. Aprieto los dientes, trago bilis. Dejo de leer. Necesito otro Omeprazol.

Veo salir a mi vecino el gordo. Viene hacia nosotros. «No fastidies». Saluda a nuestro guía con amabilidad. Bruno le da un apretón de manos muy efusivo y casi suplica que le firme un tebeo. No tendrá más de treinta páginas. Está descolorido y parece muy viejo. Lo lleva guardado en una funda doble, como si fuera una joya de la Corona británica.

—Muchas gracias, de verdad, gracias.

—Es un gusto, chaval —contesta el gordo, que ha puesto rostro a «nadie». Me atraviesa con la mirada. Sonrisa afable para Bruno, mirada asesina para mí—. La tirada de ese número es muy corta, te ha tenido que costar una pasta.

—Una pasta que acabo de multiplicar por diez —habla y se ríe, se ríe y habla. Está hecho un manojo de nervios—, pero no lo vendería por nada del mundo, ¿eh? Te lo juro.

—No digas chorradas, chaval. Guárdalo bien, pero si algún día necesitas la guita, ni te lo pienses.

—No me lo puedo creer, ¡firmado por Chamorro! Mis colegas van a flipar.

El dibujante gordo y el surfero friki no paran de hablar. Se lamentan de que Julián Manzano haya rechazado la invitación para participar en el festival. Comentan que la serie va a ser la bomba. Lo va a petar. Lo más de lo más. Les habría gustado conocerlo.

El reflujo me va a matar. Los mensajes de megafonía se me empiezan a clavar en las sienes. Llevo horas rodeada de gente. Gente. Recuerdo un libro que me regalaron de pequeña. Era de la colección Barco de Vapor. Se titulaba *Jeruso quiere ser gente.* Fue leer el título y decidir que no me interesaba. Jeruso puede querer tirarse por un puente; Andrea, no. Andrea quiere largarse.

De pronto, la idea de meterme en cualquier medio de transporte terrestre, aéreo, marítimo o interestelar, con el pintamonas gordo y el resto de la banda, se me antoja insoportable.

Estoy a punto de escapar de la terminal cuando veo salir a Gabriel, acompañado de Catalina. Parece incómodo. Escucha a la bloguera con gesto impaciente. Ella le cuenta no sé qué sobre un taller de promoción literaria en redes que está organizando. Si Gabi no fuera tan educado, le soltaría un improperio en alemán. Conmigo lo hace a menudo. La lengua germana es intimidante.

Tres pasos por detrás del sufrido traductor y de su pegatina con vestido de gasa azul, van Carmelo y Olga. Ella no parece muy contenta. Él lleva la resignación pintada en el rostro. De vez en cuando, mira a la bloguera. Leo a Carmelo. A. Hay nostalgia en sus ojos azules.

Gabi y Ramón Chamorro se conocen. Se dan la mano, palmadita en la espalda, comentario jocoso sobre la buena forma del gordo. Chamorro mira a Catalina y da un respingo. Se aleja de ella. Se golpea el vientre, como si fuera un tambor. Risas… El rubio soso se une a ellos. Le dice a Ramón que le encanta su trabajo, que no lo reconoció en el avión («me extraña») y lo lamenta. Pienso que busca una excusa para salir del agujero negro que rodea a Olga. Mi gestora de redes tiene la mirada vidriosa.

Catafanta se acerca. Invade mi espacio vital. Percibo cierto tufillo a alcohol, así que deduzco que en primera clase han sido generosos con las bebidas. Retrocedo dos pasos.

—¡Eh!, oye. —Me agarra del brazo. Me pongo tensa. No me gusta que me toquen. Me mira a los ojos. Leo algo en los suyos, pero están demasiado turbios como para entender lo que dicen—. ¿Puedo saber por qué me ignoras?

—Sí.

—Pues dímelo.

—No.

—Oye, tú crees que estoy con Fernan porque quiero publicar un libro a toda costa. Todos lo creéis, pero no es verdad, ¿sabes?

—Vale. —«Fernan, me parto».

—¿Por qué no hablas conmigo? —Actúa como una niña enfurruñada porque no quiero ser su amiga—. Te crees mejor que yo, ¡te crees mejor que todo el mundo!

—Sí, creo que soy mejor que tú. No, no creo que sea mejor que todo el mundo. Creo que soy mejor que la mayoría.

—Vamos, vamos, se supone que esto tiene que ser divertido. —Bruno intenta tranquilizarla. El resto del grupo evita intervenir. Disimulan.

—¡Oh, claro que sí! —Me sostiene la mirada. La suya es borrosa. No la puedo leer—. Eso vamos a hacer, divertirnos. ¿Qué tal si lo hacemos juntas? Divertirnos, digo. Tú y yo, esta noche.

No contesto, y la dejo tonteando con el guía. Se ha puesto cariñosa. Lo carga con dos de sus maletas. Caída de pestañas, roce estudiado sobre la barbilla. «Picaste, Robinson». Dice que tiene que ir al baño. Mira a Gabi. Sonríe y le pide que se haga cargo de su bolsa de cabina. Gabriel se la cuelga al hombro y se lleva la mano al bolsillo. Saca un sobrecito de aceite de oliva, de los que te dan en los aviones. Pienso en las ensaladas insípidas que te cobran a precio de percebes y me pregunto qué carajo va a hacer con eso. Nadie se percata de la maniobra. Yo, sí. Observo la pericia con que lo abre. Con disimulo, derrama el contenido sobre el vestido de gasa de Catalina, que busca con la mirada la ubicación de los servicios. «¡Gaaabi!». Estoy perpleja. Y orgullosa. Lo aplaudo en silencio.

Hago un barrido general con la mirada. Veo a Carmelo absorto en la espalda de la bloguera. Durante un momento, pienso que ha descubierto la travesura del traductor. Pero solo le mira el culo. A su lado, Chamorro y el guía siguen conversando. Gabi se les une. «Muy bien, Gabi, disimula». Olga los mira. La rubia pizpireta ha desaparecido. En su lugar, veo un alma en pena, con las manos cargadas de bolsas.

Hago un cálculo rápido. Tocamos a dos bultos cada uno, sin contar el equipaje de mano. Y eso que el gordo y yo viajamos solo con una mochila. Siete pasajeros, catorce maletas, bolsos, neceseres, petates… Trato de imaginar el tamaño del vehículo que nos espera en el aparcamiento. Juego al Tetris mental y me agobio, me agobio, me agobio, pum, pum; pum, pum. No me puedo arriesgar a sufrir una crisis ahora.

—Vamos, vamos, ¿alguien más necesita ir al baño? —Bruno nos mira a Olga y a mí, como si los tíos no mearan. «Cambiar sintonía del teléfono por canción de Teresa Rabal»—. Tenemos tres cuartos de hora de camino hasta Puerto Salina.

Miro a Gabi. Me lee el pensamiento. No le doy la oportunidad de hablar. Salgo de allí como alma que lleva el diablo.

Camino unos metros. Estoy a punto de echar a correr como un miura en los Sanfermines cuando un taxista me ofrece sus servicios. No me lo pienso:

—A Puerto Salina, por favor.

Agradezco que el interior esté climatizado. Sudo como un pollo. Se me han pegado los vaqueros al culo. El barullo irritante de la zona de llegadas se ha quedado al otro lado de la puerta. Me pongo cómoda, saco mi novela y justo cuando vamos a arrancar, escucho unos golpecitos en el cristal. Rostro congestionado, melena rubia, brazos escuálidos, gafas de pasta azul: Olga. «Arranca, arranca, arranca…».

—Señora —«Señora, tu abuela»—, ¿quiere que baje la ventanilla?

—Mmm…, claro. —Habría preferido quedar como una gilipollas, pero el instinto me ha jugado una mala pasada. Es demasiado tarde para retractarme. Ya no hay cristal que me separe del exterior, donde unos ojos inundados en lágrimas me miran, suplicantes.

—Andi, ¿puedo ir contigo? Porfiiiii…

—Sube. —Vuelvo a guardar *El sueño eterno* en la mochila y suspiro, resignada.

Al principio, solo emite molestos ruiditos, como de sorberse los mocos o sollozar. Intento ponerles fin pidiendo un pañuelo de papel a nuestro taxista, que me da una caja llena. Olga se agarra a ella como a un salvavidas.

—¿Por qué lo has hecho, Andi?

—¿El qué?

—Ayudarla. En el avión, esa zorrita de tetas operadas te dio las gracias por inscribirla fuera de plazo.

—Ya. —¿Tiene Catafanta las tetas operadas?

—¿Por qué?

—Mi agente me lo pidió. —Me molesta dar explicaciones. Nunca lo hago, pero quiero que se calle.

—Fernando Carriles, lo imaginaba. Catalina es supermala, Andi. Ya ves el numerito que te acaba de montar.

—Ya.

—¿Cómo se atreve?, después de ayudarla como lo hiciste. Lo que pasa es que está acostumbrada a ser el centro de atención y claaaro, como tú vas a lo tuyo, la señorita se ofende.

—Ya.

—Recuerda lo de la denuncia falsa. Hay que ser muy bruja para denunciar en sus redes que tu premio por *Sótano de hielo* estaba pactado. —Vuelve a lloriquear—. Es su-per-ma-la.

No recuerdo lo de la denuncia. Me importa poco. De cualquier modo, no fue falsa. El premio estaba pactado. Siempre lo están.

Olga interpreta mi silencio como una invitación. Decide desahogarse. Me lo cuenta. No quiero escuchar. No lo hago, pero oigo. Escuchar es voluntario, oír no. En el interior de un turismo de cinco plazas, oír es obligatorio.

Mi gestora de redes habla. Llevaba año y medio saliendo con Carmelo cuando Catafanta se lio con él —llanto descontrolado, dos hipidos—. Él mismo se lo contó. Se declaró enamorado de la otra. Es curioso, el significado que adquiere *otra* cuando se trata de cuernos. «Redactar teoría de las otras». La bloguera no estaba interesada en un editor de poca monta. Tenía un objetivo claro y lo iba a alcanzar: pretendía usarlo para llegar hasta Fernando Carriles —risa impostada, corta, como de película de terror. Asusta un poco—. Olga asegura que la bloguera quería entrar en el mundo literario por la puerta grande. Los contactos de Fernando le aseguraban el impulso que necesitaba. Catalina Fanta, la *influencer,* quería ser escritora. En menos de dos meses, alcanzó su objetivo y dejó tirado a Carmelo.

El rubito pidió perdón a Olga —pucheros— y ella recogió los pedacitos. Arrojó su dignidad por la ventana, a pesar de estar convencida de que su Carmelín seguía enamorado de la bloguera —soniquete trompetilla al sonarse los mocos—. Una noche, salieron a cenar con Gabriel y el supuesto enamoramiento de Carmelín el ingenuo se quedó bajo el mantel, cuando Gabi les contó que Catalina había intentado seducirlo a él antes de meterse bajo las sábanas de Carmelo —risa terrorífica. Esta vez, asusta casi tanto como los insultos germanos—.

Entramos en un túnel. La penumbra trae consigo el silencio. Paz. Olga detiene su soliloquio. Pienso que ha terminado. Me equivoco. En poco más de dos kilómetros regresa la luz del sol, acompañada de la voz de pito de Olga.

—Este es el túnel de esa serie tan buena, ¿te acuerdas?

—No. —«Otra como Chamorro».

—Carmelín y yo nos vimos las dos temporadas en un fin de semana.

—Ya. —«Una ventaja de las series frente a las novelas es que no tienes que sujetar el libro. Supongo que ahí radica su éxito, en la facilidad para meterse mano».

—A los pocos meses conoció a esa bruja. Mira si es mala —añade y vuelve al tema de Catafanta. Parece que no se va a callar nunca—, que le fastidió a Gabi un contrato superbueno. Su-per-bue-no. Fue por despecho, seguro.

—Es gay, no hay motivo para que se sienta despechada. —A Gabi le gustan más los tíos que a un niño un caramelo. De no ser así, la bloguera no habría roto el corazón de la trompetista que sigue interpretándome el soniquete del desamor a la oreja.

—Esa zorrita no está acostumbrada a que le digan que no, Andi. —La rubia vomita bilis—. Aunque no lo pueda demostrar, Gabi sabe que no le dieron la traducción de *Almas de Múnich* por su culpa. La muy bruja se metió en la cama adecuada e intercedió por una traductora amiga suya. Luego se quiso justificar con Gabi, claro. Que si su amiga pasaba por un mal momento, que si necesitaba el dinero, que si bla, bla, bla. La tipa esa consiguió la traducción, claro. El resultado fue simple: Gabi se quedó sin el trabajo y Cataputilla ganó una aliada.

—Y un enemigo. —Pienso en el sobrecito de aceite.

—¡Qué va!, Gabi es un trocito de pan.

—Ya.

Recuerdo una llamada de Gabriel, hace meses. Se quejaba de haber perdido un trabajo con el que estaba muy ilusionado. Gabi mantiene un pulso agotador con Casilda. Aspira a conseguir contratos por su propio talento y no a través de su madre. Como si el talento fuera útil para algo. Los bastoncillos para los oídos son útiles, las horquillas para el pelo también. El talento no lo es. No. No soy muy escuchante, así que quizá me lo dijera o quizá no. No creo que me llamara a mí en busca de consuelo. Gabi no es tan ingenuo. O quizá sí.

Olga se sigue desahogando. La oigo en segundo plano, por debajo de mis pensamientos. Si no llegamos pronto, necesitará otra caja de pañuelos. Y yo, una aspirina. Agarro la manija de la puerta con fuerza. Fantaseo con salir del taxi. Detesto las miserias ajenas. Estoy rozando mi límite.

Por suerte, llegamos a Puerto Salina diez minutos antes de lo previsto. Le doy un billete de cincuenta euros al taxista. Rechazo la propuesta de Olga de abonar su parte.

Somos las primeras. El muelle está desierto, salvo por una mujer menuda y sexi, con aspecto de institutriz, que sale de una caseta prefabricada. Lleva una carpeta en la mano. Se acerca a nosotras. Sonríe. Nos da la bienvenida. Desde el mar, la brisa toma fuerza. Revuelve un poco su abundante melena de color maíz. Se retira el pelo de la cara con una mano. Me mira, con súbita timidez, y me ofrece un libro que guarda bajo la carpeta: es un ejemplar de *Asesino por vocación*.

—¿Sería tan amable de firmármelo? —Sonrío. Muerde el polvo, gordo.

Me avergüenza un poco mi reacción. Solo un poco. Me hace pensar en los motivos por los que no asisto a ningún evento y evito relacionarme con gente del mundillo literario. Sospecho que no será la última vez que piense en ello durante los próximos días; he caído muy bajo si estoy compitiendo con un dibujante culo-gordo por ver quién tiene más lectores.

Si algo se nos da bien a los escritores, es el innoble arte de la envidia. Nos escuece que a los otros los inviten a más bolos —no importa que nos neguemos a asistir, lo importante es que nuestro nombre esté en la lista de invitados—, que la prensa les haga más caso, que firmen más libros, que vendan más, que les den más premios, que reciban mejores críticas, que sean más guapos, más talentosos… Más.

Cualquiera de esas premisas nunca se da porque el otro escriba mejor, ¡eso nunca! Uno es siempre más. Más y mejor que el otro

—véase teoría de la otra, válida por igual para cornudos y escritores. Los celos no son más que un subgénero de la envidia—. Nadie escribe mejor que uno mismo, eso lo sabemos todos los que nos dedicamos a esto.

Siempre somos los que mejor escribimos. Si no vendemos, es porque los lectores no están a la altura de nuestra obra; si obtenemos malas críticas o nuestros libros no figuran en las listas de los más leídos o en los escaparates de las principales librerías, es porque el mundo editorial ha orquestado un complejo plan para hundirnos. Es lo que sucede siempre con los genios. Nadie está a nuestra altura. Nadie. Dos sílabas, cinco letras. «Ver teoría de los nadies».

—¿Para quién es la dedicatoria?

—Para mí. —Me mira fijamente. No me molesto en leerla—. Me llamo Lidia, ¡qué emocionante! Me gustó mucho. Sobre todo, el final, cuando el asesino se revela contra su padrastro…

—Ya. Gracias.

—Chiiiicas, sonreííííd. —Olga ha recuperado la chispa. No sé si me gusta—. Es para las redes sociales de Andrea, soy su *community manager*, ¿sabes? Andi es taaaan buena… Su-per-bue-na.

—Encantada. —Lidia le da dos besos y se vuelve, con intención de besarme a mí también. La miro fijamente, a fin de establecer un perímetro de seguridad. Comprende. Limita el saludo a un apretón de manos—. Muchas gracias, señora Sabugo —«Señora, tu abuela»—, de verdad. Acompáñenme a la oficina y les doy el programa. Me acaba de llamar Bruno. Están a cinco minutos de aquí. En cuanto lleguen, zarpamos.

Lidia entra a por tres botellas de agua. Nos ofrece una a cada una y da un trago a la tercera; a continuación, nos explica que somos el último grupo en llegar. La organización ha contratado como chófer a Bruno, que es el piloto habitual del ferri y de los *transfers* entre la terminal y el aeropuerto. Ambos nos acompañarán a la isla; la han cerrado a los visitantes durante los cuatro días que dura el festival, porque todos los alojamientos están cubiertos y no hay infraestructura suficiente para acomodar a más gente.

La organización se ofreció a instalar en El Hierro a aquellos habitantes de Santa Lucía que estuvieran dispuestos a alquilarles su vivienda a cambio de una jugosa cantidad de dinero.

—La mayoría aceptaron encantados —nos dice Lidia—. Muchos trabajan aquí, en Isla del Meridiano. Otros se dedican a la pesca. A estos últimos les hemos conseguido amarres en un puerto cercano, para que puedan seguir faenando.

—¡Qué sueño! —canturrea Olga—, una islita para nosotros solos.

—Sí, estamos trabajando para que la experiencia sea un éxito. Espero que os encontréis cómodas.

—¿De quién fue esa idea tan loca de celebrar un festival cerrado al público? —Uno de los motivos por los que acepté la invitación fue la ausencia de público, pero siento curiosidad por conocer al ideólogo. Sigo barajando la teoría de los terraplanistas.

—No te equivoques —Lidia se pone seria—, no está cerrado al público.

—Lidia, guapa, es que Andi no maneja las redes, ¿sabes? Si no ve al público, es como si no estuviera.

—Comprendo. —Su gesto se relaja. Sonríe—. La idea de los organizadores es justo la contraria al cierre. Se trata de ofrecer contenido en abierto, sin restricciones de ningún tipo.

Por lo que me ha contado Gabi, el precio de la inscripción ya es bastante restrictivo. Como el hecho de que la asistencia virtual requiera conocimientos informáticos, un equipo y acceso a internet. En contra de mi naturaleza, no verbalizo lo que pienso.

—Independientemente de la ubicación geográfica del asistente, este podrá participar en todas las actividades que se desarrollen en el festival: charlas, presentaciones, talleres, clases magistrales, mesas redondas…

—Ya.

—Incluso ¡pueden ir de compras!

—¡Qué supermaravilloso! —Olga pregunta por el sistema de compra en línea. Lidia nos suelta una perorata sobre cámaras, sistemas de sonido y pasarelas de pago. No me interesa.

Las dejo hablando de chorradas intangibles. Me guardo el programa en la mochila, con intención de leerlo más tarde. Me siento en el muelle. Dejo los pies colgando sobre el agua que golpea contra el dique, cinco metros más abajo. A mi espalda, puedo escuchar a Olga, que habla sin parar del antes y el después que supone la tecnología en el mundo del libro. «Míster Gutenberg, lamento informarle de que Bill Gates y compañía le pisan los talones».

Aspiro el olor a sal y me dejo arrullar por el sonido de las olas. Cierro los ojos. —Moscas en la boca, gusanos, cuencas vacías—. Los abro. Mucho mejor así.

2

A mis trece años, el verano eran pantorrillas arañadas, bicicletas con adornos de colores en los radios y bañarse en pozas heladas con los amigos. En mi caso, con *el* amigo.

Mi casa estaba a pocas pedaladas del río.

Yo tenía una bici verde con bocina. La decisión de usar bocina o timbre era importante. Marcaba el carácter del ciclista. En el mundo adulto, podía compararse a la de lucir corbata o pajarita, dejarse barba o perilla… Creo que la bocina era la pajarita y la perilla de las bicis de entonces. Había que ser muy valiente para usarla. Yo la exhibía orgullosa. Bauticé a mi bici con el nombre de Bizarra.

Solo tenía un amigo. Ninguno, desde finales de verano de 1990.

Mi familia vivía en el sexto piso de la torre dos. La de Carlos, en la tercera planta de la torre cuatro.

Las torres, cuatro mastodontes de ladrillo de color rojo y catorce plantas cada una, se habían construido, formando una cuadrícula, a las afueras de la ciudad. Se proyectaron a finales de los setenta, cuando la urbe ya no pudo dar cabida a tanta gente —la gente siempre es un problema—. Estaban separadas unas de otras por pequeñas parcelas a las que los vecinos se referían como «jardines». No lo eran. No había flores, solo césped y, en cada uno de ellos, una edificación con forma de caja de galletas donde guardábamos bicicletas, patinetes, trineos, esquís… Del centro de la cuadrícula, emergía un terreno ligeramente elevado al que los habitantes de las torres llamábamos «parque».

Lo era, porque había cuatro columpios, seis bancos y un tobogán. Y arena. Arena, barro y piedras. No como ahora, que los columpios se colocan sobre un suelo gomoso que se parece más al de un gimnasio que al de un parque infantil.

Habíamos vivido en el centro de la ciudad hasta que cumplí dos años. Yo no lo recordaba. Mi madre, sí. Ella me contaba que salía a pasear conmigo por la zona comercial. Hablaba, con nostalgia, de la terraza de la churrería donde nos deteníamos a merendar. Yo me entretenía con un churro, mientras ella tomaba café o chocolate y charlaba con las tías o con sus amigas.

La idea de mudarse había sido de mi padre. Quería comprar un piso, porque pagar un alquiler le parecía una inversión a fondo perdido, y el centro era demasiado caro. Las torres le parecieron una buena idea. A mi madre, no.

A mi madre no le gustaba el barrio y se quejaba de que estuviera lejos de to-do y de que después de nuestra casa ya no hubiese nada. Lo que no fueran escaparates y cafeterías, era «nada». Mi teoría del todo y la nada data de aquella época. En ella concluyo que son dos palabras innecesarias por la inexistencia de lo que describen. No me gusta derrochar. Las palabras innecesarias son un dispendio absurdo. Algún día escribiré un tratado de filosofía. Usaré las palabras justas, solo las necesarias. Lo titularé así, *Las palabras justas.* Justas de cantidad, no de justicia. La justicia no existe.

A mí sí me gustaban las torres. Observaba los árboles a través de la ventana de mi cuarto —el bosque que había al otro lado de la carretera era «nada»— y me decía que era una niña afortunada. Era una suerte poder andar en bici sin supervisión de los adultos, salir de excursión y jugar con Carlos.

Algunas veces, me iba a pasar la tarde al bosque, con un libro y un paquete de pipas. Elegía leer, en lugar de llamar a mi único amigo, como elegía las pipas Churruca, con sal, en vez de las de marca Arias, que eran más sosas que un presentador de telediario. Elegía.

Por suerte, mis padres habían dejado de preguntarme aquello de si quería un hermanito. A Carlos nadie le preguntó. Un día, su madre le dijo que iba a tener uno, que al final resultó ser una, y allí empezó su mayor pesadilla. No, rotundamente no; yo no quería tener un hermano. Después de un incendio en el que se quemaran todos mis libros, tener hermanos era lo peor que me podía ocurrir. Los hermanos son gente que está siempre ahí y a mí nunca me gustó la gente.

Algunas veces, mi amigo no podía acompañarme, porque su madre se iba a hacer recados y le pedía que hiciese de niñero. De vez en cuando, me quedaba con él y la mocosa en el parque; otras, una vecina vigilaba a su hermana mientras nosotros nos escapábamos a jugar al bosque. Una vez, poco antes de que a mi amigo se le llenara la boca de moscas, dejamos que nos acompañara. La cuidamos bien. Carlos le peló pipas y yo me inventé una historia nueva para ella. No entiendo por qué se chivó. Recuerdo que su madre se enfadó muchísimo, porque dijo que era peligroso cruzar la carretera con la niña. Carlos estuvo castigado una semana. Yo tuve miedo de que su madre dejara de prepararnos bocadillos con extra de Nocilla. Por suerte, mi miedo era infundado y seguí disfrutando de la crema de cacao, hasta lo de Carlos y las moscas y los gusanos y las cuencas vacías.

Tuve un libro que se titulaba *Jeruso quiere ser gente*. Yo no tenía más de seis años, los suficientes para entender que Jeruso era un desagradecido. Aquella afirmación implicaba que el niño tenía la inmensa fortuna de no ser gente y no valoraba la oportunidad. Nunca lo leí. Si aquel niño tenía la intención de tirar por la borda tan buena suerte, yo no quería ser testigo de su ruina. El día que me lo regalaron fui consciente, por primera vez, de que no formaba parte de la tribu.

Crecí rodeada de personas que no decían lo que querían decir. Pensaban una cosa y decían otra distinta. Por eso aprendí a leer tan pronto. Ya nunca dejé de hacerlo. Los anuncios del periódico, las cajas de cereales, las ofertas de la tienda de Ramón, los rostros de la gente. Gen-te. No importaba lo que sus bocas dijeran. Los miraba a los ojos y en todos leía lo mismo: Em-bus-te-ra. Ellos, que mentían de seguido, me llamaban embustera.

Carlos era distinto, porque sabía escuchar mis cuentos. Cuando los cuentos se escuchan, se entienden, y cuando se entienden, se convierten en verdades divertidas, tristes o terroríficas. Ficticias o no, verdades. Embuste y mentira son lo mismo. Ficción no, ficción es otra cosa.

Yo no sé escuchar. No se me da bien, porque a Carlos se le llenó la boca de moscas antes de poder enseñarme. Después, sin él, no tuvo mucho sentido aprender.

Las historias son verdades posibles e imposibles, pero verdades. Si no fueran verdades no podrían ser y las historias son. Claro que la gente usa la palabra «cuento» como sinónimo de mentira. Lo hacían entonces y lo hacen ahora. No tienen ni idea de qué es un cuento. No diferencian la verdad de la mentira. No saben cómo usar las palabras. Por eso me llamaban embustera.

Teníamos un refugio secreto. Era el lugar perfecto: estaba a pocas pedaladas de casa y, a la vez, aislado del mundo. El mundo era el enemigo. Lo era antes y lo es hoy.

Habíamos descubierto nuestro escondite por casualidad. Fue una tarde que a Carlos se le pinchó la rueda trasera de la bici.

El tortazo fue digno de las pelis de Bud Spencer y Terence Hill, pero sin mayores consecuencias que algunos cortes en el codo y las rodillas. Mi amigo tenía pánico a las agujas, así que, para evitar que la practicanta lo obligara a ponerse la inyección del tétanos, decidimos lavar muy bien las heridas en el río. Pero antes había que encontrarlo porque, en esa parte del camino, no había ni rastro. Nos quedamos unos segundos en silencio, a fin de escuchar el ruido de la corriente. Tardamos casi diez minutos en encontrar la orilla.

El río hacía un giro extraño antes de llegar al puente que separaba el bosque de la carretera municipal, y durante poco menos de diez metros discurría del lado contrario. Alguien había manipulado el terreno, formando una pequeña piscina que empezaba siendo poco profunda y terminaba por cubrirnos enteros. Tras ella, un estrecho paso subterráneo reconducía el río a la otra vera del sendero.

La vegetación crecía sin control, por lo que tuvimos que apartar un montón de arbustos, sumando algunos arañazos a las heridas de Carlos. Los troncos de dos árboles viejos separaban aquella selva de la orilla; uno de ellos estaba hueco y a partir de ese día lo usaríamos para guardar pipas, chicles, libros y tebeos. Nos vimos a nosotros mismos como los colonos de mis libros de aventuras. Éramos los descubridores de una tierra de libertad, a pocas pedaladas de las torres. Ignorábamos que nuestra conquista escondía una trampa mortal.

El de 1990 fue mi último verano. Regresamos del apartamento de la costa a finales de agosto. Mientras conducían, mis padres evocaban momentos que, a pesar de haber compartido con ellos, me eran ajenos: picaduras de medusa, conciertos al aire libre, compras de mercadillo, encuentros casuales… Yo iba en el asiento de atrás, tumbada cuan larga era. La mochila de los libros cumplía la función de almohada.

Como lectura de vacaciones, siempre escogía las aventuras de los Hollister, pero ese año ya me las había leído todas. Por suerte, antes de irnos, mi padre rescató una caja del trastero. Por el grosor del polvo que la cubría deduje que llevaba mucho tiempo guardada. Papá la abrió con cierta ceremonia y fue sacando, uno a uno, doce volúmenes de los Cinco, de una tal Enid Blyton de la que yo entonces no había oído hablar. No me molesté en elegir, me llevé los doce.

Mientras papá y mamá disfrutaban del apartamento alquilado en la playa, yo me tomaba refrescos de jengibre en la isla de Kirrin. Era hija única y, fuera de Carlos y los libros, no me relacionaba con otros niños. Jugar a detectives con Julián, Dick y Ana o al disco volador con Tim, el *border collie* de Jorge, no contaba.

Como los veranos de mi niñez eran pantorrillas arañadas, bicicletas y bañarse en pozas heladas con los amigos, mi último verano no empezó hasta que mi único amigo regresó del pueblo. Duró trece días. Terminó la tarde que a Carlos se le llenó la boca de moscas. El día que nuestra tierra conquistada se transformó en su tumba.

VII

El ferri es poco más que una cáscara de nuez. Gabi logra dar esquinazo a Catalina y se sienta a mi lado.

—¿Por qué no me lo dijiste?

—Decirte ¿qué? Siempre callo más de lo que te digo.

—No sé cómo te aguanto.

—Ni yo.

—Me refiero al hecho de que Fernando te pidió que enchufaras a Catalina. —Parece que Olga no pierde el tiempo—. Debiste contármelo.

—No me pareció relevante.

—*Natürlich!*, pues a mí, sí. —Me mira. Lo leo. Leo *a* Gabi. Sabe que vi cómo derramaba el aceite sobre el vestido de la bloguera—. La detesto.

—Pues no parece que el sentimiento sea mutuo. —No pregunto sus motivos. No quiero volver a escuchar la historia de la traducción truncada—. Además, siento decirte que no eres una excepción. Todos la odiamos.

—¿Cómo te las arreglaste para que la admitieran fuera de plazo?

—Acepté venir a la isla de las vanidades.

—Ya, claro, la excéntrica Andrea Sabugo acepta su invitación y la organización le besa los pies.

—Puede. Les conseguí lo que querían. —Lo miro, sonrío. Le susurro—: Ca-mi-la.

—¡Ay, no me digas que viene! —Es fácil sorprenderlo. Adora a la Reina del Crimen—. ¿Dónde está?

—Es la Reina, Gabi, llegará cuando tenga que llegar.

Había imaginado una travesía corta, tranquila y casi bucólica. La imaginación es un cubo de pintura rosa. La corriente del estrecho que separa la isla de El Hierro de Santa Lucía lo tiñe de negro alquitrán. Y mi intención de acabar de leer *El sueño eterno* me pasa factura. Frente a mí, las letras interpretan una danza embriagadora. Mis tripas las acompañan. Arriba, abajo; arriba…, casi no me da tiempo a cerrar el libro. Por suerte, consigo alcanzar la banda de babor, donde me paso pegada los veinte minutos siguientes. Toso y vomito, vomito y toso. Me digo que no debería estar aquí, rodeada de gente. «¡Cómo se me pudo ocurrir semejante idiotez!».

Olga se acerca. Tiene intención de sujetarme la cabeza. Le lanzo un improperio. Gabi es más listo. No lo intenta, se limita a dejar un paquete de toallitas húmedas a mi lado. Me pregunto qué tío soltero y sin hijos en edad de cagarse encima viaja con toallitas húmedas. Lidia pregunta cómo estoy y luego se dirige a Gabi. Se mantiene alejada. «Buena chica».

Me repongo cuando faltan quince minutos para llegar a la isla. Anochece. Luces blancas y amarillas brotan, como setas, de una tierra que nos espera oculta en la oscuridad. Solo veo eso, luces. Decir «tierra a la vista» sería impreciso, inconcreto, inexacto. In-.

Distingo un faro y un pequeño puerto. A pocos metros, una zona más iluminada me recuerda el nacimiento que mi madre montaba cada Navidad. Imagino que se trata de la población principal. La bautizaron con nombre de santa; Santa Lucía, que hicieron extensible a toda una isla que, hasta entonces, era conocida como La Perdida.

Recuerdo haber leído una leyenda sobre unos pájaros azules que ocultaban Santa Lucía de la vista de los pescadores. Cuando estos ocuparon la isla, se inventaron otra historia más católica, más apostólica, más romana. Más. Imagino que traerían un cura con ellos. Los colonizadores siempre llevaban curas consigo. Es un clásico. Intentarían ganarse el favor del de arriba para evitar que les truncara la pesca y les arruinara la vida. La leyenda oficial habla de imágenes sagradas flotando en el mar, piratas peligrosos, marineros aguerridos y una mujer. Lucía. Una mujer piadosa, madre y esposa, que perece, ahogada, una noche de tormenta. Lo de siempre.

La embarcación navega paralela a la costa sureste. Dos kilómetros al norte, unos potentes focos iluminan tres carpas de grandes dimensiones y algunas más pequeñas: son las instalaciones del Festival Meridiano Cero. Estoy impresionada. A juzgar por lo que veo y por lo que nos ha explicado Lidia, la empresa que lo organiza no ha escatimado en gastos. Me pregunto quién carajo patrocina todo esto. Tratándose de libros, dudo que vaya a rentabilizar su inversión.

Inmune a la trampa cinética orquestada por las olas, Lidia consulta la carpeta que lleva en la mano. La envidio. Me pregunto si haber elegido el primer banco, justo detrás de la timonera, desde donde Bruno gobierna el ferri, no la habrá salvado de echar, como yo, la última papilla. Decido que ocuparé su lugar cuando regresemos. Catalina se ha sentado a su lado, una ubicación que facilita su flirteo con el Robinson *millennial* que lleva el timón.

La bloguera se esfuerza por entablar conversación con Lidia. Es inútil; sigue inmersa en la documentación. Mendigar palabras es patético. La palabra se da o se toma, nunca se mendiga. Nunca.

Noviembre llega a Santa Lucía disfrazado de verano. Recuerdo haber escuchado a Olga hablar sobre un microclima, responsable de que la temperatura de la isla esté siempre unos grados por encima del resto del archipiélago. Un archipiélago afortunado al que los catálogos turísticos atribuyen también su propio mi-cro-cli-ma. Eso de los «microclimas» es un cuento chino. Imagino a un Cortázar de ojos rasgados, apoyado en el casco de proa, mientras redacta «Instrucciones para llover».

Hoy hace calor, es un hecho. De no ser porque pasan pocos minutos de las siete y el sol ya nos ha privado de su presencia, parecería que estamos en julio.

Llevo la cazadora de cuero colgada de las correas de mi mochila. La mochila. Me asalta una duda. No estoy segura de haber acertado con mi elección de prendas de vestir. Hago un repaso mental a mi equipaje: tres libros, los tres de Chandler; un cuaderno Moleskine, sin pautar, por supuesto; dos bolis, punta de medio milímetro y tinta de aceite, uno negro y otro azul; cepillo de dientes; pasta para encías sensibles, dado el episodio gíngivo-sangriento de esta mañana; cuatro camisetas de algodón, aptas para todos los climas; cinco bragas, de uso recomendable, pero no imprescindible; un sujetador, *idem,* y otro pantalón vaquero que, como he comprobado en las últimas horas, no me va a resultar cómodo; dos pares de calcetines innecesarios, inútiles. In-. Diez bolsas de pipas. Churruca. Esas sí, imprescindibles. E insuficientes, me temo. In-.

Soy la primera en desembarcar. No veía el momento de pisar tierra. Todas las calles de la isla son de arena. No tardo en constatar la alta capacidad de mis Converse: en su interior cabe el desierto del Sáhara. «Conseguir unas chanclas».

Camino a lo largo del muelle. El pintamonas me sigue. Nos adelantamos al rebaño. Oveja una, dos, tres y cuatro sufren serias dificultades para transportar el equipaje. Lidia cierra la comitiva. Desde el ferri, Bruno sonríe. Le mira el culo a Catalina.

Busco un pensamiento lógico que me anime a sobrevivir en sociedad los próximos días. Las microsociedades no son como los microclimas. No son un cuento chino. La idea de microsociedad me es familiar. La domino. Es útil, porque copia pautas. Las repite. No es necesario conocer a cada individuo para saber cómo se va a comportar. Los roles son una de mis herramientas favoritas en el proceso creativo de una novela, los manejo con habilidad. Concluyo que, si puedo escribir, puedo convivir unos días con la tribu. El razonamiento me tranquiliza.

Chamorro se ha puesto a mi altura. Me estudia con prudencia. No le dedico mayor atención. Ni menor. No le dedico ninguna atención, porque no me interesa. No nos dirigimos la palabra.

Nos reciben dos jóvenes. Parecen gemelos, podrían ser el quinto y sexto Beatle. Uno de ellos usa gafas redondas y viste una chupa de cuero negra, muy similar a la que cuelga de mi mochila. «No sé cómo no se cuece». Levanta la mano y me mira:

—Señora Sabugo —«Señora, tu abuela»—, conmigo; usted y sus compañeros, con él —explica, alternando la mirada entre el pintamonas y el sexto de Liverpool.

Chamorro se queda al lado del feo —decido llamarlo Ringo—. El resto del grupo se esfuerza en arrastrar su equipaje por la arena. Observo a Gabi. Aún le queda un duro camino por cubrir. Calculo veinte metros. Sonrío, segura de que no cambiará de rol, a pesar de su conato de revolución aliñado con aceite de oliva.

La mayoría de las personas me consideran descortés. Es la imagen que proyecto. Es mi papel. No es del todo falsa, pero tampoco describe la realidad con exactitud. La realidad tiende a ser poco exacta. Mi comportamiento obedece a un simple desprecio por los convencionalismos. Solo eso. Esta tarde, sin embargo, hago una excepción. Me despido del rebaño, poniendo especial interés en la reacción de la bloguera:

—Nos vemos mañana. Me voy con Lennon. Es el responsable de los escritores. —«Y tú no entras dentro de esa categoría, Catalina, no hasta que te regalen el maldito premio».

Ca-te-go-rí-a. Cinco sílabas, nueve letras. Mi pensamiento la usa como sinónimo de prestigio, porque la bloguera lo siente así. Estoy segura. Yo no creo que el prestigio se pueda atribuir a un oficio o a una profesión entera. Mucho menos a la de escritor.

Les doy la espalda y camino al lado de mi acompañante. Susurra que no se llama Lennon. Si dice su nombre, no lo escucho. Me conduce hacia un *quad* eléctrico, de color cereza. Un mono surfista con sombrero me saluda desde la pegatina con la que alguien ha profanado la brillante carrocería.

Me acomodo en la parte posterior del vehículo. Lennon se ofrece a guardar mi mochila en el portaequipajes. Prefiero que no lo haga. Dice que nos vamos enseguida, en cuanto rellene no sé qué formulario. A mi espalda, oigo a Catalina reclamar su condición de escritora. Ringo comprueba la lista de *influencers,* donde solicité que incluyeran su nombre. Una cosa es ayudarla a entrar en el festival y otra muy distinta aceptarla como a una igual. No somos iguales. No lo seremos, por mucho Solsticio de Novela que le regalen. Sols-ti-cio. Tres sílabas, nueve letras. Suena a «aquelarre». No está mal, es el premio más adecuado para una bruja. Este pensamiento me estimula. Me pregunto si eso me hace miserable. La respuesta es obvia: lo soy, soy una miserable. Es otro de los innumerables defectos que van con la profesión. Defectos, características..., en este caso, los matices no importan.

Aún no sé que Catalina no recibirá el Solsticio, no sé que morirá en esta isla. No lo sé, porque no es fácil reconocer el olor de la muerte, aunque ronde cerca.

Lennon guarda los papeles en el bolso de su cazadora. En el muelle, Lidia intenta calmar a la bloguera, que dice sentirse muy abatida. No solo le niegan el recibimiento que merece, sino que acaba de ver una terrible mancha oleosa en su vestido nuevo. Bruno ha dejado la embarcación. Trata de consolarla. Ella se deja querer. Roles.

Han formado un círculo alrededor de Ringo. Pienso en un campamento de verano. Los chicos conversan entre ellos, Lidia delega el berrinche en Bruno. Carmelo los observa, de reojo, con los dientes apretados. Olga no lo ve; me llama. Estoy sentada, a horcajadas. Mis flácidas nalgas reposan veinte centímetros por encima de un mono surfista. Unos segundos antes de que Lennon arranque, me giro.

—¡Aaaandiiii, sonríe! —Clic.

Lennon es guionista. No se llama Lennon. Tampoco se llama John. Habla con acento latinoamericano, quizá sea colombiano, pero no me molesto en confirmarlo. No se lo pregunto. Me repite su nombre. No lo proceso. Intento mantener libre el mayor número de neuronas posible.

Percibo un ligero olor a sudor. Temo que mi chófer haya empezado a cocerse en su propia salsa, en el interior de la chupa de cuero.

Se queja, de manera vaga, de lo complicado que está el sector, y dice que le vino de cine («muy chistoso, el guionista») la oferta de trabajar para la organización de la feria. Pone especial interés en justificar su participación, como si me incumbiera. Me pregunto si el hecho de conducir para otro implica darle conversación. Es uno de los motivos por los que detesto los taxis. Nuestra sociedad dice a menudo que el tiempo es oro. Lo es, en función del uso que se le dé. El silencio sí es oro. Siempre. El tiempo, si se ocupa con palabras inútiles, es una mierda pinchada en un palo.

Lennon me da la enhorabuena por *Secreto a voces*. Le gustó mucho la serie. Tiene el libro. No me dice si lo leyó. Probablemente no, ¿para qué, si puede ver la serie?

—Cuando supe que vendría, lo metí en mi mochila —me comenta de camino al alojamiento que compartiré con Minerva—. La invito a un tinto y me lo firma, ¿le parece?

—Lo de la firma me lo pienso, si dejas de hablarme de usted. Del vino, paso.

—¡Ah, no!, señora Sabugo —«Señora, tu abuela»—, no me refería a vino tinto, sino a café. Así le decimos en mi país, disculpe.

—Ya. Firma sí, tinto no.

No han dado las ocho. Aun así, de no ser por los potentes focos del *quad*, viajaríamos a ciegas. Me resulta agradable ir descubriendo la isla metro a metro, a capricho de la luz que proyecta el vehículo sobre la arena. El motor apenas hace ruido, no logro distinguir entre el siseo que emite y el rugir de las olas a mi derecha, y me molesta que Lennon se empeñe en llenar el silencio con su verborrea. Me reafirmo en la teoría de los conductores alquimistas. Conducir para alguien es transformar el oro en mierda. Desconecto de su cháchara. Me concentro en el olor a salitre y en el viento que me acaricia el rostro.

Mi memoria estropea el momento bucólico. Recuerdo la llamada desesperada de Fernando hace unas semanas. De forma involuntaria, repaso la conversación con mi agente.

Fue un mes después de que yo diera el brazo a torcer y aceptara la invitación al Festival Meridiano Cero. Fernando regresaba de visitar a Minerva. Como suele ocurrir cada doce o dieciocho meses, la Reina lo tenía cogido por las pelotas. Minerva Novoa juega en la liga de los campeones. Hace años que sus contratos son millonarios. Esto repercute directamente en la cartera y tensión arterial de nuestro agente. La fecha de entrega de su última novela, por la que le habían pagado una cantidad obscena, se acercaba y su editora no había leído aún una triste frase. Fernando, tampoco. Por ese motivo se había desplazado al Refugio del Norte, donde reside su buque insignia.

Pero volviendo a la llamada, la hizo para pedirme que moviera algunos hilos en el festival. Quería que Catalina fuese invitada, pero desde la organización le decían, seguramente como excusa, que ya era tarde, y que la agenda estaba completa. Imaginé que la bloguera le habría montado un buen numerito. Él no quería intervenir. No quería pedir favores. Corría el riesgo de que sus gestiones trascendieran más allá de lo recomendable. Yo no contaba. Está convencido de que se lo debo todo. Se lo debo. Casi todo, pero nunca lo admitiré.

Sonrío al recordar su absurdo ataque de integridad. Se puso muy pesado. Aceptar fue mi modo de cortar la conversación. Tardé minuto y medio en arrepentirme de no haber colgado sin más. Me ocurre a menudo. Busco soluciones rápidas que no siempre son las más convenientes.

—¡Juemadre! —grita Lennon, antes de girar con brusquedad. Casi salgo disparada por encima de su cabeza.

—¡Qué pasó!

—Perdone, señora Sabugo. —«Señora, tu abuela»—. Acá viven más conejos que personas. Los pobres no están acostumbrados a tanto ajetreo.

—Ya. Pobres.

—No es la primera vez que uno se deslumbra con los focos. Siento haber manejado así de brusco.

—La próxima vez, evita la maniobra y le harás un favor al mundo. Esos bichos alteran el ecosistema.

71

—No sabía eso. Se ven muy lindos.

—Ya. Pues Bugs Bunny está en la lista de las cien especies más dañinas del planeta.

—Vaya. Será un gusto conocer a Minerva Novoa. —Cambia de tema con brusquedad. Me pregunto si será un animalista de esos que perdonarían la vida a una boa comebebés—. Ya hemos llegado, espero que le guste la casa. —«Y dale con el usted»—. Aina, la propietaria, tiene mucho interés en que Minerva y usted se sientan cómodas.

En menos de diez minutos hemos cubierto la distancia que separa el extremo sur y norte de la isla. Mi alojamiento está ubicado sobre una elevación del terreno; Lennon me explica que es una duna calcificada conocida como colina de Hércules.

Recuerdo las imágenes que he visto en Google. Trazo un recorrido mental sobre uno de los mapas. La isla de Santa Lucía no alcanza los treinta kilómetros cuadrados, por lo que la escala es mucho mayor que las que manejo habitualmente. De ahí que las distancias me parecieran mayores sobre el papel.

—Mañana, cuando salga el sol, podrá disfrutar de las vistas a la playa de Sotavento —me dice, señalando a nuestra derecha—. Es muy tranquila. Se extiende frente a la casa durante casi tres kilómetros.

—Vale.

—Desde las habitaciones traseras, se ve el pedrero del que parte el arenal de Barlovento. Les ofrece un paseo bien bacano, pero no se bañen, porque es una costa muy expuesta, ¿cierto? Puede ser peligrosa.

A pesar de estar a menos de cinco kilómetros de Santa Lucía, esta es la vivienda más aislada de la isla. Eso me dice Lennon. También que su dueña la bautizó como Greenway House, una clara referencia a Agatha Christie. La escritora poseía una propiedad en el río Dart, en Devon, que se llamaba igual. O se llama. Lo bueno de ser una finca y no una persona es que la muerte no te puede arrebatar el nombre.

Lennon insiste en asesinar silencios con información que no me interesa. Me habla de un grupo de holandeses que conviven en un centro holístico, a tres kilómetros en dirección sur. Dice que generan ingresos fabricando artesanía e impartiendo sesiones de yoga y taichí a los visitantes, a quienes también ofrecen hospedaje, y que cuentan con cuatro cabañas que ahora se han adaptado, como el resto de las instalaciones, para acomodar al personal contratado por la organización del festival. Dice que los escritores y sus editores se alojan en las viviendas unifamiliares cedidas, previo pago, por los habitantes de Santa Lucía; dice que Minerva y yo somos la excepción. Dice que a los ilustradores, traductores, blogueros y editores huérfanos, como el mío, se les han asignado habitaciones en el único hotel de la isla, y dice y dice y no deja de hablar.

A juzgar por las explicaciones de Lennon, el hotel es bastante cutre. Sonrío. Disfruto, imaginando a Catalina en una de esas habitaciones bajo el mismo techo que Olga. «¡Ay, Carmelo!».

Cuando creo que al fin va a cerrar la boca, el guionista baja un poco el tono. En clave de misterio, me habla de un escultor británico que vive a orillas de Playa Brava, kilómetro y medio al oeste de la capital. Le han llegado rumores de que lo busca la Interpol. Cuenta que el inglés rehusó la oferta de trasladarse a El Hierro, con muy malos modos. Insiste. Demasiado. Tengo la sensación de que me quiere atemorizar. Me esfuerzo en imaginar un inglés con malos modos. Es fácil encontrarse con un inglés maleducado, la mayoría de los que conozco los son, pero siempre mantienen las formas. Los ingleses saben ser maleducados con muy buenas palabras. «Redactar teoría de la buena educación».

—Creo que ya la he puesto al día. —Comprendo sus buenas intenciones, pero estoy deseando que se largue. Me importa un carajo toda esa gente de la que me habla. Gente—. Se han ido todos, salvo el escultor, la dueña del hotel y cuatro chavales que trabajan en la pizzería y el centro multiaventura, ¿quiere cenar pasta?

No, no quiero cenar en la pizzería; sí, claro que estaré bien, seguro; sí, tendré los ojos bien abiertos. Sí, informaré a Minerva en cuanto llegue. Sí, lo avisaremos si vemos merodear por aquí al escultor inglés; sí, me gusta mucho todo lo que veo; sí, estoy segura de que a Minerva también le gustará; claro, se la presentaré en cuanto tengamos oportunidad; sí, cómo no, le firmo el libro. «A ver si así se larga».

Subo unos escalones de madera que salvan la elevación del terreno sobre la que se ha construido la casa. Mueren en una pasarela flanqueada por antorchas. Alguien se ha molestado en encenderlas antes de que llegáramos. Lennon sigue pegado a mi culo.

Avanzamos, iluminados como los Rolling Stones de camino al escenario, hasta una vivienda de dos plantas y fachada encalada, rodeada por una balaustrada de madera. Los postigos de las ventanas, también de madera, hacen juego con dos enormes paneles que protegen una cristalera por la que accedemos al interior.

Es la residencia de una pintora sueca. El guionista dice («y dice, y dice y no se va») que Aina Persson se ha ido a pasar un mes a Malmö con su familia. Teniendo en cuenta el nombre con el que bautizó a su casa, imagino que cumple los cánones de escandinava de bien, que se alimenta de rollitos de canela, arenques y novela negra. Lennon, que no se va, me dice que es fan declarada de Minerva Novoa. Ofreció su propiedad a la escritora de muy buena gana y se negó a aceptar compensación económica alguna. Por suerte, la Reina del Crimen se ocupó de que la invitación fuera extensiva a su buena amiga Andrea Sabugo.

La perspectiva de pasar cuatro días en compañía de Minerva no me desagrada. Creo que me gusta. Pero necesito unas horas de soledad antes de enfrentarme a unos días de socialización obligada y el guionista no se va.

Ya en el interior de la vivienda, Lennon abre una puerta que se confunde con la pared sur de la estancia principal, pues la han empapelado con el mismo color neutro. Conduce a un pequeño recibidor, con un perchero y un zapatero de madera. Muy sueco, todo. Frente a nosotros, una segunda puerta comunica con el exterior.

A nuestra izquierda, el Beatle señala otra puerta similar. Tras ella, me informa, unas escaleras conducen al sótano, donde la pintora ha instalado su estudio. Al contrario que el resto de las habitaciones, está cerrada con llave. Me traslada el deseo de Aina de que disfrutemos libremente de la casa, con excepción de su estudio. Imagino cuadros apilados, pinceles, caballetes manchados de pintura y bocetos. Me extraña que no haya escogido un espacio más luminoso, pero no es asunto mío. No sé nada de pintura. De sótanos, sí; en los sótanos de mis novelas siempre pasan cosas horribles. No creo que a mis lectores les gusten los sótanos llenos de colorines.

—Fuera, sobre esta puerta, hay un foco conectado a un sensor de movimiento. —Me lo enseña. No funciona. Chasca la lengua y busca alrededor. Encuentra un interruptor. Lo activa.

—No te molestes —«Vete ya»—, puedo entrar por la puerta principal.

—No es molestia. Ya está. —Abre. Sale, vuelve a entrar. Se muestra satisfecho cuando se enciende la luz—. Aina usa a menudo esta puerta. Como su estudio está ahí abajo…

—Vale. —«Y a mí qué me importa».

—¿Sabe que los isleños la llaman «aterrizada»? —Detesto las preguntas retóricas—. Así se refieren también a los holandeses, a un ceramista italiano que pasa temporadas en Santa Lucía y a un grupo de artistas medio *hippies* que se asentaron aquí en los ochenta.

—Una comunidad de aterrizados. Me gusta. —Me interesa. Sé lo que supone parecer extraterrestre. Si fuera capaz de sentirme parte de una comunidad, sería de una así.

—Así los llaman. Tienen buena relación con los habitantes locales. Aportan a la comunidad. Excepto el escultor raro, claro. —Levanta las manos y dobla los dedos índice y corazón, interpretando el signo internacional de las comillas—. Aina, sin ir más lejos, promovió una subasta benéfica el año pasado. Donó una buena cantidad en metálico después de que una marea roja mantuviera la flota amarrada durante semanas. No son pocas las familias que le deben su sustento durante aquella campaña de pesca truncada.

Me extraña que tenga tanta información si solo está aquí para trabajar en el festival. Tengo que repetirle que no quiero cenar en la pizzería; que lo avisaré de inmediato si veo al escultor. Sí, Lidia me ha dado el programa; no, no necesito nada más. Sí, claro, le doy mi número de contacto. «Pero mi teléfono, que de "inteligente" solo tiene el apellido y no conoce el significado de "móvil", está a unos tres mil kilómetros de aquí».

Lennon sigue enredándome con cotilleos. Tengo la sensación de que ha mostrado interés por mi libro como excusa para entrar en la casa. Parece que la conoce bien y no deja de fisgonear.

Por fin, a las ocho y veinte, me quedo sola. Dejo la mochila sobre la isleta que separa la cocina del resto de la planta inferior. Abro el frigorífico de dos puertas. Alguien nos ha pertrechado con suficiente comida como para alimentar a una familia numerosa durante un mes. Supongo que será la misma persona que se tomó la molestia de iluminar el exterior e interior de la casa.

Veo un bote de kétchup Heinz sin empezar. «Matrícula de honor para Alguien».

A pesar del cansancio, retraso el momento de irme a dormir. Cada noche es lo mismo; cerrar los ojos supone regresar al bosque y que vuelvan las moscas, los gusanos, las cuencas vacías…

Doy un trago al bote de kétchup. Abro una bolsa de pipas y una lata de Coca-Cola. No me molesto en buscar un vaso. Salgo al porche y tomo asiento en una de las cuatro sillas de mimbre. Forman un círculo alrededor de una mesa a juego sobre la que dejo la novela de Chandler. Huele a salitre. No se oye más sonido que el de las olas, rompiendo a pocos metros. Por el rabillo del ojo, veo encenderse la luz de la puerta lateral. Se apaga en unos segundos. «Malditos conejos».

Antes de abrir el libro, miro a mi alrededor y trato de imaginar cómo sería vivir aquí. La exploración visual me revela dos bicicletas apoyadas contra un lateral de la casa, y justo al lado, la puerta que conduce al vestíbulo sueco. La bici es el medio de transporte oficial de la isla, pero dudo que Minerva quiera usarla.

La temperatura es perfecta. Abro *El sueño eterno* con la esperanza de poder terminarlo. Al fin, puedo leer tranquila. Leo con Chandler. Con.

La observas. Cae la tarde. Está sentada en el porche de una bonita casa, en una isla tranquila. Como si estuviera libre de culpa. Como si su alma no fuera un agujero negro. Como si mereciera la paz de los justos. No la merece. La paz hay que ganársela.

No imaginabas que pudiera haber un sensor de movimiento en la fachada lateral. Te asustas cuando la luz se enciende frente a ti. Das un paso atrás y te ocultas en las sombras. Acaricias el manillar de la bicicleta que te ha llevado hasta Greenway House. Estás alerta, por si fuera necesario huir.

Por un momento, crees que te ha descubierto. No es así. No reacciona. No le importa. A Andrea Sabugo solo le importa Andrea Sabugo.

Hueles el salitre. Escuchas las olas. Sientes el sabor salado en la boca, pero no es el mar lo que saboreas. Son tus lágrimas, que se atraviesan en la garganta como una piedra de sal indigerible.

Vas a abordarla, pero cambias de opinión. No quieres hacerlo con lágrimas en los ojos. Tu cuerpo está agotado. Tu mente se nubla; la necesitas despejada para conseguir disolver esa piedra, que pesa una tonelada y se aloja en la zona más inaccesible de tu faringe. Regresas a Santa Lucía.

VIII

Me despierta un ruido ensordecedor. Es ella.

Me desperezo. Miro el reloj. Son las nueve y media de la mañana. He dormido de un tirón. Bebo un trago de agua y bajo a recibir a la Reina. En bragas.

Las aspas del helicóptero se detienen. Veo saltar a Günter. Ayuda a Minerva a bajar del aparato. La acompaña hasta la pasarela de madera.

Günter es su asistente, un eficiente doctor y un cocinero sobresaliente. Es práctico tener un Günter.

La Reina vive a tres horas de vuelo del despacho de Fernando, a dos generaciones de Catafanta y a cincuenta millones de copias vendidas de esta juntaletras. Por estos motivos y porque tiene las pelotas de nuestro agente entre sus manos, roza el nueve en mi escala de tolerancia social.

Conocí el Refugio del Norte hace seis años. Fue un fin de semana que Minerva me invitó a visitarla. Tras pensarlo mucho, accedí. Lo hice empujada por una tolerancia que alguien que no hubiera sido yo habría definido como «simpatía». Me cuesta identificar eso en mi propia piel. No sufro de simpatía a menudo. Porque la simpatía se sufre, como el frío extremo o el dolor de muelas.

En contra de toda previsión, aquel fin de semana disfruté de la compañía de Minerva Novoa. El *Schweinshaxe* estaba delicioso. Me regodeé un instante en el brazo musculado que sujetaba la bandeja e intuí que el chef no le iba a la zaga. La primera velada con Günter y la Reina hizo de Minerva mi referente vital.

La miro. Traje ligero de chaqueta y pantalón, en tonos neutros. «Y yo la recibo en bragas». Sujeta el sombrero con la mano izquierda, para que no se mueva un milímetro. En la derecha, lleva el maletín con el portátil. Nunca se despega de ese chisme. El sol, que asoma tímidamente a mi espalda, se refleja en sus gafas oscuras. Me recuerdan a las de Jackie Kennedy. No importa que el día sea claro u oscuro, ella siempre usa gafas de sol. «Querida, las gafas jamás deben faltar para vestir bien a partir de los cincuenta».

Nadie diría que ha cumplido setenta y cuatro años. Es ágil y elegante. Ahí está, Minerva Novoa. La Reina.

Escuchamos con frecuencia que el éxito es complicado de obtener, pero aún más difícil de conservar. Quienes hablan en estos términos, por supuesto, lo han alcanzado o creen haberlo hecho. Y la plebe asiente. Miran a los orgullosos poseedores de un bien tan preciado y admiran su sensatez. Aplauden su trabajo y su esfuerzo por mantenerlo, porque es lo que se sobreentiende: el éxito se conserva tra-ba-jan-do. ¡Menudo embuste! Re-sis-ten-cia, esa es la clave. El éxito se mantiene re-sis-tien-do envites, pisotones, patadas… «Redactar teoría de conservación del éxito».

Toda acción, metafórica o física, que desestabilice al guardián del éxito, vale. Son las reglas del juego. Aplastar, vale.

Minerva mantiene el trono sin dificultad, porque ha superado la edad de jubilación. Esto implica haber peleado por él cada día hasta alcanzar ese momento. El momento de oro.

Los escritores somos respetuosos con la veteranía. A nuestra manera. Una escritora veterana como la Reina no siente necesidad de demostrar nada. No acostumbra a presentar batalla en el frente sociocultural.

Si no produjera obra nueva, si además sufriera demencia y artritis, colitis o cualquier otra «-itis», Mine sería la escritora veterana perfecta. Para otro colega, el escritor veterano perfecto no está en activo. No escribe —cuesta creer que el escritor perfecto sea aquel que no escribe—, no compite en el mercado editorial. Minerva lo sabe. Hace creer a su agente que llega justa a los plazos editoriales y se corre la voz.

Con cada nueva publicación de Minerva Novoa, los cachorros se frotan las manos. Se dicen que será la última y empiezan a hablar de ella como si estuviera muerta o a punto de morirse —Pobre Minerva, ya está mayor. Una pena, porque es una gran pluma. Es tan buena. Siempre fue mi referente—. Pero la Reina tiene seis novelas terminadas en el cajón y siempre está escribiendo. Porque es escritora. Y como tal, seguirá retorciendo genitales cuando no esté. Media docena de novelas póstumas pueden acaparar la atención del público durante al menos una década. Una década de campañas literarias. Una década de pelotas estrujadas.

El escritor veterano ha creado una comunidad de lectores que no tardarán en quedarse sin nuevas historias. Representa una cartera de activos que alguien tiene que cubrir. Se traspasa. El escritor-respetuoso-con-la-veteranía-a-su-manera agasajará al escritor veterano y lo tratará, en voz alta, como un modelo. Se proclamará su alumno aventajado y buscará quien lo ratifique con alguna frase impresa que lo declare su sucesor. Frase que, por supuesto, formará parte de la portada o faja de sus siguientes obras. Así funciona, a grandes rasgos, la cadena trófico-literaria.

Soy más de palabra escrita que hablada. No siento necesidad de comunicarme en modo bidireccional, porque implica escuchar. Yo no escucho; oigo, pero no escucho. Minerva es, en todo lo que implica lo humano, la excepción que confirma mi regla. Gabi aspira a serlo.

La admiro. Mucho. Creo que la quiero un poco. «Llamar a papá».

Günter le da una cesta de mimbre a Mine. Regresa al helicóptero para recoger el resto de equipaje.

—Andrea, querida, ¡qué divertido va a ser esto! —Cuando llega a mi altura, me estampa dos delicados besos en las mejillas. La dejo hacer—. ¡Qué lugar tan encantador!

—Tus lectoras saben cómo cuidarte. —Sonrío. No necesito dar la orden a mis comisuras. Se elevan solas. Una sonrisa de verdad—. ¿Café?

—No es necesario. Tú solo siéntate. —Escoge una de las sillas del porche—. Aquí, conmigo.

—Vale.

—Günter se encargará de mi equipaje, antes de irse. —Me guiña un ojo. Sonrisa traviesa—. Desayunemos y pongámonos al día.

Sigo en bragas. Tomamos asiento. El mimbre de la silla se me clava en el trasero. Pica. Mine saca un termo del interior de la cesta.

—Blue Mountain, querida. Jamaicano. Es mi café favorito.

También ha traído bollos calientes, mermelada, mantequilla y un mosaico de fruta cortada y pelada sobre una bandeja de bambú. Entro en la casa para buscar tazas y cubiertos. Aprovecho para dar un trago al bote de kétchup. Me cruzo con el bávaro macizorro («comprar bragas nuevas»), que carga una maleta inmensa. Sobre la barra de la cocina, ha dejado varias botellas de vino, quesos, embutidos, patés… Minerva viaja con un surtido gastronómico que sería la envidia del sibarita más exigente.

Cojo una bolsa de pipas, dos tazas, un cuchillo y dos cucharillas de café.

—*Señorra* Sabugo —«Señora, tu abuela»—, ¿puedo *saberr* dónde *dorrrmirá* Minerva?

—Arriba, a mano derecha.

Salgo al porche. Sobre mi silla, veo una pasmina cuidadosamente doblada. Mi trasero lo agradece. La Reina está enrollando un papel de fumar.

—Esto es maravilloso para la artritis. Mi segundo capricho jamaicano imprescindible.

Observo el movimiento de sus dedos: nunca he encontrado tan elegante la acción de liar un porro. Me siento, abro las pipas y compartimos el canuto. Doy un sorbo de la taza que me sirve Mine.

Tengo la sensación de que es la primera vez que pruebo el café en toda mi vida. Al lado del aromático Blue Mountain, el porro es soso e insípido. Casi me da pena acompañar esta delicia de pipas. Casi.

Fumamos y conversamos. Conversamos y fumamos. Me termino la bolsa de Churruca. Günter se ha marchado en el vientre del ruidoso monstruo volador que apenas hemos oído. Estamos absortas en nuestra conversación. Bebemos, comemos y seguimos hablando. Abro otra bolsa de pipas.

Nuestro agente ocupa toda la conversación. ¡Agentes! En las contadas ocasiones que he asistido a ferias o presentaciones, no ha faltado una aspirante a escritora —generalmente, son ellas las que preguntan— que me pidiera opinión sobre cómo empezar a publicar. Mi primer consejo es siempre el mismo: «A no ser que Andrew Wylie se ponga a tiro, ¡no tra-ba-jes con nin-gún a-gen-te!».

Mine está de acuerdo conmigo. Los agentes literarios son unos hipócritas. Y tramposos. Al nuestro tendrían que concederle una medalla a la excelencia en el gremio de marrulleros. Por eso accedí a que me representara. Por eso y porque suponía formar parte de una cartera en la que figuran tres de los escritores más leídos del mundo.

—Querida, Carriles pertenece a esa raza de hombres que solo escucha la palabra «no» cuando brota de sus propios labios.

—Ya.

—Y siempre apuesta a caballo ganador.

—No siempre.

—¿Has estado en su nuevo chalé de la playa, donde retoza últimamente con la bloguera? —Me mira. Levanta las cejas—. Desde que sale con esa, organiza fiestas ibicencas cada dos días.

—Sabes que no. No me gustan las fiestas.

—Tampoco los saraos literarios y aquí estás.

—No me lo recuerdes.

Entre calada y calada, Mine me cuenta que la última trilogía de Roberto de Álamo ha financiado el lujoso capricho en la costa de

Fernando. Entre sorbo y sorbo, habla de su exmujer, que sigue manteniendo un escandaloso tren de vida gracias a las jugosas comisiones que le aporta la pluma de Alberto Hernán.

—Y solo con la fortuna anual que le genera mi obra, podría haberse jubilado hace dos décadas. —Minerva es una de las más exitosas escritoras de los últimos tiempos. A pesar de ello y en contra de toda lógica, la aprecio.

—Ya.

—Y luego estás tú, querida. —Aplasta la colilla contra el cenicero y sirve otro café para cada una.

—Yo… —Hago una comparación mental, entre los beneficios económicos que puedo aportar a la agencia, frente a los de Hernán, de Álamo o la propia Minerva. Es imposible, comparar. Incomparable. In-. Quizá la adaptación de *Secreto a voces* haya alcanzado para pagar sus últimos implantes capilares.

Quizá. Cuando escribí esa novela, no lo hice con intención de que se convirtiera en una serie de televisión. Entre escritores, está muy mal visto eso de «escribir para». Poco importa que la frase la complete un «qué» o un «quién».

Que el director se encaprichara con mi trama y decidiera adaptarla fue un golpe de suerte. Marcó un antes y un después en mi carrera literaria. Desde entonces, mi frase la completa un «qué».

La misma productora que se forró con *Secreto a voces* ha comprado los derechos de *Sótano de hielo*. Eso no quiere decir que se acabe rodando, pero hay muchas posibilidades de que así sea. Todo depende de la financiación. Poco tiene que hacer el talento de los creadores sin la abultada cartera de un productor. Tampoco hay que obviar el papel de los políticos y funcionarios de las correspondientes áreas de cultura. La Administración es importante. El dinero es importante. Los contactos son importantes. El talento, no. El talento es útil, pero prescindible.

Las economías paralelas son, salvo raras excepciones, la clave para poder vivir de la literatura. Por eso ahora escribo mis novelas pensando en la pequeña pantalla.

«Pequeña pantalla». Me molesta que las palabras mientan o jueguen al despiste. Se dice pe-que-ña pantalla, cuando ya nadie tiene televisores de menos de cincuenta pulgadas. La mentira debería ser un juego reservado a los escritores. Si no escribes, no juegas.

Cualquier monitor de ordenador es mayor que el televisor donde yo veía *Pippi Calzaslargas*. Pippi Langstrump es ayer. Ayer, las verdaderas estrellas eran las de Hollywood. Hoy, el trono lo ocupan un puñado de *youtubers* con acné y nombre de dibujos animados. Mi corto entendimiento no logra procesar que esos niñatos amasen fortunas tan grandes como para verse tentados a ocultarlas en paraísos fiscales. Las últimas noticias afirman que ceden a la tentación, ¡ya lo creo que ceden! Y siguen surgiendo plataformas que en poco tiempo enterrarán YouTube, para verse a su vez desplazadas por otras. De un modo u otro, es algo que se escapa a mi reducida cultura tecno-social.

El verdadero éxito para un escritor no es que su novela termine convertida en un guion de cine, sino en una serie de televisión. Pasa lo mismo con los actores, que ya no aspiran a ser estrellas de Hollywood, sino protagonistas de una serie de Netflix, HBO o cualquier otra plataforma audiovisual.

El termo está vacío y el sol empieza a calentar lo suficiente como para irritarnos la piel. No me molesta.

Nos interrumpe el timbre de un teléfono. Nos miramos y reímos a carcajadas. Puede que la maría tenga algo que ver con esto y con mis disertaciones sobre el mundo editorial. Ninguna movemos el culo de la silla, ni un centímetro.

Minerva se ha quitado el sombrero. Yo no he tenido tiempo de ponerme unos pantalones. El teléfono vuelve a sonar. Dos veces.

Puede que hayan pasado unos segundos, media hora o una hora con sus sesenta minutos. No oímos el motor eléctrico del *quad* hasta que lo tenemos frente a nosotras. Lennon parece alterado, suda como un pollo bajo la chupa de cuero. Me entra la risa, de nuevo. Un chaleco de color magenta, con la marca Cool & Flow Events impresa en azul turquesa, completa su *look*. «Como si no se hubiera abrigado bastante».

—Señora Sabugo —«Señora, tu abuela»—, la están esperando en la carpa Cervantes. La he estado llamando.

—¡Cómo lo sentimos, querido! —Minerva sale al rescate—. Es culpa mía.

—¡Señora Novoa!, no la había visto. —Una de las columnas que soportan el pórtico oculta la presencia de la Reina al atribulado Lennon.

—Acabo de llegar y por lo que veo he retrasado los planes de Andrea.

—La disculparé ante los asistentes, faltaría más. Como le decía ayer a la señora Sabugo —«Y dale con señora»—, soy un gran admirador suyo.

—¿De veras? Siéntate a mi lado, querido, mientras mi amiga se viste.

—Ehh…, claro.

Recuerdo vagamente haber guardado en la mochila los papeles que me dio ayer Lidia. Fue una de esas acciones mecánicas. Quizá solo creo haberlo hecho. Quizá no los tenga. Quizá podría haber mostrado más interés por las actividades del festival. Quizá. Pero es más interesante Chandler. Y Mine. De un modo u otro, no tengo la menor idea de qué se cuece hoy en la carpa Cervantes.

Me doy una ducha rápida. Aprovecho el agua que sale de la alcachofa para lavar las bragas. Salgo de la ducha. Las cuelgo de la manija de la puerta. Me seco a toda prisa. El contraste entre el olor a jabón y el cargado ambiente del dormitorio me hace arrugar la nariz. Mi pituitaria suplica que abra la ventana. Lo hago.

Apenas corre una ligera brisa. Mar, arena, olor a sal y un irritante chillido. Gaviotas. Las detesto. Casi tanto como a los conejos. Por primera vez desde que llegué, soy consciente de encontrarme en una isla.

Meto la mano en el interior de la mochila, en busca de una camiseta. Saco una, al azar. Me enfundo los vaqueros con los que viajé ayer y enrollo un poco los bajos. Me veo en el espejo. No me miro, me veo. Por accidente. Veo a un Tom Sawyer bien nutrido. Con tetas.

Ya en la puerta, miro el reloj. Aún no he comprobado si tengo el programa de actividades. Revuelvo en el interior de mi vieja Alpine. Lo encuentro. Leo. En la carpa Cervantes se celebra una mesa redonda sobre novela negra. Mi nombre figura entre los participantes. Horario: once y media. Son las doce menos diez. Doblo el tríptico y lo meto en el bolsillo trasero de mis vaqueros. Bajo a reunirme con Lennon y Mine.

—Estoy lista. —El Beatle me mira raro. Sus ojos se detienen en mis pies. Arruga la nariz. Dice haber puesto al día a Minerva. Imagino que se refiere a los cotilleos sobre la isla con los que me bombardeó a mi llegada.

—Quizá quiera usted descansar y acomodarse —le ofrece a Mine—. Hemos retrasado su participación hasta después de comer.

—Querido, vivo a cien kilómetros de donde Heidi perdió los zuecos. Descanso la mayor parte del año. —Se levanta con agilidad. Está fresca como una lechuga. Señala hacia las bicicletas, apoyadas contra la pared, justo al lado de la puerta que conduce al recibidor sueco—. Eso sí, los pedales se los dejo a Andrea, que es joven; a mí me llevas tú en el trasto ese.

Me dirijo a la fachada lateral mientras Lennon acomoda a Minerva en su montura y arranca en dirección al festival.

Antes de partir, Mine y el mono surfista me guiñan un ojo.

Una de las bicicletas tiene cesta, la otra no. Elijo la de la cesta. La tomo del manillar. Me lío con los pedales. Meto el pie izquierdo entre los radios y me hago una herida en el tobillo. «¡Mierda!». Escuece.

Para evitar rozaduras, he dejado las Converse en casa. El calcetín se empapa de sangre. Salir en calcetines tiene sus inconvenientes. «Conseguir tiritas».

Hace calor. No quiero llegar oliendo a tigre, así que me quito la camiseta y la meto en la cesta de mimbre de la bici. Es verde, del mismo color que la que tenía de niña. Durante las primeras pedaladas, soy una cuarentona en baja forma, en sujetador y con un michelín que cubre la cinturilla de unos vaqueros remangados. A los cien metros, vuelvo a tener trece años, un amigo y una bici verde con bocina.

Percibo un sabor a chocolate y tofe en la boca, la sal de las pipas Churruca en los labios… Temo que la Orbea siga el ejemplo de aquellas bragas estiradas y se convierta en una bici-portal. Lo evito. Evito los placeres pretéritos, agarrándome a la desazón. Pies heridos, arena, calor. Sudor y sangre. La seguridad incómoda del presente es más amable que el pasado. El pasado tiene la mala costumbre de presentarse con un gran ramo de flores que precede a la puñalada con la que se despide. Ocurre siempre. Sin excepción. El pasado no entiende de sutilezas.

Escapo de los trece años a golpe de pedal. Regreso a los cuarenta y tantos. El michelín vuelve a estar aquí, acompañado de un tirón en el gemelo izquierdo, un intenso dolor en los pies y una molesta dificultad para respirar. En el roce que empiezo a sentir en la entrepierna, mejor no pienso. Percibo el olor del ramo de flores; podría evadirme de nuevo, pero me quedo. Asumo el dolor, me parece un precio justo.

Huyo de la niña, la adolescente y la joven Andrea siempre que me amenazan con su presencia. Las veo coronadas por una nube negra, como la de Charlie Brown —«¿Snoopy o Mafalda? Siempre Mafalda»—. Carlitos nació para ser carne de psicoanalista. Pobre Carlitos.

La mayoría de los adultos dicen disfrutar evocando un tiempo en el que su mayor preocupación era aprobar un examen. Yo no. No comulgo con la manida afirmación de que la mejor vida es la del estudiante. No estoy de acuerdo. La mejor vida es la que te deja libertad. Todos queremos hacer lo que nos venga en gana, cuando nos venga en gana. Nadie elige la obligación ante el libre albedrío. «Redactar teoría de la libertad inexistente». Ser estudiante es una mierda, a no ser que hayas alcanzado la mayoría de edad, tengas ingresos propios y seas tú quien decide SER estudiante. En el pasado se me obligó a estar, pero no pudieron obligarme a ser.

Un adulto ve limitadas sus libertades por la ley, por sus necesidades fisiológicas, por sus principios —de esos, conozco pocos casos—, por la sociedad... Ser niño o adolescente implica todo eso y, a la ecuación, debe sumarse la presencia de un grupo bien nutrido de adultos que deciden dónde tienes que vivir, qué tienes que estudiar, qué tienes que comer... Qué.

No fui una niña feliz. No recuerdo el nombre de ninguno de mis compañeros de clase, a excepción de Carlos. Tampoco soy una adulta feliz, pero hago lo que quiero hacer, me gano la vida con ello y vuelvo a tener una bici verde. No tiene bocina, pero tiene cesta.

Veo las instalaciones del festival. Me detengo. Apenas me quedan fuerzas suficientes para recorrer los pocos metros que me separan de la entrada. Dos kilómetros y medio en bicicleta es el mayor esfuerzo físico que he hecho en los últimos treinta años. «Meter una botella de agua en la cesta».

No me parece buena idea hacer una entrada triunfal al estilo de Lady Gaga, así que saco una toallita húmeda del paquete que Gabi metió en mi mochila («admito que son útiles, fuera del ámbito de la puericultura»). Me limpio el sudor y me pongo la camiseta.

Colarte en el festival no fue fácil, pero lo conseguiste. Aquí estás.

La isla es diminuta. Resulta sencillo orientarse y se puede recorrer a pie.

La observas. Salta a la vista que está baja de forma. Conduce una Orbea de color verde, que deja en el aparcamiento. La mira como si fuera un Ferrari. En otras circunstancias, te reirías.

Has consultado su programa. Hace treinta y cinco minutos que debería estar en la carpa Cervantes, pero ella no sigue las normas. No tiene horarios. Hace lo que le viene en gana. Siempre. Nadie le importa. A Andrea Sabugo solo le importa Andrea Sabugo.

La observas desde fuera. Intuyes que se acerca tu oportunidad. Viene precedida de un hormigueo muy leve, casi imperceptible, en las sienes.

Sigues siendo paciente. En eso, no has cambiado. Sabes esperar.

3

Habíamos estado nadando en el río. Nuestros bañadores ya casi se habían secado. Hacía calor. Compartíamos un paquete de pipas Churruca mientras leíamos sobre la hierba.

No sé si éramos los mejores amigos. No tengo mucha experiencia en ese terreno, pero me sentía bien con Carlos. Sabíamos compartir tiempo. Y silencios. Desde que a mi amigo se le llenó la boca de moscas, no he vuelto a compartir silencios con nadie. Al menos, de forma regular.

Los silencios son importantes. Alguna extraña fuerza que habita en lo más profundo del alma humana nos obliga a llenarlos. Es lo que los hace menos frecuentes. Y como consecuencia, más valiosos. Llenar silencios es una de las actitudes más destructivas que conozco. A-se-si-na-to. Hablar es asesinar el silencio. Un silencio lleno deja de ser un silencio. El silencio es vacío. El vacío es paz.

Mi amigo había encontrado un palo seco en el suelo. Lo quemó con un mechero que escondíamos en el tronco hueco. Lo usó para pintarse barba y tiznarse los ojos. Pretendía parecerse al aventurero de sus libros. Lo consiguió. Esa tarde, en el río, Carlos se transformó en Sandokán.

Sufría la desazón de haber terminado la última aventura protagonizada por el pirata de melena azabache que le quedaba por leer. Verificó que era la última, metiendo la mano en el agujero del árbol. Nuestro árbol de los tesoros ya no escondía más historias de Sandokán, así que optó por darme la murga con su cimitarra de juguete.

—Eres un plasta —me quejé—, sabes que odio que me distraigan cuando leo.

—Uy, sí, ¿cómo es eso que dices siempre? —rio—, lo de-tes-tas. «Detestar» es tu verbo favorito.

—No me des la turra.

—Está bien, ¡arriaré la bandera, si tú me lo pides! —exclamó, con tono teatral—, pero nunca harás tal cosa, porque frustrarías nuestra oportunidad de hacer fortuna.

—Nunca digas «nunca», amigo mío —le seguí el juego.

—Cuéntame una historia, Andrea, que se me han agotado todas.

—Mmmm…, está bien, no puedo dejarte huérfano de aventuras. No a Sandokán.

Carlos sabía escuchar, una virtud exótica antes y extinta ahora. Su interés por mis historias y su hambre de aventura maridaban de un modo excelente con mi imaginación. Eso lo convertía en el principal escuchante de mis relatos. Era el único. Él fue mi primer lector.

Hasta aquel verano, mis cuentos no salieron de allí. Nacían de la fuente de las historias, que era como llamábamos al salto de agua que se formaba antes de que el río se abriera para formar nuestra piscina, y morían en las profundidades.

Como ritual previo al relato, me acerqué a la orilla y bebí un sorbo de la poderosa poción de conocimiento que manaba pocos metros más arriba.

—¿Sabías que las botas rojas tienen poderes? —Mi padre había tirado a la basura unas botas de agua viejas, que yo había rescatado y llevado a nuestro escondite—. Leen el alma de quien las calza y lo transporta a otros mundos.

—¡Halaaa!, ¿a Oz, al País de las Maravillas?

—Qué poco original, de verdad… ¡Menuda birria de botas mágicas si tienen que recurrir a mundos inventados por otros! —protesté—. Para eso, que nos dejen en el barrio. No, las botas rojas son sabias y peligrosas. No hay ningún lugar en la Tierra o fuera de ella donde no te puedan llevar.

—¡Qué pasada!

—Eso mismo me dijo, una tarde como la de hoy, un tipo de larga melena negra y mirada tan profunda como la zona más oscura de nuestra piscina…

—¡Sandokán!

—Lo reconocí de inmediato y le ofrecí las botas mágicas, que se calzó sin pensarlo, para desaparecer ante mis ojos y sumergirse en el mundo submarino…

Esa tarde construí el mundo submarino que Sandokán conquistaría, con la inestimable ayuda de nuestras botas rojas.

Me inventé el cuento de *Las botas viajeras* con ellas puestas. Me quedaban enormes. Eran muy incómodas, pero nadie dijo que la magia fuera cómoda. Una buena historia bien vale un dolor de pies y un par de ampollas o tres.

Carlos interpretaba mis palabras con mímica esmerada, como si yo fuera la mejor dramaturga y él un gran actor. Pero él no era actor, sino un aventurero español de melena azabache. Y yo había construido un mundo para él solo.

Días, meses…, años después, me preguntaría si volvería a hacerlo, de saber que mi amigo elegiría su mundo antes que el nuestro. La respuesta parecía sencilla, debería haber construido uno para los dos y no solo para Sandokán. Pero era el pirata de los ojos tiznados quien se había quedado sin historias. A mí aún me quedaban miles por leer y algunas por escribir.

Cuando mi pluma se seque y en mi biblioteca ya no queden libros vírgenes, me calzaré, sin pensarlo, las botas rojas.

La observaste. Los observaste a ambos. Ellos no te vieron. Sabías que el niño la creía a pies juntillas. Sabías que la seguiría al mismísimo infierno. En aquel momento, desconocías lo premonitorio de tu pensamiento.

Ella le hablaba de unas botas mágicas. Él hacía aspavientos, mientras se bebía sus palabras. Era de trago largo. Se había pintado barba y sombreado los ojos. Era solo un cuento. Pero los cuentos son peligrosos, porque son ficción. La mentira es arriesgada. Y tiene consecuencias. No tardarían en averiguarlo.

Tú querías participar. Pero no podías, no deberías estar allí. Ya entonces eras paciente. Sabías esperar.

IX

Paso frente al aparcamiento de *quads*. A pocos metros, han habilitado un *parking* para bicicletas. Ninguna tiene candado. Actúo en consecuencia, dejando la mía apoyada contra la barra de una BH de color rosa chicle. Le echo un último vistazo. Me gusta.

A los trece años, desenroscaba el sillín y me lo llevaba a cuestas cada vez que aparcaba mi bici. «Como si los ladrones no supieran pedalear de pie». Tanto viaje al pasado me hace sentir vieja. Bragas, bicicletas… ¡Los portales son una mierda! No había vuelto a montar en bici desde los trece. Cojo la cesta, donde he metido tres bolsas de pipas y las toallitas húmedas. Me masajeo los riñones, meto tripa y tiro con fuerza de la cinturilla del pantalón. Acomodo, con dificultad, el michelín.

Me recibe una pequeña edificación blanca con la puerta de madera pintada de azul. Un remo tuneado para que parezca una pluma estilográfica («pedirle a Gabi la antología de Machado que le presté») me informa, con tipografía náutica, de que estoy en la zona de recepción y acreditaciones.

La puerta se abre. Lidia sale del interior. Viste un chaleco como el de Lennon, que le da aspecto de aparcacoches. «Tenga cuidado, no vaya a rayar mi Orbea de quinta mano».

—¡Andrea! —Dos largas zancadas y la tengo a un palmo de mi nariz. Mira la cesta y sonríe—. Quizá te resulte un poco incómodo andar con eso, ¿quieres que te la guarde?

—No.

—Bien. Te están esperando en la Cervantes desde hace más de media hora.

—Ya… —Se acerca un paso más. Me pongo tensa. Detesto que invadan mi espacio. Me agobio. Mucho.

—Supongo que a los escritores os gusta haceros esperar. —Me cuelga un voluminoso carné al cuello. Me da una copia del programa diario y un plano del recinto. Ha subrayado con rotulador amarillo chillón las dos actividades en las que participo hoy—. Luego me acerco, para ver cómo va todo.

—Vale.

—Por cierto, ¿sabes dónde está Catalina Fanta, la bloguera?

—No. —Reprimo una sonrisa al escuchar «la bloguera»—. No la veo desde ayer.

—No la ha visto nadie y su acreditación sigue aquí. —Me encojo de hombros y sigo caminando.

Mi primer día de escuela me obsequiaron con un collar parecido al que llevo ahora: «Me llamo Andrea Sabugo y tengo cinco años. El teléfono de mis padres es este y vivo aquí». Los carnés identificativos son como las sortijas o las cadenas de oro, cuanto más grandes y llamativos, menos me atrae conocer a quien los lleva.

Lidia-Rottenmeier, que me había conquistado con la vieja táctica de «fírmame la novela, me encanta cómo escribes», baja un punto en mi escala de tolerancia social. Se pone a la altura de mi tutora de sexto de EGB. Todo apunta a que pretende hacer de carabina para asegurarse de que soy puntual y cumplidora con mis obligaciones. De pronto, La Isla del Meridiano se convierte en Alcatraz. ¡Crisis! A mi alrededor, la luz adquiere un matiz rojo. Rojo fresa, rojo Kojac, rojo kétchup, rojo sangre. Rojo. Pum, pum; pum, pum. No es una buena señal. No.

Inspiiiirooo, espiiiiiro y no me sirve de nada. Alcatraz. Siento el frío de los barrotes entre mis manos, así que camino. Inspiro, espiro y camino, súbitamente arrepentida de haber venido. Me pregunto si estoy sufriendo un ataque y me ordeno parar. No es el mejor momento.

Se me acelera el pulso. Pienso en Minerva, que está aquí por mi estúpida obsesión con el meridiano origen. El cero no estaba en la agenda de Mine, que ya tendría que haber llegado. Me extraña que no me haya esperado en el aparcamiento. Pienso en el acento de Lennon. Esa cadencia en el lenguaje es de malo malísimo. Sé que esconde algo. Porque se nota que no le interesa la literatura y finge que sí; porque intuyo que no leyó ninguna de mis novelas y se llevó una consigo… Algo me dice que ni siquiera es guionista. Soy consciente de estar sufriendo un ataque de pánico que, en mi caso, siempre debuta con una explicación ficcionada de la realidad. Comprender lo que me ocurre no edulcora la situación, no la mejora. No.

«Lennon ha secuestrado a Mine. A saber dónde la tiene. Quizá esté encerrada en un zulo, al lado de la bloguera, en el extremo más oscuro y húmedo de esta Alcatraz literaria». Soy consciente de estar alimentando a los fantasmas de mi imaginación. «¿Lo soy?», de cualquier modo, no es el momento de establecer teorías. Sigo caminando. No inspiro ni espiro, porque es una chorrada de yoguis que no me hace sentir mejor. Intento convencerme de que ni Lidia es la Bruja Mala del Oeste, ni Lennon un malo de película, ni la isla de Santa Lucía la cárcel más famosa del mundo. Recupero el control.

Borro la imagen fantasma. Dejo que la realidad ocupe su lugar. Abandono Alcatraz y regreso al Festival Meridiano Cero.

Consulto el mapa que me dio Lidia. La calle principal parte de donde me encuentro. Muere en un pabellón alargado, destinado a los aseos, el botiquín y las zonas de coordinación, prensa y telecomunicaciones. A ambos lados se han instalado carpas y casetas. Todas las paredes son blancas; todas las puertas, azules.

Cada ocho o diez metros, veo puestos con cámaras de vídeo y unas cajas con agujeros que parecen nidos de pájaro. Imagino que serán los complejos sistemas de sonido de los que presumió Lidia en Puerto Salina. Mi cerebro analógico nunca alcanzará a entender algo así. No lo intento. Me siento parte de un programa de telerrealidad, donde nada escapa al ojo del Gran Hermano. Pienso en *Tiempo desarticulado,* la novela de Philip K. Dick, que inspiró una peli que yo no vi, pero medio mundo sí. Voy a tener que acostumbrarme a vivir una semana como si fuera Ragle Gumm —Truman, para los amantes del cine—. No sé si prefiero Gran Hermano o Alcatraz. Elijo no elegir.

Un puñado de personas circula en ambas direcciones. La presencia de otros seres humanos afianza la sensación de normalidad. Me aleja del encierro mental en el que me he sumido de modo casi inconsciente. Casi. Algunos visten el chaleco de Cool & Flow Events. «Pero cuando se trata de vender, Shakespeare gana la partida». Todos lucen un bonito carné de gilipollas colgando del cuello.

Leo las siglas C&FE en la esquina inferior derecha del programa. Es la misma tipografía náutica con la que se tallaron los remos de madera, transformados en paneles indicadores. Los han colocado a lo largo de la calle principal y a la entrada de cada carpa.

A mi derecha, casi una docena de casetas exhiben su cachivachería. Venden camisetas, bolsas de tela, tazas y eso que ahora llaman *merchandising.* Todo el género luce, sin excepción, una frase de Benedetti, Coelho o algún otro cuñado de pluma popular. Más de la mitad hacen publicidad de *La organización* y de la novela en la que se basa la serie.

Sospecho que el diseñador que ha creado el logotipo impreso a diestra y siniestra habrá sacado una buena tajada. No recuerdo su nombre, pero lo conozco. Lleva el pelo teñido de verde. Este último año ha sido portada de varias revistas de arte y cuadernillos culturales. El artista en cuestión ha concebido una esfera que representa la Tierra atravesada por una pluma estilográfica. Es una chorrada fea y cara. Pretende dar autenticidad a cada uno de los artículos, fabricados en China, que se venden por aquí.

Dejo atrás los *souvenirs* literarios que harían las delicias de los lectores de Catafanta; son el tipo de productos que consume esa comunidad que lee libros sobre libros y se viste con ropa que refuerza el mensaje de que son más lectores que nadie. Más y mejor. Intuyo que el trauma data de una infancia y de aquellas camisetas modelo «mi abuelita, que me quiere mucho, estuvo de vacaciones en Benidorm y se acordó de mí».

Detrás del bazar, una carpa con capacidad para unas cincuenta personas ha sido bautizada, según rezan los caracteres tallados en el remo-pluma, como Lope de Vega. Enfrente, una copia exacta luce, con la tipografía náutica que define la feria, el nombre de otro escritor: carpa Quevedo.

Sigo la calle principal, flanqueada por casetas de librerías y editoriales. Quienes las regentan llevan un pinganillo en la oreja y están conectados a ordenadores que les permiten atender a los compradores virtuales.

Me siento como una viajera del tiempo perdida en el futuro.

—Disculpe, ¡señora Sabugo! —«Señora, tu abuela»—, ¿sería tan amable de acercarse un momento?

—Mmm… —Miro el reloj. Llevo un retraso de cuarenta y cinco minutos. Me parece buena idea demorar mi llegada cinco más. Por redondear—. ¡Claro!

—Está usted de suerte, porque acaba de pasar por aquí la autora del libro. —La librera que acaba de reclamar mi atención no se dirige a mí, sino a un cliente que ha comprado, entre otros, un ejemplar de mi última novela—. Sí, estoy segura de que no tendrá inconveniente en firmárselo, si así lo desea.

La cámara web que tiene sobre el mostrador parece un muñeco cabezón. Lleva un micro incorporado. La gira en mi dirección. Me señala una pantalla, situada a su espalda, desde donde me saluda un hombre. Mediana edad, pelo ralo, gesto amable.

Hablo unos minutos con el lector, mientras le dedico un ejemplar de *Puerta al infierno* que, si lo he entendido bien, recorrerá cuatro mil kilómetros hasta su casa. Es muy probable que, a menos de quinientos metros de su sofá, haya una librería de esas que tienen que hacer equilibrios sobre la cuerda floja para llegar a fin de mes.

—Muchas gracias, me encantan tus novelas —me dice, mientras la librera gesticula para indicarme que responda al muñeco cabezón en lugar de mirar a mi interlocutor—. Me he inscrito en el taller de novela por ti. Cuando supe que impartirías uno de los bloques, no me lo pensé.

—Estupendo. —«Primera noticia, ¿taller de novela?». Me esfuerzo por ser amable y recurro a la frase-peloteo habitual—. Muchas gracias. Los lectores sois lo más importante para mí.

—¿Es cierto que en *Puerta al infierno* recuperas al psiquiatra de *Secreto a voces*?

—Bueno, eso tendrás que descubrirlo. —No sé de dónde carajo salen los rumores, pero imagino que son estrategias de la editorial—. Ahora debo irme. Llego tarde a un compromiso.

—Lo sé, te esperan en la mesa sobre novela negra. —«Esto sí que es increíble, ¡el tío de la pantalla conoce mejor el programa que yo!»—. Disculpa que te haya entretenido, pero no es fácil conseguir un ejemplar tuyo firmado. En cuanto haga el abono, conecto de nuevo con la carpa Cervantes. Te veo allí. Muchas gracias.

Me tomo unos minutos para asumir una experiencia que de nuevo parece escrita por Philip K. Dick. Casi estoy en posición de responder a si los androides sueñan o no con ovejas eléctricas. Juro que, si en este sarao, alguien ha tenido la idea de sustituir las hamburguesas por cápsulas de colores o la Coca-Cola por zarzaparrilla iofilizada, me largo.

Miro a mi alrededor. Veo libros y más libros que se venden a distancia. Libreros que cierran transacciones virtuales con lectores que se han inscrito en actividades literarias que se celebran a miles de kilómetros de su casa. Los imagino en pijama, con un carné de gilipollas como el mío colgando del cuello y la mirada vidriosa de quien lleva demasiado tiempo delante de una pantalla.

Libros y más libros. Libros solitarios, porque nadie los manosea, nadie los abre. Libros huérfanos, a la espera de que el librero les encuentre dueño, los tome del escaparate y los meta en un sobre con destino a quién sabe dónde. Libros viajeros.

Lignina Ediciones ha adelantado una semana la venta de mi novela, que preside dos de cada tres expositores de los que me rodean. La cubierta de *Puerta al infierno* es una birria, pero la alternativa que me dieron era peor.

Aferrada a la idea de que lo importante es el interior, no me suelo implicar en la elección de la portada. Hoy, con tanta copia junta hiriendo mi nervio óptico («llamar a Fernando y tratar el tema de la churro-portada»), me replanteo este romántico y absurdo principio personal. Cruzo los dedos para que mi editora americana tenga mejor criterio respecto al diseño. Los germanos no me preocupan. Casilda tiene un gusto intachable.

X

Me acerco a la carpa Cervantes. Por ser la principal, se encuentra frente al bar-restaurante. Si de mí dependiera, habría cedido a Quevedo esta ubicación. Sería lo más coherente.

Una de las zonas del bar se ha montado al aire libre. Percibo olor a cigarro. Es muy sutil. La elección de este escenario, apto para montar saraos a la intemperie, propicia dar esquinazo a las leyes antitabaco.

Corre el rumor, alimentado con gusto por un buen elenco de adictos, de que las musas se esconden entre efluvios de alcohol y humo. Este último goza de más prestigio si procede de una pipa que de un cigarrillo o de un puro. «Redactar teoría de los buenos humos». Es un hecho. No lo critico. Mis adicciones son otras, pero no me molesta el humo, dentro o fuera de mis fosas nasales. Del hecho de fumar solo detesto la connotación social que va asociada a su práctica.

Veo una barra a rebosar y largas mesas ocupadas. Un bar lleno refuerza la idea de festival sin público físico, pues la mayor parte de los asistentes son escritores.

Dejo el bar a mi espalda y entro en la carpa. Me recibe una joven con el chaleco-uniforme de C&FE. Está apostada a la puerta y recuerda a una institutriz estirada. Tras él, se acerca Carmelo. No habla. Solo me mira, suelta aire por la nariz, «un miura con rizos», y niega con la cabeza. Sonrío. No interpreta bien su papel.

La joven del chaleco aleja un *walkie* de los labios. Fuerza una sonrisa. Apuesto a que Lidia ya está informada de mi llegada. «Alcatraz».

—La estábamos esperando, señora Sabugo. —«Señora, tu abuela»—. Permita que la acompañe a la mesa principal.

—Disculpa por el retraso.

—No pasa nada. —Sigue sonriendo. Llama la atención de un veinteañero con pinta de becario, que me coloca un micrófono en el cuello de la camiseta.

El interior está lleno de cables, altavoces, cámaras, pantallas… Vuelvo a pensar en K. Dick. Si tuviera la tentación de traer una desgraciada criatura al mundo, me pondría unas bragas de plomo.

Sonrío al ver a Stan & Ollie en la mesa principal. Se llaman Ramón Villamor y Felipe Román, pero su aspecto me recuerda al Gordo y el Flaco. Son algo así como los Góngora y Quevedo del siglo XXI, más conocidos por la animadversión que se profesan que por su obra. Entre ambos, a modo de parapeto, los organizadores han sentado a Margarita Loprea, una escritora cuyos libros no he leído, porque está viva. No quiero correr el riesgo de descubrir que escribe mejor que yo. A su lado, hay una silla vacía. La ocupo mientras el moderador me disculpa ante los asistentes físicos y virtuales. Es un hombre de mediana edad, y según el programa, lector profesional y asesor editorial. Dirige un cuaderno cultural especializado en género negro.

Del medio centenar de sillas que han dispuesto frente a la mesa, se han ocupado poco menos de la mitad. No tengo duda de que, salvo raras excepciones —para mi tranquilidad, Minerva es una de ellas. No la han secuestrado—, aquellos que no van vestidos con chaleco de aparcacoches son traductores, blogueros o editores. Los escritores están en el bar.

—Aaaaaandi, ¡sonríe! —Miro a Olga, para permitir que mi gestora de redes inmortalice mi apatía. A su lado, Gabi se burla de la situación. Me guiña un ojo. Frunzo el ceño y los labios. Reparo en las cámaras. «Menuda mierda».

El moderador lee una semblanza con la que pretende describir quién soy. «Pobre diablo». Me cede la palabra. La tomo. Es lo que se espera. Las palabras se toman, se mastican y se escupen. Son maleables, lo que también permite retorcerlas, pero eso funciona bien con asuntos espinosos, como las relaciones románticas o la política. No aporta nada a la narrativa.

No leo lo que escriben los políticos. Una vez me acosté con un ministro de cultura. No sabría decir si me decepcionó más en la cama o en el Congreso.

En la mesa, debatimos sobre un montón de chorradas, como el futuro de la novela negra o la diferencia entre los investigadores actuales y los clásicos.

La atmósfera se enrarece cuando doy un par de opiniones controvertidas, así que opto por callar. Recuerdo al menos cinco motivos por los que detesto las mesas redondas, los debates y las entrevistas en directo. Los cinco están relacionados con la gente. Gen-te. Dos sílabas, cinco letras. Elijo callar. Las palabras también se pueden guardar. Sospecho que voy a salir de esta isla con la mochila llena de palabras nonatas.

Por suerte, una discusión entre Stan & Ollie relega mis opiniones al olvido. Los escritores se enzarzan cuando hablamos sobre la responsabilidad de reflejar el malestar social en la novela negra. El gordo afirma transportar toda esa responsabilidad en su petate. Stan entra en cólera, porque él es más comprometido que nadie y escribe mejor que ningún otro y que ninguna otra y todo más. Ollie entra al trapo y lo acusa de carecer del petate-metáfora que ambos usan para definir sus conciencias, o tenerlo tan vacío como la sesera. Presume de escribir mejor y vender más y todo más. Él, más. Más y mejor.

Cuando el moderador consigue poner fin a la discusión, es el momento de dar la palabra al público asistente. Miro los monitores, los pinganillos, el sistema audiovisual y me pregunto cómo carajo se les puede llamar a-sis-ten-tes, si no están.

A nuestra espalda, un plasma gigante muestra cientos de cuadraditos de colores que van cambiando de posición. Cada uno es un rostro que se amplía cuando la persona que se esconde tras él interviene. Para preservar nuestras cervicales, han colgado frente a nosotros tres pantallas más, una a cada extremo y otra en el medio.

Una de las ventanitas de colores multiplica su tamaño. En ella, identifico el rostro del hombre al que firmé el libro antes de entrar. Interviene para defender la más indefendible de mis opiniones. Bajo su rostro, un rótulo con un nombre y su localización: José Carlos Giner, Macondo. Supongo que los datos los aportan los participantes y no el Google Maps. Sonrío, porque es lo que se espera. Interactúo unos minutos con él —porque también es lo que se espera— y con algunos intervinientes que piden y toman la palabra. Piden y toman, piden y toman. Palabras yo-yo.

El resto de los participantes de la mesa permanecen en silencio, mientras los cuadraditos de colores me escogen como diana. Casi he perdido la paciencia cuando el moderador da por concluida la sesión.

Margarita se vuelve hacia mí. Me dice que le gustan mucho mis novelas. Confieso no haber leído nada suyo. Ignora que estar viva y escribir en mi idioma la excluye de mis lecturas en un futuro cercano, pero la mantengo en la ignorancia.

La escritora nacional viva me pide permiso para tomarse una fotografía conmigo —«Es para mis redes sociales. Te etiqueto»— y Olga aprovecha la circunstancia para copiar la estrategia —«Chiiiiicas, sonreíd»—. Me viene como anillo al dedo, porque no sé de qué va eso de «etiquetar». Detesto todo lo que suena a etiqueta.

Me despido de Margarita y la dejo hablando con Olga. Miro alrededor. Me extraña no ver a Carmelo. Imaginé que lo tendría todo el día pegado al trasero, haciéndome la pelota. Es lo que cabe esperar de un editor segundón al que le asignan una escritora de primera línea. No sé cómo tomármelo. Creo que estoy molesta.

Quiero ver a Minerva. Y una cerveza. Quiero tomarme una cerveza con Minerva.

—Andrea, querida —la Reina se acerca, acompañada de Gabriel—, eres única.

—Olga dice que, durante tu intervención, hubo un pico de asistencia brutal —informa Gabi.

—Bru-tal —repite Minerva, dándole un codazo cariñoso a Gabi, que la mira como si fuera la Virgen de Santa María en Traspontina—. Deberías asistir a más saraos como este, querida.

—No. Si el pico ese sube y los lectores me acribillan a preguntas es porque no tienen la oportunidad de hacerlo a menudo. Si me tuvieran hasta en la sopa, no habría pico. Gabi —acabo de recordar que debo decirle algo importante—, me tienes que devolver la antología de Machado que te presté en Navidad.

—Ehhh… *Ja klar,* en cuanto regresemos a casa.

—Tengo la boca seca de decir chorradas, ¿bebemos algo?

Gabriel se apuntaría de buena gana, pero en cinco minutos da una charla con un compañero en la Quevedo. Nos cuenta que lo conoció en Berlín, el año pasado. Está especializado en traducciones del siglo XVII y XVIII. Me importa un carajo. Por sus gestos y el tono que emplea para pronunciar la palabra «compañero», deduzco que la charla continuará en su habitación.

Minerva me toma del brazo y caminamos juntas en dirección al bar.

—«¿Devuélveme la antología que te presté?». Querida, tienes la delicadeza de un elefante.

—Ya.

—¡Aaaaaandi! —Olga llega dando saltitos—, tus redes echan humo, ¿te lo han dicho?

—Sí.

—Vale. —Parece decepcionada por la brevedad de mi respuesta. En lugar de irse, saca su teléfono del bolsillo. Nos enseña la pantalla—. Tengo un cotilleo sobre Catalina, ¿queréis que os lo cuente?

—No.

—¡Claro, querida! —Minerva me mira con desaprobación. La toma del brazo. Está tan escuálida que temo que se rompa. Las dos parecen muy interesadas en el móvil.

Olga nos cuenta, ufana, que la organización está buscando a la bloguera por toda la isla. Nadie la ha visto desde ayer.

—Pero yo sé dónde puede estar —añade, con tono misterioso, girando el teléfono para que yo pueda verlo.

—Permite que matice tus palabras, querida. —Minerva sonríe—. Intuyo, más bien, que sospechas con quién pudo haber pasado la noche.

Miro la fotografía. Olga la tomó ayer, durante la cena, en la pizzería de Santa Lucía. Catalina está apoyada en la barra. Dedica una sonrisa bobalicona a un tipo alto y musculado. Algunos cabellos rubios asoman bajo una gorra de béisbol de color granate. Apenas se le ve el rostro. Le saca más de una cabeza a la bloguera. Ella bebe algo de color naranja. Él le acaricia disimuladamente un pecho, por encima de la blusa. Tiene el brazo tatuado. Olga asegura que la cerveza que tiene delante no es la primera. Le calcula unos cincuenta años. «Yo sí que necesito una cerveza. Qué me importa la edad que tenga este tío o lo que estén haciendo la bloguera y él». Dice que tiene la tez clara y que parece británico. Pienso en Fernando. Si mi agente viera la fotografía, se arrepentiría de haberme pedido que inscribiera a su amiguita en esta bacanal con tufillo a gafapasta.

—Habrá que preparar un desfibrilador para cuando esto llegue a oídos de Carriles. —Minerva me ha leído el pensamiento.

—Carmelín alucinó, ¡como si no supiera que es una putita! —se desahoga Olga—. ¿Te lo dije o no te lo dije, Andi? Catalina es una golfilla.

Carmelo sale de la Lope de Vega. Se acerca a nosotras. Nos saluda educadamente. Confiesa haberse escapado de la carpa Cervantes durante mi intervención.

—Quería ver a unos amigos. Puesto que a Andrea no le gusta ser el centro de atención. —Me mira, sonríe. Me guiña un ojo—. Imaginé que no le importaría.

—Claro. —Yo también sonrío. Me cae bien. Y eso me fastidia.

—¿No estáis un poco agobiadas con tanta cámara y tanto horario? No me sentía tan controlado desde las colonias de verano con el colegio de curas.

Las tres asentimos. Olga ve una oportunidad en el agobio de mi editor. Le propone comer en Santa Lucía. Él acepta encantado. Lleva el carné de gilipollas escondido en el interior del polo. Lo imito y oculto mi identificación bajo la camiseta. No sé cómo no se me ocurrió antes. Los tortolitos se van.

Estoy tentada a seguir su ejemplo y salir de aquí, pero Minerva abre su copia del programa. En una hora, debemos estar en la Quevedo.

—Así que esto es cosa tuya. —Leo en voz alta—: «Taller de Escritura Creativa. Ambientación y simbolismo. Imparte el bloque: Andrea Sabugo. Dirección y coordinación del taller: Minerva Novoa». Debí suponerlo, ¡tú y tus talleres!

—Querida, yo accedí a amenizarte la estancia en la isla, ¿no es cierto?

—Mmm… —Lo es.

—Interpretaré eso como un «Sí, Minerva, y en agradecimiento, estaré encantada de impartir uno de los bloques de tu taller de narrativa».

—Mmm… —Apuro el paso. Necesito esa cerveza. Ya.

—Andrea, querida, ¿por qué vas descalza?

—Por la arena.

—Entiendo… —No entiende un carajo. Ella está siempre impecable y sus poderes mágicos de diva eterna la aíslan de los cercos de sudor, las rozaduras y todo aquello que nos toca los ovarios a las *Homo vulgaris.* En un gesto muy poco femenino, despego con la mano el tiro de mis vaqueros. Me escuece la entrepierna.

Entramos en el bar-restaurante. Está todo ocupado, pero dos mujeres con chaleco de aparcacoches de C&FE se levantan de una de las mesas y nos ceden su sitio.

Minerva me deja a cargo de su maletín. Se enfrenta a la marabunta de la barra. Pide comida y bebida para las dos. Vuelve, seguida de un camarero con una cerveza negra para mí y un margarita para ella. No sé cómo ha logrado que nos sirva en la mesa. Sobre el servicio de coctelería, en un bar de campaña como este, ni pregunto. Mine puede conseguir cualquier cosa.

En menos de veinte minutos, estoy frente a una hamburguesa doble de carne y triple de queso, con patatas fritas y aros de cebolla. Pido más kétchup. Mucho más. Minerva da buena cuenta de una ensalada sueca de patata y ahumados. La acompaña de un *bretzel*. «¿De dónde carajo han sacado todo esto?».

Devoro la hamburguesa, mientras Mine me expone las bases del taller de narrativa. Me escandaliza el precio que han pagado los participantes por cinco sesiones de tres horas que no les va a hacer mejores escritores. Si acaso, peores. O menos auténticos. Y más pobres.

Pierdo el hilo de lo que me cuenta cuando reparo en que Chamorro, el pintamonas, está sentado a pocos metros de nosotras. Nos mira de un modo extraño. Me da mala espina. Antes de que pueda decir algo, se levanta y se va.

Para terminar, compartimos un exquisito *apfelstrudel* con helado —casi tan bueno como el de Günter, apunta la Reina— y nos dirigimos a la carpa que será testigo de nuestro timo formativo.

—Bueno, pues nada —me quejo—, lista para atracar incautos.

—No digas eso, querida. Antes de inscribirse, los participantes pueden consultar el programa y decidir si les interesa. Nadie los obliga.

—Un programa que yo no he visto —me sigo quejando—. Nadie puede convertir el agua en vino ni a un tipo corriente en escritor.

—Dejando a un lado la abundancia de escritores-tipos-corrientes, una buena escritora, como tú, puede dar a los participantes herramientas y puntos de vista muy útiles… —Se lo piensa mejor—. Quizá es mejor que obvies tus puntos de vista, querida.

—Los escritores no entendemos de literatura más que las aves entienden de ornitología, Mine.

—Una frase maravillosa, querida. Lástima que no sea tuya.

—Vale. Es de Ranicki, pero me la creo.

De camino, Minerva me habla de Carmelo. Me dice que es el editor perfecto para mí, porque no me atosiga, no me controla, no me acompaña. No. Me mira, sonríe. Lo sabe. Sabe que, en el fondo, quiero que me atosigue y me controle y me acompañe. Y. Porque soy Andrea Sabugo y necesito que mi editor haga todo eso, para poder cabrearme y mandarlo a la mierda y ejercer de la rompepelotas que soy. Con Carmelo, es complicado alimentar mi fama de insoportable, intransigente e intratable. In.

Casi hemos llegado a la Quevedo cuando vemos acercarse a Lennon. Mira hacia los lados. Controla. Me recuerda a un pastor que cuida del rebaño. Nos saluda. Pregunta por Catalina. Y ese instante lo cambia todo.

No contesto. Minerva sí lo hace. Le dice que no ha visto a la bloguera y me aprieta la mano. Quiere llamar mi atención sobre un fugaz destello bajo la cazadora de cuero de Lennon. «Joder, una pistola». He visto pastores con cayados y hasta con báculos de obispo, pero ninguno con pistola.

XI

Mi intervención pone patas arriba la programación del taller. Apenas soy consciente de lo que digo. Aún menos, de las reacciones que provoco en mis interlocutores. Toda mi actividad cerebral se centra en tres sílabas, siete letras: Pis-to-la.

Durante ciento veinte minutos, obvio el título del bloque que debo impartir, «Ambientación y simbolismo, menuda chorrada». Me limito a desanimar al grupo de aspirantes a escritor. Argumento mi opinión sobre los cursos y talleres de narrativa, con ejemplos prácticos. Desarrollo de forma breve mis teorías sobre un mundo que ellos, a todas luces, han idealizado.

Mi diarrea verbal fluye con autonomía. Mi cerebro no interviene. Actúo de forma mecánica, mientras pienso en pistolas bajo cazadoras de cuero. Pistolas en la vida real. Pistolas fuera de la ficción. Pis-to-las.

En lugar de mostrarse contrariada por el salto de guion, Minerva aprueba mi aportación levantando el pulgar. Teclea en su portátil. Supongo que está ajustando los bloques que aún quedan por impartir y reordenando el contenido.

Esto es como cabe esperar. Funciona como una reunión de Alcohólicos Anónimos. Siguiendo la mecánica de la terapia grupal, invito a dos de los participantes a compartir algo que hayan escrito. Uno de ellos es tan malo que decido no comentarlo, para evitarle el bochorno. Le explico que se ha puesto en ridículo y que no es aconsejable que yo lo ratifique.

—Pero has sido muy valiente —añado, y con ello, agoto mi dosis diaria de empatía.

Sus compañeros aplauden. De estar presentes, sospecho que le darían un abrazo. Solo nos falta la moneda de «veinticuatro horas sobrio».

El segundo texto resulta ser un sucedáneo del estilo de Felipe Román, escritor que, casualmente, dirige un reputado taller. Pregunto al autor del fragmento si asistió al taller de Román. Sé la respuesta antes de formular la pregunta. Por supuesto que sí, lo hizo. Participó, como una buena parte de sus compañeros, en el curso de narrativa de Felipe Román. Su texto es soso y poco original. Una imitación. Es un Armani de mercadillo.

El entusiasmo que muestran mis alumnos, a pesar de verse apaleados por mis dudosas dotes educativas, confirma mi teoría sobre la tendencia al masoquismo de la especie humana.

No pretendo convencerlos de nada. Al fin y al cabo, si alguno de ellos llega a publicar, no me molestaré en leerlo. No los leería por principios. No me parece correcto hacer una excepción a mi norma de no leer a autores hispanohablantes vivos. En cuanto a mi segundo motivo, el riesgo de que sean mejores que yo, queda reducido sustancialmente por su participación voluntaria en este taller y otros similares. Los timos narrativo-formativos son como el opio, el que consume una vez, repite.

Estudio sus rostros en la pantalla. Me recuerdan a los millonarios caprichosos que sueñan con conquistar el Everest. Muchos lo acaban haciendo, de la mano de una docena de *sherpas* y un alpinista experimentado y emprendedor que vende deseos a precios prohibitivos. Esto es igual. Alpinistas y escritores no comprenden que alcanzar la cima del mundo o publicar una novela no es el objetivo. No.

Los textos que resultan de estas experiencias grupales carecen de alma y de voz propia. Así se lo expreso a mis eventuales alumnos, que aplauden en sincronía, como focas en el parque de atracciones. ¡Plas, plas!, ¡plas, plas!

Observo a la Reina. Quiero salir de aquí y averiguar por qué Lennon se pasea por ahí armado. Un reloj parpadea en el extremo inferior de la pantalla, infectada de rostros ávidos de conceptos inútiles, que se afanan en tomar notas y pedir la palabra. Lo miro con disimulo. Escucho el tiempo pasar en mi cabeza. Tictac, tictac.

Por suerte, nada es eterno. La pantomima se acaba. Minerva cierra la actividad con un pequeño discurso al que no presto atención. No escucho. Esta vez, tampoco la oigo.

Si algún día me abandonan las musas, quizá esto de vender esperanza sea una vía de supervivencia. Lo de la ética me importa un comino; atentar contra mis principios, no tanto. No se trata de una cuestión de moralina, sino de orden universal. De mi universo, pero es difícil de explicar. Más aún de entender.

Pienso en Groucho y en su manida frase sobre la volatilidad de los principios. —«Si no te gustan mis principios, tengo otros»—. No, lo que acabo de hacer no choca en modo alguno con mis principios. Elijo a Cortázar. Elijo.

Rayuela fue calificada de metaliteratura por los mismos motivos que yo bautizo como «metataller» lo que sea que he impartido las últimas dos horas. Un prefijo como arma contra el cinismo. Me-ta-ta-ta, suena a metralleta. Metralleta, arma de fuego. Pis-to-la. Tres sílabas, siete letras.

Salimos de la carpa en silencio. Saco una bolsa de pipas de la mochila. La abro. Dejo un reguero de cáscaras sobre la arena. Sospecho que Mine está pensando lo mismo que yo. Pistola.

Sin habernos puesto de acuerdo, nos dirigimos a la salida. Minerva se comporta de un modo extraño. Gira la cabeza, me mira, frunce el ceño y la vuelve a girar. Hemos sincronizado nuestros pasos —un, dos, tres, pis-to-la—, y nuestro silencio —un, dos, tres, pis-to-la—. Antes de llegar al aparcamiento de bicicletas —un, dos, tres, pis-to-la—, Lidia sale a nuestro encuentro —un, dos, tres, ¡aaalto!—.

—Hola, ¿qué tal todo?

—Bien —respondo sin detenerme un, dos, tres… Espero que Minerva haga lo mismo.

—¿Os marcháis ya? —Nos corta el paso—. No me puedo creer que os vayáis a perder el episodio piloto de *La organización*. Lo proyectan dentro de media hora, en la Cervantes.

Uno de los alicientes del festival es el preestreno del episodio piloto de *La organización*. La esperada adaptación de la novela de Julián Manzano que promete ser la serie del año, está en boca de todos. Manzano, que rehusó venir a la isla; Manzano, para el que hice de negra en más de una ocasión, antes de que mi nombre vendiera libros; Manzano, que debe su éxito a un gordo con la nariz empolvada y a su contable; Manzano, que me produce ardor de estómago.

Dos meses después de salir a la venta la novela, un director muy popular, de esos que se disfrazan de excéntricos, decidió adaptarla a la pequeña pantalla. Dentro de treinta minutos, los asistentes a la feria tenemos la oportunidad de ver el capítulo piloto en exclusiva y debatir con los guionistas. Manzano participará a través de un canal cerrado.

Se promociona como el primer estreno mundial sin *photocall,* sin actores, sin director, sin vestidos de gala… Sin. Es la única actividad de este circo sin acceso al público en general.

Algunos afamados escritores con carrera periodística en activo redactarán su opinión desde aquí para las principales agencias de información. Les darán difusión internacional. Imagino al director y a los productores de la serie esperando a leerlas, con las nalgas y los dientes apretados.

La productora y su editor están exprimiendo al máximo el caso real del cártel de los Saltacharcos. Su agente le ha organizado una *tournée* por platós de televisión en la que el autor se disfraza de perito especialista en tráfico de drogas y delitos internacionales. Se ha extendido el bulo de que el escritor ha recibido amenazas de muerte. Fardos de coca, billetes manchados de sangre, amenazas y detenciones frustradas…, suponen una campaña publicitaria impagable. La muerte y el conflicto venden, es un hecho. Asqueroso, triste. Rentable.

—Lo siento, querida, pero el viaje ha sido largo. Nos han invitado a una fiesta esta noche y me gustaría descansar un poco, antes de ir. —Minerva interpreta su papel. Se disculpa, con naturalidad—. Andrea se ha ofrecido a acompañarme a casa.

—Por supuesto, llamaré a alguien para que os lleve.

—Yo he venido en bic…

—Iremos a pie. —La Reina me mira. Leo hasta la última coma en sus ojos grises—. Un paseo me irá bien, para despejarme.

—Hace calor, señora Novoa, ¿seguro que no prefiere que la lleven?

—Seguro, querida. —Lidia no parece muy convencida, pero no le queda otra opción que dejarnos ir—. Aquí las distancias son cortas, pero agradezco tu interés.

Guardo las pipas que me sobran en la cesta. Tomo la Orbea verde de la mano. Caminamos en dirección norte. Caminamos.

Siento los ojos de Lidia clavados en mi espalda. Silencio. Roto por tres sílabas: pis-to-la.

A los quince minutos de abandonar el festival, alcanzamos la base de una pequeña duna de arena, que tengo intención de bordear. Minerva se detiene.

—Deja la bicicleta, querida. Sentémonos ahí arriba un momento.

—Si quieres descansar, mejor aquí abajo, ¿no te parece? —Me remango un poco más los pantalones. Sudo como un pollo. Me escuece la entrepierna—. Y así, hablamos de nuestro amigo, el Beatle armado, porque no sé tú, pero yo estoy a un paso de hacer la maleta y largarme.

—Querida, eres de las pocas personas que conozco que no usan maleta. —Su boca sonríe, sus ojos no. Pasa algo—… Y esta noche tenemos una fiesta. Sería una pena que te fueras antes.

—¿Fiesta? —Pensé que solo se trataba de una excusa—. No va en serio.

—Será algo muy íntimo, ya te cuento en casa.

—Ya. Las fiestas no son íntimas. Las fiestas son todo lo contrario al ejercicio de la intimidad.

—Ahora, confía en mí y sube. Necesitamos mirar esto desde otra perspectiva.

115

La observo. «¿Qué carajo necesitamos mirar?». Me da la espalda. Camina erguida, con paso seguro y el maletín en la mano, como quien recorre la avenida de una gran ciudad. La pendiente no existe. La arena es, bajo sus pies, un pavimento bien nivelado. Casi ha llegado arriba. Ni siquiera jadea. «Apuntarme al gimnasio». Minerva Novoa me pone en evidencia.

Me quito la camiseta y la enrollo encima de la cabeza a modo de turbante. «Sandokán. Moscas en la boca, gusanos, cuencas vacías». Me concentro en no morir durante el ascenso. Hago un esfuerzo por espantar las moscas. A los pocos metros, el intenso dolor que el roce de los vaqueros me produce en la entrepierna me hace olvidar los gusanos y las cuencas vacías. «Conseguir talco». Me escuece la herida del tobillo, la sangre me ha pegado los calcetines a la piel. Me queman las plantas de los pies. «Conseguir chanclas».

La superficie del terreno es compacta. El peso de mi cuerpo no la hace ceder. Sin embargo, no hay suficiente aire, en toda la isla, para llenar mis pulmones. Respirar duele. Caminar duele.

—Andrea, querida, debes ejercitarte un poco. De lo contrario, no llegarás a mis años.

—Ahora no, Mine. —Jadeo y bufo, bufo y jadeo—. Ahora no, carajo.

Al fin, conquisto la cima. Me dejo caer al lado de Minerva. No celebra mi logro. No me da la enhorabuena. Debería hacerlo. He alcanzado la cima de mi Everest. Está concentrada. Tiene la mirada puesta en el recinto donde se celebran los eventos literarios.

—Fíjate en las cámaras perimetrales. —La vista de las instalaciones es excelente.

—No lo pillo.

—Piensa, querida. —Me mira—. El sistema de cámaras del festival tendría que estar montado con el objetivo de transmitir *on line* lo que ocurre dentro y en cambio…

—¡Joder! —De pronto, lo veo claro—. Las cámaras también enfocan hacia fuera. Parece más un sistema de seguridad.

—Exacto. Un sistema de vigilancia, en una isla prácticamente

incomunicada y con una población que, durante estos días, se reduce a los asistentes al festival y a cuatro isleños. No le encuentro sentido. Teniendo en cuenta que todos pasamos la mayor parte del
tiempo ahí dentro, ¿a quién están controlando?

—Somos ovejas. Un rebaño controlado por Lidia, Lennon «pis-
to-la» y quién sabe cuántos pastores más —añado, pensando en las
chicas del chaleco que nos cedieron la mesa y en la joven del *walkie-
talkie* que me recibió a la puerta de la Cervantes—. Aquí pasa algo.
Eso, o me estoy volviendo paranoica.

—Voto por lo primero, querida. —Sonríe. Le brillan los ojos—.
Y vamos a averiguar qué es.

Minerva está eufórica. Le ha encontrado un nuevo sentido a
nuestra escapada literaria. Sostiene que romper la rutina es la mejor
medicina contra el envejecimiento.

—Esta pildorita —dice— la vamos a consumir sin receta.

Hay quien afirma que a Mine le gusta automedicarse. Gabi lo
dice. Dice que se traga pastillas de colores como si fueran caramelos.
Que yo sepa, solo le da al canuto y a la gastronomía bávara.

Necesitamos un plan. Acordamos trazarlo en Greenway House,
frente a una botella de vino. Inspiradas por uno de los cigarros de su
reserva especial.

Reemprendemos el camino, en silencio. De vez en cuando, nos
miramos. Caminamos, cada una sumida en sus pensamientos. Los
míos se reparten entre una dolorida entrepierna y tres sílabas «pis-to-
la» bajo una cazadora de cuero. Como si no tuviera suficientes mo-
lestias, el dolor de pies empieza a volverse insoportable.

Se levanta una brisa fresca. Es agradable. Me quito la camiseta de
la cabeza y me la pongo. Durante la maniobra, me huelo accidentalmente el sobaco. «Necesito una ducha urgente». Escucho un siseo a
mi espalda. Un siseo que, muy a mi pesar, se está volviendo familiar.

—Vaya, no esperaba encontrarlas por aquí. —Lennon «pis-to-
la» detiene el *quad* a nuestra altura.

—Bu-bue-n-no… —tartamudeo. Parezco imbécil. Evito mirar
hacia su costado derecho, donde brilla el arma. Quizá no brille,

ahora. Quizá no se note mucho el bulto que forma bajo la cazadora de cuero. Quizá. Pero sé que está ahí. Yo lo sé. Y Minerva lo sabe.

—Estoy un poco cansada del viaje, querido. Me duele la cabeza, así que decidí regresar dando un paseo. Andrea se ofreció a acompañarme.

—La habría llevado yo, señora Novoa —dice, con una sonrisa—. Suba.

—Te lo agradezco mucho, querido, pero prefiero pasear. Además, casi hemos llegado.

Lennon desiste. Nos señala un camino de acceso a la playa, a unos cincuenta metros.

—Pasear por el arenal de Barlovento es más agradable y cómodo que hacerlo por aquí. —Se fija en mis pies enfundados en calcetines—. En diez minutos, llegarán al pedrero, donde muere el arenal, justo detrás de Greenway House. No es la costa más propicia para tomar un baño, pero sí para pasear y deleitarse con el paisaje.

—Gracias. —Al fin logro articular una palabra completa. Evito mirar el bulto bajo la chupa de cuero. Reposo la vista en la pegatina del mono surfista.

——No hay por qué darlas. —Se baja del *quad*. Da dos pasos en mi dirección. No puedo evitar un respingo «pis-to-la». Doy un paso atrás—. Yo te llevo la bici, para que puedas disfrutar del paseo.

—Gra-cias —vuelvo a tartamudear.

El pastor se va. Alcanzamos el sendero y bajamos al arenal. Al contrario de lo que sucede en la playa de Sotavento, aquí el mar ruge embravecido. Las olas, al morir en la orilla, dejan un rastro blanco de espuma sobre la arena. Al fondo, veo la sombra de unas rocas afiladas.

Aina Persson es afortunada. Me gusta la idea de un refugio que mira hacia la calma y da la espalda a la tempestad. Es toda una declaración de intenciones.

El rugido del mar impide que podamos comunicarnos sin gritar, así que nos limitamos a seguir paseando en silencio. Un silencio irrompible, inmortal. Los silencios deberían ser irrompibles por definición.

Minerva lleva sus elegantes alpargatas de cuña en una mano y el maletín en la otra. Me quito los calcetines y remango los pantalones hasta la rodilla. Reconforta sentir el frescor del agua en los pies. La sangre reseca se ablanda. Escuece. También me escuecen las plantas, erosionadas por la arena. Y la entrepierna. Tanto, que casi me impide caminar. Casi me impide pensar en otra cosa. Casi.

Camino y pienso. Pienso en un guionista con pistola, que deja pasar la oportunidad de asistir al estreno de la serie más esperada del año para deambular por una isla donde casi no queda nadie. Casi. Ya no tengo duda alguna: Lennon no es guionista.

Las sigues. Andrea camina con las piernas abiertas, como un cowboy *sin caballo. Al lado de la Reina, parece una caricatura.*

No puedes evitarlo. La admiras. La admiras y la odias, al mismo tiempo. En tu admiración se esconde la mayor de las traiciones. Te culpas por ello.

Has evitado las cámaras, pero casi te descubre el de las gafas. Por suerte, puedes ocultarte a tiempo. Te refugias tras una roca y las ves entrar en Greenway House. Observas y esperas tu oportunidad. Esperas.

4

Faltaba una semana para que empezaran las clases. Mi madre había planificado una mañana de compras en el centro de la ciudad. Yo detestaba ir de tiendas. En este punto, no he cambiado. Aún lo detesto.

No encontraba lógico que, cada mes de septiembre, hubiese que comprar ropa y zapatos. Los adultos veían las vacaciones de verano como un periodo de desarrollo infantil masivo. Siguiendo su razonamiento, pasado el mes de agosto, dejaban de servirnos los pantalones, los zapatos y hasta las bragas.

Protesté, para librarme de la tortura anual de trapos y probadores. Puse la excusa de forrar los libros y hasta fingí que me dolía la garganta. No funcionó.

Invertimos toooda la mañana en comprar ropa interior, un chándal, cinco camisetas, un vaquero y un par de zapatillas deportivas. Mamá escogía. Yo probaba. A la pregunta de si algo me gustaba, contestaba enseguida que sí, con la esperanza de que aquella tortura se acabara lo antes posible. Era más lista que yo, así que dejó de preguntar.

Por suerte, mi paciencia tuvo premio. Antes de regresar a casa, fuimos a comer a mi hamburguesería favorita. Me dejó pedir el menú extragrande y comerme sus patatas. Salí de allí con los bolsillos llenos de bolsitas de kétchup.

El otoño estaba a la vuelta de la esquina, pero aún hacía calor. Los días ya no eran tan largos. Mis horas de libertad también habían menguado respecto al mes de junio. Ya en casa, consulté el reloj de la cocina. Aún me daba tiempo a pedalear hasta el bosque y darme un chapuzón en el río.

Decidí ir a buscar a Carlos, con la esperanza de que no lo hubieran castigado sin salir.

El día anterior, al anochecer, su madre había llamado a la mía, preocupada, porque no había llegado aún. Quería saber si su hijo estaba conmigo. Yo no lo había visto desde esa mañana. Supuse que se había entretenido, cambiando cromos o tebeos en el quiosco. Deduje que le caería una buena bronca.

Dejé a mi madre ordenando nuestro botín («era más bien suyo») y me fui a buscar la bici. De camino a la caseta donde la guardaba, noté algo raro en el ambiente.

Observé grupos de personas que no encajaban en el parque. Me refiero a padres de los que no jugaban ni acompañaban a sus hijos normalmente, chicos y chicas mayores que solo pisaban el parque por la noche y dos policías.

Lo de los polis era preocupante. No porque fueran polis, sino porque estaban fuera del bar de Paco. Era raro.

Imaginé cómo abordarían los Cinco ese misterio. Imitando a los personajes de Blyton, traté de establecer un patrón, con intención de descubrir qué estaba pasando. Todo el vecindario parecía haber salido a la calle. Se habían agrupado por edades. Cuchicheaban.

Al pasar frente a un grupo prioritariamente femenino, una mujer me señaló y dijo algo a uno de los policías.

—¡Joven! —El poli me llamó. Apuré el paso.

Estaba justificado no obedecer a un agente de la ley, porque no se había referido a mí —no por mi nombre—, no me había leído mis derechos y mis padres no estaban presentes. No.

El monedero de Snoopy, que había robado esa mañana en una de las tiendas del centro, me quemaba en el bolsillo. No fue robar, fue solo un hurto, porque no usé pistola, ni cuchillos ni nada, pero de pronto me sentí como si hubiera atracado el Banco Central. Por Mafalda, habría estado dispuesta a pasar un par de noches en el calabozo, pero el perro de Carlitos… Me pregunté por qué me habría arriesgado por ese perro que ni siquiera me gustaba.

—¿Andrea, eres Andrea Sabugo? —«Joder, jodeeer, niégalo todo, Andrea. Tú niégalo todo»—. Necesito hablar contigo, no tengas miedo. Será un momento.

—Sí —me rendí. La gorra y el uniforme me dieron dolor de tripa. Sentí unas ganas terribles de vomitar—, soy A-an-drea Sa-a-bugo.

—Nos han dicho que eres la mejor amiga de Carlos. Carlos Sariego Pinzones.

—E-eso creo.

—¿Eso crees? —Leí sus ojos y me tranquilicé: no sabía nada del monedero robado.

—Bueeeno, sí —Carlos y yo compartíamos muchas cosas y nos lo pasábamos bien, así que supuse que no mentía si decía que éramos amigos—, pero no sé si soy su mejor amiga.

—Su madre nos ha dicho que sí.

Así fue como supe que Carlos había desaparecido. Y que era mi mejor amigo.

Contesté a todo lo que me preguntó el policía. No mentí, pero tampoco le dije todo lo que sabía.

Era la primera vez que me interrogaban, pero había leído muchos interrogatorios en mis libros y en los de la biblioteca. Los suficientes para saber que no hay que contarlo todo a la primera. Además, no estaba segura de si Carlos había desaparecido de forma voluntaria o no. Si había elegido escapar, no sería yo quien lo delatase. Una no delata a su mejor amigo.

Si yo quisiera escaparme, me ocultaría en nuestro refugio, por eso no desvelé que teníamos un escondite secreto. Me limité a contarle que nos gustaba bañarnos en el río, leer y comer pipas. Lo había visto por última vez la mañana del día anterior. Sí, en el bosque. No, no estaba raro, solo enfadado porque no quería cortarse el pelo.

El poli me dio las gracias y yo seguí caminando.

La bici de Carlos no estaba junto a la mía, pero eso no estaba relacionado con su desaparición, sino con Paco. La semana anterior, el cegato de Paco, el del bar, había pasado por encima de ella con el coche. Carlos se había quedado sin vehículo. Tenía la esperanza de que los Reyes le trajeran una BH California. «Sí, sí, los Reyes». Me dije que después de escaparse y poner a todo el barrio en jaque, mi amigo ya podía despedirse de la bicicleta nueva.

Pasé frente al portal de su casa y decidí que no merecía la pena llamar. Estuve tentada a pulsar todos los timbres a la vez y salir pitando, pero una vecina que entraba en ese momento me miró con el ceño fruncido. Sus ojos me hablaron con claridad: si haces lo que estás pensando, llamo a un guardia.

Toqué dos veces la bocina y me largué a toda velocidad.

Cuando llegué a nuestro refugio, sentí un hormigueo extraño en la base del cráneo. Hoy, sé que los malos presentimientos, a veces, hacen cosquillas. En 1990, aquello solo era una sensación rara en la cabeza.

Como siempre, alejé la bici del camino y la oculté detrás de unos arbustos. Me agaché para pasar entre los matorrales que ocultaban la última parte de la senda que conducía al árbol de los tesoros. Lo rodeé.

Lo primero que vi fue la bolsa de pipas. Estaba arrugada y tirada en el suelo, al lado de un tebeo de Sandokán, acartonado y con burbujas, como si se hubiera empapado de rocío.

El día que inauguramos la piscina y llenamos el árbol de objetos valiosos, nos convertimos en dueños y señores de aquel pedazo de tierra. Redactamos un decálogo por el que se rigió, desde entonces, nuestra pequeña sociedad secreta. Una norma importante era la de mantener el refugio limpio y ordenado. No debíamos dejar nada ajeno al bosque fuera del tronco hueco cuando no estuviéramos allí. Una simple bolsa de pipas podría delatarnos y atraer a más niños a nuestra piscina. O aún peor, a adultos. Iba a protestar en voz alta. Iba a gritar que Carlos era un cerdo, cuando vi las botas.

Un par de botas rojas emergían del río. En el interior de las botas, estaban los pies de Carlos. Su cabeza descansaba, en un ángulo imposible, contra el salto de agua que limitaba la piscina en su zona más profunda.

Clavé los ojos en el rostro de mi amigo, oculto tras una cortina de cabello oscuro. Una maraña azabache adherida a su cara. Sandokán no había dejado que le cortaran el pelo. Todo se volvió rojo. Rojo fresa, rojo Kojac, rojo kétchup, rojo sangre. Rojo.

No estoy segura de si aparté la mirada. No sé si cerré los ojos de forma consciente o si la oscuridad sobrevino en ese momento. Los recuerdos de aquella tarde permanecen ocultos tras una niebla densa y roja, en algún rincón de mi mente que no he querido explorar.

Solo recuerdo que se me erizó el vello de los brazos. Y que comencé a sudar. Sin embargo, tenía frío. Se me aflojaron las piernas y caí al suelo. Oí trinar los pájaros y el crujido de las ramas, agitadas por el viento. También el motor de los coches que circulaban por la carretera cercana.

En un momento dado, ya solo oía los latidos de mi corazón, en estéreo, como cuando usaba el *walkman* nuevo, pero sin chicas cocodrilo, ni chica de ayer ni ninguna otra chica. Solo latidos, como tambores. Tambores rojos. Rojo fresa, rojo Kojac, rojo kétchup, rojo sangre. Rojos. Pum, pum; pum, pum.

No sé cuánto tiempo permanecí así, semiinconsciente o inconsciente del todo, o negándome a ser consciente. O. Negando que mi mejor amigo estaba atascado entre las ramas y piedras de río, que se había vuelto de color azul —azul cielo, azul mar, azul arándano. Azul—, que ya no compartiría más paquetes de pipas ni más historias con mi mejor amigo. Mi-me-jor-a-mi-go. Quise ignorar todo eso.

Me levanté del suelo, tiritando. Fijé la vista en la bolsa de pipas. Era azul y roja. Azul arándano y rojo sangre. Quise grabarme a fuego la cabeza de Tito, el cocinero del bigote, que sonreía desde los paquetes de mis pipas favoritas. Si conseguía retener su imagen en mi pupila, quizá se borrase la de las botas. Quizá desapareciese la maraña de pelo azabache y dejara a la vista el rostro de mi amigo. Quizá su rostro me sonriera, como el de Tito el cocinero. Quizá.

No tuve fuerzas para recoger la bolsa del suelo. La dejé allí, al lado del tebeo arrugado de Sandokán. Salí al camino sin mirar atrás.

Llegué a casa antes de que oscureciera, tras prometer a Carlos que guardaría su secreto. Añadí una regla fundamental al decálogo de nuestra sociedad secreta: no se delata a un amigo.

XII

Estoy sentada en el sofá, abierta de piernas, frente al ventanal. Me he embadurnado los pies con un antiséptico de color naranja. Espero a que se seque. Soplo, como si el hecho de exhalar fuera a servir de algo.

Antes de subir a la ducha, Mine me intenta convencer de que la fiesta no es una fiesta. Dice que solo somos unos cuantos amigos, un poco de comida y algo de beber. Unos cuantos, poco, algo…, palabras vagas. Lo contrario de las palabras justas. No quiero ir. Dos amigos puede ser una reunión, tres es un evento. Si hay comida y bebida, es una fiesta. Diga lo que diga Minerva.

No me sorprende que haya sido Olga quien propusiera alquilar el *pub*. Aún menos, que Gabi haya delegado en Minerva la tarea de convencerme para ir. Sabe que no soporto las fiestas. No soporto a la gente. No soporto los *pubs*. No.

Suena el móvil de Mine. Lo ha dejado al lado del cenicero. Leo la pantalla: Fernando Carriles. Contesto.

—Hola.

—¿Min… Andrea?

—Sí, soy Andrea.

—Ya, te estuve llamando. ¿Coges el móvil de Minerva y el tuyo no?

—Sí, el suyo está más cerca.

—Vale. Oye, ¿va todo bien? —Habla raro. Si no lo conociera, pensaría que está nervioso—. Me han llamado de la organización del festival. Preguntaban por Catalina. Estoy intentando localizarla, pero tiene el móvil apagado.

—Ya.

—Oye, pásame a Minerva.

—Está en la ducha.

—Vale. Andrea —titubea. Es raro. Fernando Carriles nunca titubea—, ¿cuándo viste a Catalina por última vez?

—¿En directo?

—Coño, cuándo la viste y punto, ¿qué sabes de ella? —se irrita. ME irrita.

—Ayer. La dejé en el muelle sobre las siete y media. Se aloja en el hotel de Santa Lucía, con Gabriel Alpide, mi gestora de redes y ese editor novato que me acaban de endosar.

—Lo sé. Hablé con el hotel. Tienen motivos para pensar que no regresó allí esta noche.

—Vale.

—Oye, por concretar: la viste por última vez ayer, en el muelle, sobre las siete y media —tartamudea. Es raro. Fernando Carriles nunca tartamudea—. Y no la has vuelto a ver.

—Verla, sí que la vi. Hay una foto, de tu chica. Con un tío en la barra de un restaurante, aquí, en Santa Lucía. —La respuesta de Fernando puede ser desagradable. Prefiero ahorrármela. Cuelgo.

Doy la última calada al porro que Minerva ha liado para mí. Cierro los ojos. Espanto las moscas, aparto los gusanos, olvido las cuencas vacías y me relajo. Silencio. Hasta que escucho el rugido del mar. De nuevo unos segundos de calma, hasta que la siguiente ola alcanza su final contra las rocas.

Las playas son cementerios. Imagino muertes violentas al nordeste, «barlovento», donde el mar brama y las rocas esperan, y plácidas al oeste, «sotavento», donde olas más afortunadas son abrazadas por una fina lengua de arena dorada. Celebro mi repentina diarrea poética con una carcajada, otra y otra más. Tras la tercera, concluyo que la diferencia entre poetas y novelistas se esconde, sin duda, en la marihuana. Carcajada.

Abro los ojos. Descanso la mirada sobre la pasarela de madera.

Lo que ayer tomé por antorchas tradicionales no tienen mecha. Son unos dispositivos electrónicos programados para encenderse y apagarse en función de la cantidad de luz exterior. Tecnología moderna para evocar algo tan primitivo como el fuego. La ciencia al servicio de la imaginación.

A pesar de las tres sílabas que vuelven a retumbar en mi cabeza, «pis-to-la», me siento relajada. Podría acostumbrarme a esto.

Escucho cerrarse un grifo en la planta superior. Confirmo que el Betadine se ha secado. Me levanto. Abro una botella de vino. Una nube de polvos de talco cae de mi entrepierna, dejando un rastro blanco sobre la tapicería de color gris marengo del sofá. Me vuelve a dar la risa. Me encanta la maría de Mine, podría aficionarme.

Veo moverse una sombra al otro lado del cristal. Tres sílabas: pis-to-la. Casi me atraganto. Vuelvo a mirar, con la esperanza de haber sufrido una alucinación. No alucino, es real. La veo deslizarse hacia la fachada sur. Oigo un ruido metálico, «sea lo que sea e-so, ha tropezado con las bicis». La sombra dobla la esquina. Desaparece de mi campo visual. El foco de la puerta lateral, conectado al sensor de movimiento, proyecta una luz blanca. «Demasiado ruidoso para ser un conejo. Sea lo que sea, es grande». La luz se refleja en la cristalera principal. Un reflejo me reafirma que no sufro alucinaciones. Hay alguien ahí fuera. Y va a entrar, ¡joder, joder, joder!

Me parece oír las palabras de Lennon «pis-to-la» cuando me habló de la entrada lateral. Él lo sabe. Sabe que la puerta está ahí. Sabe que da acceso a la casa. ¿Lo sabe alguien más, está abierta? ¡Joder, no lo sé! Me esfuerzo en hacer memoria. Estoy demasiado nerviosa. Recuerdo un perchero, un zapatero de madera y dos puertas más. La del estudio de Aina está cerrada, pero la otra, la que se abre al exterior…, ¡joder, joder, joder!

Me obligo a reaccionar. Corro hacia una tacoma de madera que he visto sobre la encimera de la cocina. Desecho un par de cuchillos que me parecen inofensivos y escojo el más grande, el más afilado, el más largo, el más. Mis nudillos palidecen al apretar el mango con fuerza. Tras un instante de duda, rechazo la idea de avisar a Minerva, por miedo a que el intruso me oiga. Tiemblo. «Esto no es una novela, joder. ¡Ains!, estoy acojonada. Necesito mear. Me meo».

Escucho los pasos de la Reina sobre mi cabeza. «No bajes, Mine, no bajes». Silencio. Mi corazón, que hace un segundo latía en su sitio, discreto y regular, se ha instalado en mis oídos. Y late sin discreción alguna. Latidos como tambores, pum-pum, pum-pum, tapan el rugido de las olas. Las imagino rompiendo a mi espalda, contra las rocas. «Muerte violenta». Pum-pum, pum-pum, pum…

Entre diástole y sístole —la profe de ciencias nos explica cómo funciona el sistema circulatorio, Carlos esconde el tebeo de Sandokán bajo el pupitre, moscas en la boca—, oigo acercarse lo inevitable. Diástole, una tabla cruje a mi izquierda; sístole, la puerta lateral se abre; diástole, pasos que se acercan; sístole, una silueta gruesa en la penumbra.

Me preparo para atacar. Aprieto el mango del cuchillo con más fuerza. Tiemblo.

—¡Alto ahí, cabrón! —La luz, proyectada por las falsas antorchas a la espalda de Chamorro, le dan un aspecto fantasmagórico. Saca algo del bolsillo—. ¿Qué llevas ahí, cabrón?, ¡suéltalo!

—Tranquila, yo…

—Pintamonas de mierda, ¡suelta eso o te atravieso como a un pincho moruno! —Me pitan los oídos. Se me nubla la vista. Me tiembla la mano. No oigo a la Reina bajar. Tiemblo.

—¿Un pincho moruno? Qué poco original. —Minerva se divierte. Se acerca al dibujante y toma un paquete de sus manos. No entiendo nada—. Andrea, querida, deja el cuchillo jamonero en su sitio. Günter ya ha cortado el jamón, antes de envasarlo al vacío. No necesitas eso.

La ves en guardia, con el cuchillo en la mano. Aprieta el mango con fuerza. Tiembla. Casi puedes oír su corazón, latiendo desbocado.

Por un momento, temes que el gordo la vaya a matar. No puedes permitirlo. Quieres hacerlo tú. Quieres venganza. La otra baja por las escaleras. Habla. Andrea deja el cuchillo. Observas cómo se relaja. Tú también lo haces. Te vas. Demasiada gente. No es el momento.

XIII

Desconcierto. Solo oigo los latidos de un corazón que sigue instalado en mis oídos, pum, pum; pum, pum. Cuando logro asimilar que estoy fuera de peligro, dejo el cuchillo en el taco de madera.

Caigo sobre un taburete, que impide que me dé de bruces contra el suelo. Me tiemblan las piernas, pum-pum, pum-pum. En los peores momentos, mi atención se centra en las mayores chorradas, así que, a pesar de la tensión que bloquea mis neuronas, un par de ellas reparan en el pantalón de lino y el blusón de colores neutros que Minerva ha escogido para la fiesta. No sé cómo carajo se las arregla, pero no veo una sola arruga. Yo sigo en bragas.

Mine sonríe. Me cabreo. Mucho. Al otro lado de la isleta, Chamorro me mira con los ojos muy abiertos. Inmóvil.

—Ramón, querido, ¿conoces a Andrea?

—Para mi desgracia —contesta el gordo.

—Maldito pintamonas, gordo de m... —tomo consciencia de que podría haberlo herido—, ¡casi te clavo un cuchillo en el corazón!

—Lo haces cada vez que me llamas pintamonas, cariño.

—No me llames «cariño» ¡y deja de mirarme las bragas!

—No me llames «pintamonas» ¡y ponte unos pantalones!

—Vaaamos, muchachos. —Minerva se sienta frente a mí. Nos habla como a niños en el patio de la escuela, mientras abre el paquete que ha traído Ramón. Lo mira con avidez. Alargo el cuello, para ver qué contiene. Alucino ante la visión de docenas de pastillas de todos los colores.

—¡No me jodas, Mine! Este tío es una farmacia. —La Reina me mira. Sonríe.

En unos minutos, Minerva ha decantado la botella de vino y colocado una bandeja con bollos de semillas sobre la mesa. Nadie diría que hace poco más de diez minutos casi sufro un infarto, casi llamo a la policía, casi tenemos un cadáver gordo sobre el suelo del salón. Casi.

Esperamos a Carmelo. El pintamonas dice haberse adelantado para traerle el alijo a Minerva «muy discreto». Mi editor y él van a llevarnos a Santa Lucía. Al *pub*. A la fiesta. Yo no voy.

—Será algo íntimo —me dice Chamorro—. Carmelo y su chica, Gabi, vosotras y yo. Para confraternizar un poco.

—Confraternizar implica A-mistad y A-mor y A-fecto. Y. Tres aes con las que no comulgo. Paso. No voy.

—Vamos encantadas, querido. Andrea no pone especial interés en fomentar las relaciones sociales —me mira, ríe—, pero se tomará la molestia de vestirse y acompañarnos.

—Oye, que estoy aquí —protesto—, por si no os habéis dado cuenta.

Exceptuando el cenicero y las colillas, la estampa es idílica. Una escena de novela escandinava: tres amigos sostienen una copa de vino en una mano y un bollo aromático en la otra. Charlan amigablemente. De vez en cuando, ríen.

—¡Ja, ja y ja! —Chamorro intenta defenderse ante mí, que lo acuso de cerdo. Y de baboso. Y de todo lo que se me ocurre. Y. Necesito liberar adrenalina—. Es muy fácil ponerse en plan feminista e increparme, mientras te paseas por ahí en bragas, con la entrepierna maquillada como si fueras una *geisha*.

—Lo que me faltaba, ¡una *geisha*! Todos los tíos sois iguales.

—Vosotras sí que lo sois. —Se atraganta—. Mira el lío que montó la bloguera esa por una viñeta inocente. Me buscó un problemón.

—¡Tú eres imbécil! —Me levanto y camino hacia las escaleras. Soy consciente de que Minerva se lo está pasando en grande. Por primera vez desde que la conozco, le retorcería el pescuezo. Antes de subir, me doy la vuelta y gruño—: Vuelvo enseguida. Y no es maquillaje, idiota. ¡Son polvos de talco!

Entro en el cuarto en el que se ha instalado Mine. Comunica con un vestidor enorme, donde intuyo que podré encontrar prendas que hagan más agradable mi existencia en la isla. Solo de pensar en embutirme los vaqueros, me arden los muslos de nuevo.

En el dormitorio hay un autorretrato al óleo de la dueña de la casa. Intuyo que usará una talla similar a la mía. Curioseo entre las perchas y compruebo que no puedo estar más equivocada. Todas las prendas parecen para la Barbie. «Será muy sueca, pero Aina Persson no ha probado un rollito de canela en toda su vida».

Por suerte, a la pintora le va el yoga. Tiene un armario de doble puerta destinado a esterillas, zafus y ropa de algodón orgánico de talla única. Los yoguis usan ropa enorme y tejidos suaves. Descarto las mallas. Me decido por unos pantalones amplios de color arena. Me los pruebo. Ya no me parecen tan amplios —«¿talla única?, ¡vamos, no me jodas!»—. Ta-lla-ú-ni-ca quiere decir que le vale a Mine y a Chamorro y a Aina y a mí y a todo dios. Ú-ni-ca.

Aprovecho para buscar unas chanclas. Localizo unas, pero son tres números menos que mis Converse «mierda». Antes de cerrar la puerta, tomo prestados un par de calcetines negros, con dedos de siete colores, uno por cada chacra, y bolitas de silicona pegadas a las plantas.

Entro en la ducha. Dejo que el agua arrastre mi inquietud. «Otra chorrada poética, demasiada maría». Dejo caer los párpados. Echo la cabeza hacia atrás, inhalo el aroma a mimosas del gel de baño. El momento aromaterapia se ve truncado por las moscas, los gusanos, las cuencas vacías.

Abro los ojos, sin molestarme en espantar las moscas, pisar los gusanos y olvidar las cuencas vacías. Salgo de la ducha y me miro al espejo. El michelín sigue ahí. Me reta. «Mañana, ensalada».

Recuerdo el conjunto impecable de Mine antes de tomar una decisión respecto a mi indumentaria.

Abro la mochila y valoro mis alternativas: no son muchas. Pantalones: ¿vaquero claro —sudado en la entrepierna— o vaquero oscuro —limpio—? Miro el pantalón yogui-morcillero de algodón que he dejado sobre la cama. Como es una fiesta, me quedo con el vaquero oscuro, el limpio. «Hacer colada». Segunda decisión: camisetas, ¿lisa o con dibujos? Con dibujos; ¿blanca o negra? Negra, a juego con los calcetines de dedos. Elijo la de la gira de Iron Maiden del ochenta y seis. Adoro a esos tíos. Elijo.

A fin de encontrar mi equilibrio mental, proceso lo ocurrido con Chamorro. Funciono así. No puedo ocuparme de resolver dos asuntos al mismo tiempo, «tres sílabas: pis-to-la». Necesito cerrar el conflicto de esta noche para poder centrarme en el Beatle matón y las cámaras espía.

Racionalizo: Minerva consume drogas. Opiáceos, supongo. Pastillas de colores y cigarros de la risa. Imagino que Günter sabe lo de la maría. Es probable que se la consiga. Imagino que ignora lo de las pastillas, por lo que la Reina recurre al pintamonas. Su proveedor le pasa la mercancía con regularidad, en ferias, festivales y demás saraos literarios. Concluyo: Chamorro es un cerdo y un camello, pero no constituye un peligro. Una vez procesado, archivo el asunto.

El episodio del pintamonas y el cuchillo jamonero ya no ocupa espacio en mi departamento cerebral de dramas. Si tuviera uno reservado para guiones de cine, lo clasificaría entre Almodóvar y Tarantino. No lo tengo. Me olvido. Elijo olvidar.

XIV

A mi regreso, Chamorro ya sabe lo de la pistola de Lennon. Está informado de nuestras sospechas. Dice que ha estudiado algo relacionado con imagen y sonido. Controla. No reparó en la orientación de las cámaras de vigilancia de la feria, pero sí en que hay un sistema similar en el hotel, el *pub* y la pizzería del pueblo. Encontró extraña tanta seguridad, pero supuso que eran circuitos privados. No le dio mayor importancia. Las explicaciones de Minerva han cambiado su visión del asunto. Después de hablar con ella, Chamorro no tiene duda de que nos están vigilando. Sospecha que los alojamientos de los escritores también tienen cámaras.

Se levanta, camina hacia la cocina. Se le cae un taco de cromos del bolsillo. No me extraña que un tipo que se pasa la vida entre tebeos coleccione cromos. Los recojo, los pongo sobre la isleta. Lo observo. Palpa el interior de la campana extractora. Levanta las rejillas de ventilación. Se sube a un taburete, a fin de examinar los óculos del techo, y casi se da de morros contra el suelo.

—¡Coño!, ¿qué hacen aquí mis tripis? —Recupera el equilibrio y recorta uno de los cartones de colores. «Parece que no son cromos».

—No jodas, ¿ácido? —Me fijo en los dibujitos diminutos de los cartones. Veo que están perforados.

—Cariño, no imaginas lo que les gustan los piolines a los escritores. —Me ofrece un Piolín, un Pato Lucas y un Bugs Bunny—.

136

Estoy convencido de que algunas de las mejores historias que has leído salieron de un buen viaje.

—Buenos o malos, paso de viajes. Y como me vuelvas a llamar «cariño» te tragas el elenco completo de los Looney Tunes.

—Tú te lo pierdes. —Se vuelve a guardar la droga en el bolsillo. Tuerce el gesto.

Satisfecho de no haber encontrado micros, cámaras o juguetes más propios de James Bond que de una pintora sueca aficionada al yoga, se dirige a la planta de arriba. Tarda diez minutos en regresar. Para entonces, Carmelo ya ha llegado. Mine lo ha puesto al día. Yo solo estoy presente. Ni siquiera escucho. Solo oigo. Entre sorbo de vino y calada de maría. Oigo.

—Aquí dentro no hay nada —sentencia Chamorro—, pero recuerdo haber visto tres cámaras exteriores. Una en la zona superior de cada una de las fachadas laterales y otra en la principal. Puede que sean cuatro, si han instalado otra en la fachada trasera. Cubriría todo el perímetro. Sin embargo, no veo paneles de vigilancia.

—Tampoco hay pegatinas de ninguna empresa de seguridad —observa mi editor.

—Podemos buscar entre los papeles de Aina —dice Minerva, desde el sofá. Es buena jugando a detectives; lleva décadas haciéndolo—, por si hubiera algún contrato.

—O la llamas directamente y le preguntas —intervengo. No me gustan los misterios. No fuera de la narrativa. Los misterios se inventaron para la ficción. En otro contexto, son un problema. Y detesto los problemas.

—Es más divertido así, querida. —Enciende otro porro y se lo pasa a Carmelo—. Alguien, en algún lugar, tiene que estar viendo las imágenes que captan esas cámaras.

Mi editor da una calada al porro. Se lo devuelve a Mine. Escucha. Frunce el ceño. Apunta que, desde que puso un pie en la isla, está incómodo. Siente que nos controlan.

Chamorro se queda en silencio. Vacía la copa de un trago. Toma el último bollo y le da un mordisco.

—Voy a desconectar las cámaras del *pub*. Paso de que nos vigilen. —Habla con la boca llena. Se le han quedado semillas de chía atrapadas entre los dientes. Se dirige a Carmelo—. ¿Me ayudarás?

—Cuenta con ello.

—Es una idea excelente, querido. —La Reina dibuja anillos de humo con la boca—. Por otro lado, quizá sea mejor que nuestras sospechas no salgan de aquí hasta que no averigüemos algo más. Olga y Gabi no deben preocuparse sin motivo.

Cuando Mine menciona a Gabriel, Carmelo se tensa. Han discutido. El traductor quería invitar a Catalina a la fiesta. Mi editor, no. «Vaya, vaya, parece que el tortolito se ha desenamorado».

Ocurrió en el *pub,* antes de que Carmelo saliera para acá. Estaban preparando las bandejas de comida para la no fiesta. Tal y como pactaron con la dueña, la puerta estaba cerrada al público. Gabi propuso invitar a la bloguera. Olga entró en cólera. Carmelo la apoyó. Por suerte. Una cosa es con-fra-ter-ni-zar con dos casi amigos y tres conocidos a los que tolero, y otra muy distinta, practicar las tres aes —A-mistad, A-mor y A-fecto— con Catalina.

—Para invitarla —dice Chamorro—, habría que encontrarla primero. Los de la organización me preguntaron por ella al salir del festi. A mí, a la editora de Minerva, a dos ilustradores…, a todo el mundo. Hace un par de horas, seguía desaparecida.

—Estará con el musculitos inglés —dice Carmelo. Parece celoso. Me mira—. Sé que Gabi y tú sois amigos, pero con lo mal que lo trata Catalina…, a veces se porta como un masoquista.

—Ya. —Lo del «musculitos inglés» me ha recordado la llamada de Fernando. Dudo si será buena idea hablarle a Mine de eso ahora. No, mejor a la vuelta.

—No entiendo que, después de hacerle la putada del siglo con aquella traducción, aún la compadezca.

—Es como lo de que tú seas editor. —Mi incontinencia verbal hace de las suyas.

—¿Qué quieres decir?

—Pues eso, que no entiendo que el homosexual sea Gabi y el editor tú.

—¡Nooo, no me puedo creer que hayas dicho eso! Cómo puedes ser tan impertinente, Andrea. Pensé que en la editorial exageraban.

—Ya ves que no.

—Gabriel es un buen chico —interviene Mine—. Habrá sentido lástima por ella.

—¿Buen chico? —Chamorro me mira. Sonríe—. A Gabi le va la marcha, ¡no me jodas! Y ya que pasamos de chorradas políticamente correctas: Carmelo, tío, yo también pensaba que los editores eran siempre tías o maricones.

—¡Hay que joderse!, ¿a quién maté para tener que escuchar semejantes burradas?

—Ramonín, querido…

Coincido con Chamorro. Y con Carmelo. Gabi es masoquista. El ser humano, en general, tiene tendencia al masoquismo. Lo constaté con los alumnos del taller literario y lo ratifico ahora («redactar teoría al respecto»). Pienso en las palabras de Chamorro («titularla *Nos va la marcha*»).

Carmelo no parece muy contento. Sospecho que se ha ofendido por mi observación sobre la condición sexual de los editores. No me importa. Sigo pensando que es la excepción que confirma la regla. Se queja de que es tarde. Quiere irse. No le hacemos mucho caso. Chamorro abre una bolsa de pipas que no se molesta en cerrar. Me irrita. Mucho.

Con la excusa de no dejar la botella a medias, Minerva nos rellena las copas. Quiere cambiar de tema. Quiere ser conciliadora. Quiere. Centra la conversación en la pistola de Lennon, en las cámaras espía, en el control exagerado de los pastores. De forma espontánea, iniciamos una tormenta de ideas. Carmelo está más excitado que enfadado. Nuestros planteamientos se vuelven más creativos. A los diez minutos, las copas están vacías y el último porro no es más que una colilla. La mesa está llena de cáscaras de pipas. Tenemos una teoría: tiene que ver con espías internacionales, cuerpos secretos de seguridad y extraterrestres. Los miro. Los tres me parecen ligeramente ebrios. Puede que yo también lo esté. Es una suerte que en la isla no haya carreteras. Si no hay carreteras, no hay policías. Si no hay policías, no hay controles de drogas. No hay alcoholímetros. Hay libre albedrío.

—Hora de irse, queridos. —Minerva, Carmelo y Chamorro salen. Yo no. Cojo la bolsa de Churruca. Quiero cerrarla. Reviso la cocina en busca de una pinza. Aina tiene una selladora. «Mucho mejor». La enchufo. Aplasto bien las pipas y sello el paquete. Dudo entre dejarlo encima de la mesa y llevármelo.

—Andrea, ¿qué pasa, no vienes? —Chamorro entra a buscarme. Mira las pipas—. Buena idea, nos las llevamos. ¡Hacía la hostia de tiempo que no comía pipas!

Subimos al *quad,* pero el pintamonas no arranca. Gira la cabeza, mira hacia Greenway House y luego hacia mí. Me pregunta si tengo unas tenazas («¿para qué carajo voy a llevar unas tenazas a una fiesta?»). Niego con la cabeza. Me pide que baje del *quad,* levanta el asiento. Saca un bolso negro de lona. Quiere desconectar las cámaras exteriores de la casa, como harán con las del *pub.* Me pide la llave. No me quejo. Espero.

En menos de quince minutos, está de vuelta. Ha conseguido acceder a esos chismes desde las ventanas de la planta de arriba. Eran cuatro. Lo felicito. No me gusta que me espíen.

XV

Llegamos al *pub*. Mine y mi editor nos están esperando fuera, fumándose un piti a medias. Chamorro hace un gesto a Carmelo. Desaparecen. Sigo a Minerva hacia el interior.

En algún momento, Carmelo y Chamorro regresan, orgullosos de haber conseguido desconectar el sistema de vigilancia del *pub*. Carmelo me mira. Sonríe, con los pulgares hacia arriba. Minerva pregunta, con discreción. No, no los ha visto nadie. No, no creen que vayamos a tener problemas. El responsable no querrá admitir una práctica que atenta contra la ley.

Todos parecemos un poco nerviosos, pero el alcohol y la comida relajan el ambiente. La fiesta no está mal. Está casi bien. Casi.

Como y bebo. Hablo poco. Escucho menos. Miro las ensaladas. Solo las miro. «Mañana empiezo». Me parapeto frente a una bandeja de croquetas. Las embadurno, una a una, en un cuenco que he llenado hasta el borde de kétchup. Hay genios a los que nunca se les reconocerá lo suficiente: Henry John Heinz es uno de ellos, habría merecido un Nobel.

Cambio mi puesto frente a las croquetas por la parrilla. A mi lado, Olga y Carmelo dan buena cuenta de una *pizza* con alcaparras y aceitunas negras. Parece una tortilla cubierta de cucarachas.

Olga besa a mi editor. Chamorro y él parecen haber olvidado sus diferencias con Gabi. Hablan sobre el estreno de ayer. No escucho, pero oigo. La conversación gira en torno a la adaptación de la novela de Manzano. Minerva se une a ellos. Hace años, tuvo una aventura con el autor de *La organización.* Tuerce el gesto cuando le hablan del éxito del estreno. Como era de esperar, la serie ya cuenta con un puñado de detractores y una horda de abanderados que se dejarían la piel por defenderla.

Olga percibe el malestar de Minerva. Quiere cambiar de tema. Me usa como excusa. «Con lo bien que estaba yo».

—Andi, me chiflan tus calcetines, ¿le ha pasado algo a tu calzado?
—No.
—Ah. —Se queda pensativa, pero no vuelve a mencionar mis calcetines con dedos de colores. Gabriel reprime una carcajada—. ¿Y qué me dices de la comidita?
—Digo… que está bien. Hay kétchup. Heinz.
—Hemos convencido a la dueña del *pub* para cerrar a las siete y media al público. ¡Es taaan maaaja!
—Quizá tengan algo que ver los trescientos euros que le pagó Chamorro, Olga —interviene Gabi, mientras corta una porción de *pizza,* con precisión de cirujano.
—¿Nos invita el pintamonas? —Doy un mordisco a la hamburguesa. Casi me luxo la mandíbula en mi empeño por abarcarla. Me mancho la camiseta de kétchup. «Mierda».
—*Ja*, Chamorro es un poco bruto, pero muy espléndido. Y buen tío.
—Encantador. —Pretendo ser irónica. Olga no lo pilla. Gabi, sí.
—*Genug!* Ramón aprecia a Minerva y, por algún motivo, te tolera. ¡A ti!, que no puedes ser más borde.
—Ya. —Lo que Chamorro valora es la pasta que se gana con las aficiones lúdico-químicas de Minerva. Lo pienso, pero no lo digo.
—Hasta tal punto la aprecia, que ha pedido prestados los *quads* para traeros desde Greenway House.
—Ya.
—Carmelín tiene pinta de haberse pasado con las cervecitas, Andi —me callo el hecho de que jugamos con una botella de vino y algunos pitis de ventaja—, pero yo te llevo de vuelta.

—Vale, ¿nos vamos?

—Jijiji, qué graciosa eres. Acabas de llegar.

Minerva llama la atención de Gabi, que toma otra porción de *pizza* y se acerca a ella. Nos deja solas («lo que me faltaba»). Desde nuestro trayecto en taxi, Olga me ve como una especie de Elena Francis sin argumentario.

—Gabi está un poquito enfadado conmigo.

—Vale. —Conozco el motivo. No quiero que me lo cuente. No quiero escuchar la historia de la invitación. No.

—¡Quería invitar a esa golfilla, Andi! —Saca las uñas—. ¿Te lo puedes creer?

—Sí.

—Pero si va por libre. Nadie sabe dónde está. No sé ni para qué vino. Ni siquiera asistió al encuentro de blogueros de hoy.

—Ya. —«Contarle a Mine lo de la llamada de Fernando».

—Como ahora dice que es escritooora, nos trata como a unos frikis. Por eso no se acerca, claaaro, no vayamos a contagiarla de mediocridad. Apuesto a que estaba con el escultor ese.

Termino la hamburguesa. Cojo un perrito con cebolla frita. Lo embadurno de kétchup y me acerco al resto del grupo. Olga me sigue.

—Andiiiii, ¡sonrííííe! —Clic.

—Ya te vale, Olga —se queja Carmelo. Está como una cuba—. Esto es *uba* fiesta *privadda* y tú *haciennddo dotitos*.

—Qué sosito eres, Carmelín. No las voy a subir a las redes ni nada.

—Ni que hubiéramos montado una orgía. —Me sorprendo defendiendo a Olga. Aunque pienso que habría preferido que me tomara la foto comiéndome una brocheta de fruta de colorines en lugar de un perrito caliente del tamaño de un mastín.

—Tienes una mancha de kétchup sobre el bajo de Steve Harris, querida.

—Ya. —Me miro la camiseta de Iron Maiden. Si no estuviera acompañada, le pegaría un lametón.

—Oye, pelirrojo —Chamorro se dirige a Gabi. Me mira, guiña un ojo. Pongo cara de asco—, creo que tienes algo para esta encantadora señorita.

—Toma. —Gabi me da una bolsa. Dentro, seis paquetes de pipas. Churruca. Me dice que ha perdido una apuesta con el pintamonas.

—Vale.

—Le dije a Chamorro que no vendrías.

—Ya.

—Lo de las pipas fue idea del pelirrojo, cariño. Yo quería jugarme unos billetes.

A medianoche, la Reina pide a Chamorro que la lleve a casa. Yo me apunto. Hace tiempo que quiero largarme. Nos vamos.

El *pub* está frente al puerto. Huele a salitre. La noche es clara. La temperatura perfecta. Veo un barco pesquero alejarse. No es muy grande. Deja una estela plateada sobre la superficie del mar. Es raro. Por lo que nos ha dicho Lidia, todos los pescadores están amarrados en Isla Grande.

Carmelo no está en condiciones de conducir, así que Olga ocupa su lugar. Minerva y Chamorro salen un poco antes. Nos llevan unos metros de ventaja.

Se nota que mi gestora de redes ha conducido un chisme de estos antes. Es buena conductora. Nunca la he visto tan callada. Recuerdo la experiencia del taxi y evito darle conversación. Me limito a disfrutar del silencio. A los pocos minutos, el *quad* hace un ruido raro. Se para. Ni siquiera hemos salido de Santa Lucía.

—¡Jopeeetas, Andi!, qué fastidio.

—No importa. —El cielo está despejado. Hay luna llena o nueva o qué sé yo, una luna grande que lo ilumina todo. Veo una bici roja apoyada sobre la pared de la última casa del pueblo—. Iré en bici.

—¡Oh, Andi, cómo lo siento! No sé qué le puede pasar a esta cosa. Seguro que Gabi sabe qué hacer.

—Déjalo, prefiero ir en bici.

—¿Seguro?

No respondo. Recurrir a Gabi implicaría un retraso. Quiero llegar a casa y sentarme en el sofá y quitarme estos pantalones del demonio y los calcetines de dedos. Y.

Doy la espalda a Olga, que insiste un poco más antes de regresar al *pub*.

La bici tiene cesta. Y un faro en la parte delantera. Funciona con un sistema de dínamo, que se encarga de transformar el movimiento de la llanta en energía eléctrica. Es idéntico al de mi bici verde de los noventa. Muy retro. Recuerdo el esfuerzo que suponía pedalear, debido a la fricción del generador, así que lo separo de la rueda. La luna es suficiente, no necesito el foco. No quiero hacer esfuerzos. No.

El vino y la cerveza me han dado sueño. Aun así, pedaleo de forma regular. Hasta podría jurar que mis ruedas trazan una línea casi recta. Casi.

Llevo las pipas en la cesta. Pienso hacer buen uso de la apuesta de esos dos. Mi suministro de Churruca se empezaba a ver mermado. Y las necesito. Tengo intención de alternar la marihuana con las pipas. Mi nivel de tolerancia al cannabis está lejos del de Minerva. La cuarentona no le sigue el ritmo a la septuagenaria.

Pasan veinte minutos de la medianoche. Casi he llegado al camino que conduce al arenal de Barlovento. No te queda nada, Andrea, ánimo.

Aminoro la marcha, bajo los pies al suelo y tomo aire con la misma avidez con la que chuparía un bote de kétchup. Consigo recuperarme. Pero mis jadeos no dan paso al silencio ni al bramido de las olas. Oigo una voz. De hombre. La reconozco. Siguiendo mi instinto, tomo la bici de la mano y avanzo un poco más. Me oculto tras una duna. Intento no hacer ruido.

A mi escondite, llega la voz de Lennon. «Pis-to-la». Conversa con alguien. Ha detenido el *quad* unos metros por delante de mí. No puedo oír a su interlocutor. Deduzco que usa un teléfono o un *walkie*. Está solo. Yo también («que no me vea, carajo, que no me vea»).

Habla de un tal Walter. Menciona a Catalina. A mi espalda, ahora sí, el rugido del mar. Las olas, al romper contra las rocas, barren el sonido de su voz. Aun así, consigo hilar algunas frases. En la casa de Playa Brava no hay nada. Ninguna pista. Dice que intenta encontrar a Walter. Y que Catalina no sabe dónde se esconde. La interrogó, sí. Estará calladita, no hay de qué preocuparse. Encontrará a ese cabrón, por supuesto. Nadie volverá a oír hablar del Pato Lucas.

«¿El Pato Lucas?, menuda chorrada». Maldigo mis escasas dotes para la escucha. Recuerdo los dibujos de los tripis de Chamorro: Piolín, Bugs Bunny, el Pato Lucas. No encuentro una relación lógica. Las olas no me dejan oír. «¿Seguro que ha dicho eso?». Mi corazón es ahora un martillo neumático, pum, pum… «Mierda, esto no ayuda». Pum, pum; pum, pum.

Sudo. Tengo frío. El mundo gira a la velocidad de la luz; pum, pum; pum, pum. Lo veo todo rojo. Rojo fresa, pum, pum; rojo Kojac, pum, pum; rojo kétchup, pum, pum; rojo sangre. Rojo «no, por favor, ahora no». Hace años que no sufro una crisis y desde que llegué a Alcatraz es la segunda vez que estoy al filo de la navaja. No puedo permitir que ocurra. No, en este momento. Inspiro profundamente por la nariz. Expulso el aire por la boca. Me resulta imposible hacerlo en silencio. Temo que Lennon me oiga.

Un minuto, dos minutos, tres… Logro tranquilizarme. Me encojo un poco más, me hago invisible. «¿Y si ve el rastro de la bici, y si me encuentra, y si me liquida, y si… bang, bang y adiós a Andrea Sabugo?».

Chupo la camiseta de Iron Maiden. Miro a Steve Harris a los ojos:

—Lo siento, colega, pero puede que este chorretón de kétchup sea mi última cena.

Ya no oigo nada. Espero. Siseo de un motor que se acerca, ¿se detiene? No lo creo. Respiro. Espero un minuto, dos, tres…, pierdo la cuenta y salgo al camino principal. Imagino una emboscada, una muerte rápida, tres sílabas: pis-to-la. Solo imagino.

* * *

Llego a Greenway House. Me cruzo con Chamorro. Llevo la cesta en la mano. Ve las pipas y sonríe.

—Has tardado mucho.

—Ya.

—¿Dónde está Olga?

—En Santa Lucía, supongo.

—¿Cómo has venido?

—En bici. —Quiero que se largue. Necesito procesar lo que me acaba de ocurrir.

—¿Y eso?

—Una avería.

—No estás muy comunicativa, cariño. —Me molesta la sonrisa bobalicona del gordo. Estoy a punto de sufrir una sobredosis de socialización.

—No me llames cariño.

—Andrea Sabugo ha vuelto. Hasta mañana.

Chamorro se va. Yo me quedo. El miedo se queda, pum, pum; pum, pum.

XVI

Minerva me mira desde el sofá. Se ha servido un daiquiri. Fuma un canuto. Sorbo, calada, sorbo. Dejo la cesta sobre la isleta de la cocina. Me desabrocho el pantalón. «Joder, ¡qué alivio!». Me lo quito. Tengo el interior de los muslos («qué jamones, ¡mañana ensalada!») en carne viva. No puedo articular palabra. Mine me sigue observando. Ella tampoco habla. Solo observa.

En bragas, subo al baño, me embadurno de polvos de talco y bajo de nuevo. Me siento al lado de Minerva. Abro las piernas y apoyo los talones sobre la mesita baja de madera, tomando la postura propia del alumbramiento («mañana, me pongo los pantalones yogui-morcilleros»).

—Me tenías preocupada, querida. —Da una profunda calada al porro. Me lo pasa. Decido rechazarlo y abrir un paquete de pipas. Cambio de idea. Acepto. Pega. Me pregunto si el cóctel estará igual de cargado—. ¿Te ocurre algo? Estás pálida.

—Sí, pasa algo. Pasa. —Expulso el humo y todas las palabras que permanecían atascadas en mi garganta salen a borbotones.

Se lo cuento todo. Puede que lo adorne un poco —soy escritora—, pero intento ceñirme a la verdad.

La Reina no disimula su entusiasmo. Su actitud me lleva a formular una teoría: La edad como antídoto contra el miedo. La miro a los ojos. Leo. Doy otra calada. Me retracto. «Teoría descartada». La edad no condiciona. Estoy frente a una mujer que no ha temido nada ni a nadie en toda su vida. Yo, por el contrario, estoy aterrada.

148

Quiero agarrarla de los hombros y agitarla como un sonajero. Quiero que tome conciencia de que estamos en peligro. Quiero, pero sería del todo improductivo, inútil. In-.

Me incomoda el miedo. A decir verdad, no estoy cómoda con ninguna emoción. Son ellas, las emociones, las que me causan verdadero terror. Las evito. Siempre. Sin excepción. Huyo.

Doy otra calada. El humo no disipa el temor, trae consigo una certeza: Minerva escribe para vivir las emociones que plasma sobre el papel. Yo, ahora lo comprendo, pongo en negro sobre blanco aquello de lo que deseo huir. Mine abraza el negro, yo huyo del rojo. Ambas escribimos sobre muerte, sangre y sufrimiento. Una lo busca. La otra lo arroja lejos. Lo abandona. Abrazar o escapar.

Un dolor agudo me arranca de mis reflexiones. El porro se ha consumido entre mis dedos. Quema. Parece que mi reacción a la marihuana es el psicoanálisis. Abro un paquete de pipas.

Minerva me mira, se ríe. Enciende otro cigarro. Conecta el portátil. Me presiona para que haga memoria. Obedezco. Walter, Catalina, la casa de Playa Brava y algo que suena como «el Pato Lucas». No recuerdo nada más de la conversación telefónica de Lennon.

Mine ríe de nuevo cuando menciono al personaje de dibujos animados. No ha vuelto a tocar el cóctel. Deja el porro en el cenicero.

Google Maps sitúa Playa Brava al otro extremo de la isla, kilómetro y medio al oeste de Santa Lucía.

Recuerdo algo. Asocio ideas. Repito, en voz alta, lo que me dijo Lennon sobre el escultor inglés que vive en Playa Brava.

—Si no recuerdo mal, rehusó dejar la isla con los demás. Lennon («pis-to-la») afirma que lo busca la Interpol.

—¡La Interpol!, esto se pone interesante. —Ansía un misterio que resolver. Ya lo tiene—. Podría tratarse del tal Walter.

—Y del tipo de las fotos que nos enseñó Olga —alimento la imaginación de La Reina. Como cabía esperar, Minerva comienza el relato.

—Una bloguera con ínfulas viene a un festival literario. Espera ser reconocida como la escritora de moda.

—Tratamos la palabra «escritora» como una suerte de título

nobiliario, cuando los *youtubers* y toda esa banda adolescente acapararán el éxito en un futuro cercano —reflexiono. Me incluyo en el sujeto, porque yo también le doy ese tratamiento desde que me tomo como venganza negarle el nombramiento a Catafanta.

—La tratan como a una *influencer* del montón —continúa y ratifica mi teoría del no-título—. Pero ella no es del montón. Se siente rechazada. Decide refugiarse en los brazos de un criminal. O aún mejor, ¡de un espía internacional!

—¿Estás tomando notas para la próxima novela?

—La próxima está terminada, querida —ríe—. Como la siguiente y la siguiente… Pero no es una mala trama. Podría continuar con Lennon sacando la pistola y espantando a su amante, el malo de esta historia. Entonces, Catalina se acurruca en los brazos de ese editor tuyo, rubito y con cara de niño bueno.

—Mine, tengo que contarte algo.

—… Olga, despechada, busca venganza, orquesta un crimen perfecto y ya tenemos novela. Y derechos para una serie, como el pichafloja de Manzano. Continuará.

—Esta tarde te llamó Fernando. Quería saber dónde estaba Catalina.

—Y me lo dices ahora, ¿hay algún motivo para que esperaras tanto, querida?

—Varios. Llamó cuando estabas en la ducha. Casi mato a Chamorro con un cuchillo jamonero. El resto de la noche hubo demasiada gente.

—Está bien. —Me pasa el porro. Mira su móvil. Abre mucho los ojos. Teclea—. Esto se pone interesante… Nuestro agente está en El Hierro, querida.

—¿Qué? —Miro las pipas. Dudo un segundo y doy otra calada al porro.

—Parece que me llamó desde allí. —Me enseña la pantalla del teléfono. Miro, pero no leo—. Me escribió un wasap cuatro minutos después de hacer la llamada: «Estoy en la Isla del Meridiano. No localizo a Catalina», ¿qué te dijo exactamente?

—Solo que lo habían llamado de la organización, porque Catafanta no había pasado a acreditarse.

—¿Y?

—Y que la bloguera tiene el teléfono apagado. Y que llamó al hotel y le dijeron que no durmió allí. Y que estaba preocupado. Y.

—¿Y?

—Me preguntó si la había visto.

—¿Y?

—No me dijo nada más. Le conté lo de la foto con el tío ese y colgué.

—¡Le contaste qué…! Tienes la delicadeza de un elefante, querida.

—Lo sé.

—Entonces, Catalina no regresó al hotel después de cenar —piensa en voz alta—, y está lo de las cámaras y la pistola. Esta no aparece, te lo digo yo. O aparece, pero muerta.

—¡Joder, Mine! —Recuerdo la conversación entre Lennon y la persona misteriosa: «No he encontrado nada en la casa de la playa. Ninguna pista. Tengo que encontrar al Walter del carajo. Catalina no sabe dónde se esconde, pero lo encontraré. Sí, claro que la interrogué. Estará calladita, no tiene usted de qué preocuparse. Y encontraré a ese cabrón, por supuesto. Nadie volverá a oír hablar del Pato Lucas». Tengo una urgente necesidad de vaciar mis intestinos. Vamos, que estoy cagada—. Esto tiene mala pinta, ¿no será mejor largarnos de aquí y avisar a la policía?

—No seas ridícula. —No va a dejar que arruine su oportunidad de jugar a detectives—. ¿Qué quieres contarles?

—No sé, todo esto.

—¿Esto?, solo tenemos conjeturas.

—Ya.

—Necesitamos un cadáver, querida. Eso es lo que necesitamos.

—Joder, Mine. —Bostezo. Es la una de la madrugada. El portátil sigue encendido. Minerva es incombustible.

Se acaba el cóctel de un trago. Busca el listado de asistentes a la feria. Extraerá todos los «Walter». También buscará nombres y apellidos cuya pronunciación pueda confundirse con «Pato Lucas» —pronuncia el nombre del pato riendo, como si me hubiera vuelto loca—. A-co-jo-na-da, así estoy. Como Lennon sea de gatillo fácil, ¡bang, bang! Y se acabó.

Mine sirve dos copas de vino. Se queja de la infructuosa búsqueda en la red. Lo único que hay en internet son listas provisionales de asistentes a la feria, ni siquiera se llegó a hacer pública la definitiva. Ningún «Walter». Aun menos, algo que se parezca a «Pato Lucas».

Ha escrito algunas ideas generales. Quiere estudiarlas conmigo. Hemos bebido demasiado. Estamos cansadas. La miro y me corrijo: estoy.

—Necesito dormir —me quejo—. Espero que el vino ayude.

Para mi tranquilidad, Minerva cierra el portátil. Estrena un blíster del alijo suministrado por Chamorro. Me ofrece una pastilla azul. La acepto. Traga la suya y da un sorbo a la copa.

—Estas son antipesadillas, querida. —Me guiña un ojo—. Si quieres dormir como un bebé, esta es tu medicina.

—Gracias, Mine. —Miro la pastilla. Juego con ella. Me la paso entre los dedos. La miro. Veo una goma de borrar, moscas, gusanos y cuencas vacías. Y al Pato Lucas de los huevos.

Te sorprende, que haya asistido a la fiesta. Las relaciones sociales no son su fuerte. Habrías preferido que rechazara la invitación. Habrías preferido que se quedara en Greenway House, como pensabas que haría. Sola.

Oyes el motor del quad. *Se encienden las luces de la planta baja. Ves una silueta a través del cristal. El gordo se aleja. Ella llega después. En bici. Dudas. Quizá nunca se presente la oportunidad. Quizá debas provocarla tú.*

Deja la bicicleta en la fachada lateral. El foco de la puerta secundaria se enciende. No tienes tiempo suficiente como para cubrir la distancia que os separa antes de que entre. Sigue caminando con las piernas abiertas, como un jinete sin caballo. Es tan zafia... Te irrita.

Tu paciencia se empieza a agotar.

5

No conseguí conciliar el sueño hasta las cuatro de la mañana. El cuatro fue, que yo recuerde, el último número que el brazo de Mafalda marcó en mi reloj de pulsera. Cuatro.

Seis. Me desperté a las seis —Mafalda a. m.—. Permanecí tumbada, durante más de tres horas, mirando al techo. Nueve pegatinas fluorescentes de las que regalaban con los Phoskitos brillaban en la oscuridad de mi cuarto. Marte, un cohete, dos estrellas y cinco caras: triste, sonriente, loca, asustada y enfadada. Nueve. Las había pegado allí a escondidas, con ayuda de la escalera de pintor de mi padre. Él no se había dado cuenta. Mamá tampoco. Era mi secreto. Los mejores escondites son los que están a plena vista. Yo había conseguido ocultar un firmamento entero a la vista de todo aquel que supiera mirar. Muy pocos saben. Solo yo contemplaba las galaxias de mi cuarto.

Los secretos eran divertidos. Eran. Hasta el día anterior, me gustaba guardar secretos. Hasta el día anterior.

Desde mi dormitorio, oí el timbre de la puerta y los pasos apresurados de mi madre. Sabía que era ella, porque sus zapatillas de cuña sonaban igual que los zapatos de mi maestra. Su voz me llegó atenuada. No supe distinguir con quién hablaba. Fuera quien fuera, se marchó enseguida. Cuando me levanté y entré en la cocina, ella estaba allí. Cuchicheaba con mi padre. Leí preocupación en el rostro de ambos.

Al verme, se quedaron en silencio. No sospeché que estuvieran urdiendo una traición, ¿cómo hacerlo? Si a los amigos no se los delata, a las hijas tampoco. A las hijas, mucho menos. Supuse que, en una escala de importancia afectiva, las hijas estábamos por encima de los amigos. Me dije que papá llegaría tarde al trabajo.

Me senté a la mesa. Fingí desayunar. Fingí. Tenía el estómago revuelto. Las lágrimas se me habían atascado en la garganta. Una masa de sal y agua me impedía tragar nada que no fuera mi propio llanto.

Papá levantó la nariz del periódico. Me miró. El rostro de Carlos nos observaba desde un lateral de la primera página. En la foto, llevaba el pelo muy corto. Eso me enfadó. Tanto, que la ira desplazó a la tristeza. Se quedaría en su lugar durante mucho tiempo. Mucho.

Ya no estaba triste. Estaba enfadada, como la última pegatina del firmamento de mi cuarto. Apreté mucho los puños y me contuve. Quienquiera que hubiese escogido esa foto se merecía un puñetazo en la nariz.

No tardaría en descubrir que fue la madre de Carlos quien envió la fotografía a la prensa. Su madre no entendía nada de nada. Se suponía que las madres estaban fabricadas para entenderlo todo. Se suponía.

—Andrea, hija, ¿cómo estás?

—Bien.

—¿Seguro? —Papá me miraba fijamente a los ojos, como si me quisiera leer. Clavé la mirada en la taza por miedo a que esa extraordinaria facultad de lectura ocular en la que me consideraba una experta fuera hereditaria. Pensé que quizá yo no fuera más que una pobre imitación de mi progenitor.

—Seguro. —Crucé los dedos. Las mentiras piadosas no eran mentiras de verdad. Eran casi mentiras. Casi.

El tío que presentaba las mañanas de la radio sí que supo leerme. Y sin mirarme, ni verme ni nada, pinchó aquella canción de Sabina. El disco tenía casi cuatro meses y la canción que le daba título seguía sonando a diario. El flaco dibujaba un mundo real, no uno color de rosa. Y su chica prefería escuchar mentiras piadosas. Yo también lo prefería. Y papá, estaba segura. Descrucé los dedos y me levanté de la mesa.

Tendría que haber sospechado de ellos cuando mamá hizo la vista gorda al verme envolver un trozo de bizcocho en una servilleta y guardarlo en el bolsillo, o cuando me animaron a salir a dar un paseo en bici, a pesar de que acababa de desaparecer un niño del barrio. Pero a los trece años, los padres son adultos de confianza. Por lo tanto, personas justas.

Aún creía en la justicia, en los adultos en general y en mis padres en particular. Por eso regresé al río. Por eso y porque no podía pensar en nada que no fueran Carlos y las botas rojas. «Sandokán y las botas rojas» era un buen título para una aventura.

Me puse unos vaqueros y la sudadera de color verde militar, que era de camuflaje y la única prenda para misiones secretas que tenía en el armario. Metí en la mochila el trozo de bizcocho y un batido de vainilla de Lagisa. A Carlos le gustaba la vainilla. Yo prefería el chocolate.

Prometí volver a casa a tiempo para comer.

El sol no había empezado a calentar. Eché en falta mi cazadora vaquera, pero no quise regresar a por ella. De haberlo hecho, quizá hubiera visto a los policías o a la madre de Carlos con la mocosa cogida de la mano. O quizá no. Es posible que ellas llegaran más tarde, nunca lo sabré. Tampoco sabré por qué ella permitió que todo el mundo viese una foto en blanco y negro de su hijo —mi amigo— con el pelo tan corto que no parecía él. Porque Carlos era Sandokán y Sandokán llevaba el pelo largo. Si su madre no le hubiera pedido cita para cortarlo, él no se habría calzado las botas rojas para escapar a un país submarino sin madres ni peluqueros.

Pedaleé más deprisa que nunca. Imaginé que era Marty McFly y que Doc había construido una máquina del tiempo verde con bocina con la que alcanzaría la velocidad de la luz y llegaría al pasado.

156

Como no le había contado a nadie que Carlos se había calzado las botas mágicas, porque a los amigos no se les delata, no alteraríamos la línea temporal ni nada de eso y todo se quedaría igual que el día anterior.

Regresar al pasado significaba que tendría que volver a comprar bragas, camisetas, unos vaqueros, un chándal y unas zapatillas de deporte. Pero no protestaría ni arrugaría la nariz ni me enfadaría, porque habría salvado a mi amigo. Y también porque vendría del futuro y sabría lo de la hamburguesa y la ración doble de patatas. Y los sobres de kétchup.

Seguí pedaleando, más y más deprisa, convencida de poder arreglar el embrollo y de que mi amigo y yo seguiríamos comiendo pipas, leyendo e inventando historias. Empezaríamos el nuevo curso en un colegio donde Carlos seguiría siendo el niño nuevo y nunca se convertiría en el niño muerto. Muer-to.

XVII

Voy por el tercer café. Minerva aún no se ha despertado. Estoy nerviosa, resacosa y un montón de -osas más. De haber dormido, podría describir con exactitud mi estado actual. Pero no he pegado ojo. No.

Me duele la entrepierna. Y he vuelto a sufrir una crisis. Podría haberla evitado, tragándome el caramelo azul del botiquín especial de la Reina antes de irme a la cama. No lo hice. De haberlo hecho, Morfeo me habría salvado de mí misma y ahora no estaría sudorosa, taquicárdica y muerta de frío. De haberlo hecho, pero no lo hice. No.

El insomnio no me sienta bien. Mis mejores novelas han sido esbozadas en sueños. La inconsciencia es mi estado ideal. Inconsciente, soy mejor escritora. Y mejor persona. Mejor. Es fácil, comprender que a los muertos les dediquen flores, no solo de colores, sino también de las otras, de las que se construyen con letras, sílabas y palabras. Algún día seré una de esas muertas de las que todos hablan bien. Pero a las que nadie lleva flores.

Veo un porro al lado de las bolsas de pipas. Lo enciendo. Aspiro con fuerza. Pongo todo mi empeño en bajar la frecuencia de mis latidos, con ayuda de la pauta jamaicana de Mine, que alterna café y marihuana. Sorbo, calada; sorbo, calada; sorbo… Mis pulsaciones bajan. La pauta funciona.

Oigo sonar un teléfono, en la planta de arriba. El ruido cesa enseguida. Deduzco que Minerva está despierta, hablando con quien quiera que haya amanecido con ganas de hablar por teléfono.

Preparo otra cafetera. Antes de que esté lista, Mine baja por la escalera, envuelta en una bata de raso de color marfil. Lleva el pelo revuelto. Es la primera vez que la veo sin maquillar. Aun así, parece una reina.

—Buenos días, querida.

Está espléndida. Mi respuesta se limita a servirle una taza de café. En ocasiones, la palabra está sobrevalorada. Esta es una de ellas. A primera hora de la mañana, vale más un café que mil palabras.

—¡Excelente! —Mejillas encendidas. Sonrisa de medio lado. Es su sonrisa de buenas noticias. Se sienta frente a mí. Sus ojos a la altura de los míos. Mirada intensa—. Querida…, ya no nos falta nada. Lo tenemos todo.

—¿Qué? —No consigo prestar atención. Me duele la cabeza. Y la entrepierna. Y los pies. Siento náuseas. Puede que el alcohol y la marihuana no sean un buen maridaje.

—El cadáver, querida. —Se muerde el labio inferior. Vuelve a sonreír, sin apartar sus ojos de los míos. Ahora, sonrisa amplia. Mis latidos se aceleran, de nuevo—. Catalina Fanta está muerta.

—¿Mu-mu-muer-ta? —Pum, pum; pum, pum. Pierdo el equilibrio, el suelo se acerca. Todo se vuelve rojo. Rojo fresa, rojo Kojac, rojo kétchup, rojo sangre. Rojo. Pum, pum; pum, pum. Moscas en la boca, gusanos, cuencas vacías.

Me despierto en el sofá, con un dolor de cabeza terrible y una bolsa de guisantes congelados por sombrero. Las palabras de Minerva me han golpeado de lleno, haciéndome caer del taburete. Ha sido un buen golpe.

La Reina está a mi lado. Me hace preguntas absurdas, como cuál es mi nombre, qué día es, dónde estoy o cuántos dedos veo. Acierto seis de diez. Se da por satisfecha y me ofrece un vaso de agua. Le pido el bote de kétchup. Doy un trago largo. Minerva hace una mueca de asco. Dice que tengo mejor color. Decide que estoy en condiciones de escuchar lo que me tiene que decir.

La bloguera está muerta. La encontró Lennon, muy cerca de aquí, detrás de Greenway House, en el pedrero contra el que muere el arenal.

—Traumatismo craneoencefálico, sin signos de violencia sexual —dice Minerva, ufana.

«Contra el que muere el arenal. Mue-re». La muerte siempre está. Muere el arenal y mueren las olas. Arena, agua y sal, una muerte periódica que, por regular y repetitiva, no parece tan definitiva como la otra, la de Carlos, la de mi madre, la de Catalina. Esas muertes son para siempre.

Recuerdo a un artista cubano, Reinaldo González Fonticiella: «Preguntó la vida a la muerte: ¿Tú nunca puedes morirte?». Sus palabras me atraviesan. «Y la muerte contestó: ¡Yo siempre he vivido muerta!». Y me digo que, aun muerta, la muerte vive. Está en las olas y en la arena, en la orilla del mar y del río. La muerte siempre me ronda.

Lidia ha llamado. Un equipo de investigadores acaba de llegar desde El Hierro. Las actividades literarias continúan, pero sin público físico. Solo telemático. Nos piden evitar todo contacto con personas ajenas a la organización. Debemos quedarnos aquí hasta media hora antes de nuestra participación. Nos trasladarán al recinto ferial y nos traerán de vuelta al finalizar los actos. Nadie puede irse de la isla. Nadie.

Repaso el programa de hoy. Leo, con horror, que la presentación de mi libro está programada para esta tarde. Es en la carpa Quevedo, a las cinco. «Muerte, pistola, Pato Lucas, Walter. No voy. No».

A duras penas, consigo procesar la información que me da. Recurro de nuevo a la pauta jamaicana. Sorbo, calada; sorbo, calada; sorbo… Minerva está buscando un escondite seguro para su alijo de marihuana. Los investigadores van a venir. Pronto.

—Van a hacernos unas preguntas —me dice.

No le preocupa que vean los porros, pero no quiere que se distraigan con nada que no tenga que ver con el crimen. Lo sabía, sabía que tarde o temprano la bloguera aparecería muerta. Está segura de que se trata de un asesinato, tiene que serlo. Es lo que lleva esperando toda la vida, un crimen de verdad en el que meter las narices. Meter las narices para sacar la pluma.

Necesito alejarme del aura de exaltación que la rodea. Aplasto la colilla en el fregadero. Subo a vestirme. Si esos tipos van a venir, será mejor que no me encuentren en bragas.

Abro la ducha. Giro el termostato. Al rojo, todo al rojo. El vapor se funde con la bruma que me rodea. Puede que haya fumado demasiado. Dejo que el agua resbale por mi cuerpo. Imagino que arrastra el olor dulzón de la muerte. El aroma, relegado al olvido durante décadas, vuelve a instalarse en mi pituitaria. Evito cerrar los ojos. Temo que la niebla no sea lo suficientemente espesa. Temo que no pueda ocultar las moscas, los gusanos, las cuencas vacías…

Se me acelera el pulso de nuevo. Mi corazón es un órgano impertinente y caprichoso. No cumple los parámetros fisiológicos y anatómicos normales. No sigue la norma. No entiende de ritmos o ubicaciones preestablecidas. No. Ahora mismo, por ejemplo, no late en el interior de mi tórax, ni siquiera en los oídos, sino en el prominente chichón que ha brotado, como una seta, en el lado derecho de mi cabeza. Las consecuencias de la resaca y de la caída desde el taburete se unen en mi contra. La pauta jamaicana no es suficiente. Siento una cefalea insoportable. Ya no me duelen los pies. Ya no me escuecen los muslos. Ya no. Pum, pum; pum, pum. Recuerdo la pastilla azul que me dio ayer Mine. Aún la tengo. Salgo del baño, abro el cajón de la mesita y la veo. Me la trago, a palo seco. Y a destiempo.

Regreso a la planta baja. Minerva está hablando por teléfono. Abre y cierra la boca. Abre y cierra, abre y cierra. Pronuncia el nombre de Gabriel. Su tono parece grave. Solo lo parece. Comprendo que es una impostura. Sus ojos la delatan. No va a ser fácil escapar al entusiasmo que leo en ellos.

—¿Cómo va esa cabeza, querida? —Cuelga. Me da una píldora verde y un vaso de zumo—. Tómate esto. Atenuará el dolor.

—No sé si una pastilla puede borrar mi dolor, Mine. —No comprende, pero cree que sí. Saca otra píldora del blíster. Como una imbécil, me las trago. «Van tres, Andrea, dos verdes y una azul. Rojo, amarillo y estarás lista para jugar una partida de parchís en el País de las Maravillas».

—Lo que no consigue una, querida, lo pueden conseguir dos... Dos es un número mágico. —Da un sorbo. El café está frío. Hace una mueca de desagrado.

Silencio. Prepara una nueva cafetera. Tira por el desagüe el contenido de su taza. Mientras se hace el café, unta una tostada con mantequilla holandesa. Se recrea en el movimiento del cuchillo, absorta. Casi puedo oír los engranajes de su cerebro. Sonríe. Eso no cambia. Desde que recibió la llamada de Lidia, la Reina sonríe.

—Gabi parece desolado, querida. Dice que Fernando está aquí, en Santa Lucía.

—¿Fernando?

—¿Qué te esperabas? Llamó desde la isla de enfrente. —Me mira, sube las cejas—. Y tuvo la inmensa fortuna de que le contaras, con esa delicadeza tan propia de ti, que su princesita se estaba dejando magrear por otro hombre. Conociendo a ese macho ibérico disfrazado de dandi, era previsible que se plantara aquí.

—Joder.

—Se ha atrincherado en la habitación de la bloguera y está como una cuba. La policía no ha podido interrogarlo. Están todos bajo vigilancia. —Se corrige—: Estamos.

—Joder. —«Bajo vigilancia» es encerrados. Me siento así desde que llegué. No debí haber venido.

—Fernando llegó al hotel alrededor de la una de la madrugada, preguntando por Catalina. —Recuerdo el barco pesquero que se alejaba del puerto, cuando salimos del *pub*—. Convenció a la dueña para que le abriera su habitación.

—Joder.

—Estuvo bebiendo y hablando con Carmelo casi una hora. —El gesto de Minerva es el mío cada vez que recibo una nueva remesa del quiosco de Rodrigo—. A saber qué le diría tu editor, porque Fernando cogió una botella de güisqui del bar y se marchó a buscar a su novia.

—Joder.

—Regresó esta mañana, apestando a alcohol, llorando como una Magdalena y sonándose los mocos con un pañuelo azul. Gabi asegura que era de Catalina. Montó tal follón que se enteró medio hotel.

—Joder. —Recuerdo el vestido de gasa azul. «De verdad, Andrea, te estoy muy agradecida. (…) este chico tan amable me va a sentar en primera clase», y el pañuelo a juego que llevaba en la cabeza. Catalina. Audrey.

—Parece que a nosotras nos interrogarán enseguida, porque el pedrero donde apareció el cadáver está aquí al lado.

«El cadáver, cadáver, cadáver…».

—Vale.

—Es un tema logístico.

—Qué prosaica.

—Gabi dice que el equipo forense y los investigadores ya están en la escena del crimen. —Señala hacia la nevera, por encima del hombro.

—«Crimen», ¿por qué dices eso? —No sé si expresa sus deseos en voz alta o es una realidad—. ¿Ya saben que la han matado, no pudo ser un accidente?

—Eso están tratando de averiguar, querida, pero ¿ya has olvidado la conversación que le escuchaste a Lennon? Parece mentira que sigas barajando la posibilidad del accidente. Está claro que alguien se la ha quitado del medio.

Minerva habla como sus personajes. «Se la quitan del medio, la liquidan, le dan matarile, la borran del mapa…». Sonríe, se muerde el labio y vuelve a sonreír. Ya no hay quien la pare. Miss Marple arrebata el puesto a Minerva Novoa.

El piii de la cafetera me sobresalta.

—La decisión de no hacerlo público me hace pensar que la vía principal de investigación no es la de una muerte accidental. Querrán interrogarnos para saber si hemos visto u oído algo. —Se frota las manos—. Y ver si alguien tiene información que solo el asesino conoce. Es el *modus operandi*.

—Dale con el asesino. —«Por qué carajo se te ha ocurrido venir a esta isla, Andrea». Pum, pum; pum, pum.

—Van a tener sospechosos para llenar un ferri. A la muerta la odiaba todo el mundo.

—Ya. —De nuevo la muerte y sus efectos secundarios. Catalina ya no es Catalina, ni Catafanta, ni siquiera la bloguera. Ahora es la muerta—. No la llames la-muer-ta. Me provocas escalofríos.

—Te entiendo, ¿verdad que es fascinante? —La Reina no entiende, no entiende nada, porque no ha olido la muerte, ni escuchado el zumbar de las moscas sobre unas cuencas vacías—. Seguro que ya han comprobado las grabaciones de las cámaras exteriores de esta casa. Desde la fachada trasera, se ve perfectamente el pedrero. Hasta puede que se haya grabado el asesinato.

—¡Joder, Mine; las cámaras! —Pum, pum; pum, pum—. Chamorro las desconectó ayer por la noche, antes de llevarme a la fiesta.

—¡Estupendo!, esto se pone interesante. —Frunce un poco el ceño. Sonríe. No deja de sonreír—. Sabemos que Catalina no era santa de su devoción, tiene un móvil, ¡resolveremos el caso antes que la policía!

—¿Qué insinúas?

—Solo pienso en voz alta, querida. —Sonrisa imborrable, inmarcesible. In—. Cuando vengan los agentes, tú no sabes nada sobre las cámaras, ni sobre ningún Walter. Y no hemos visto ninguna pistola, ¿estamos de acuerdo?

—Estamos. —Pum, pum; pum, pum.

—Me lo empiezo a pasar en grande, querida.

—Ya.

Miss Marple se deleita con el café recién hecho y me pone al día de sus conclusiones.

Tras un soliloquio de casi diez minutos, Minerva sube a arreglarse. Mi dolor de cabeza es apenas perceptible. La química funciona. Se une al efecto de la pauta jamaicana, que me ocupo de alimentar;

calada-sorbo, calada-sorbo. Aumenta el espesor de la niebla. Abro la nevera. Doy un trago al bote de kétchup, con la esperanza de que me ayude a tragar el malestar que me provoca el encierro. Dudo si podré hacer el papel de asistente de Miss Marple, en el análisis de un crimen que no sé cuánto tiene de real y cuánto de ficción. Y cuánto de crimen. Y.

Me siento en el sofá. Los detectives pueden llegar de un momento a otro. Mejor dejo la pauta jamaicana. Como pipas, como un autómata. Repaso las teorías que acabo de escuchar. Minerva baraja varias. Por supuesto, ninguna se refiere a una muerte accidental.

Su primera hipótesis culpa directamente a Lennon, que por algún motivo se pasea por la isla con una pistola buscando a un tal Walter. La segunda sostiene que el escultor-espía-proscrito —creemos que es Walter y puede que también tenga pistola— habría seducido y asesinado a Catalina. El móvil podría ser el miedo a que revele su escondite. También podemos colgarle el sambenito del crimen sexual. Las pruebas forenses no siempre reflejan la motivación del criminal.

La aparición de Fernando añade el ingrediente clásico de los celos. Antes de subir a vestirse, Mine me felicita por haber facilitado la presencia de nuestro agente en la isla —has dibujado un Cluedo perfecto, querida—. Como si estuviéramos escribiendo a cuatro manos. Como si yo hubiera introducido un personaje de los que dan juego. Como si esto no fuera real («le dibujaba un mundo real, no uno color de rosa…»). Sin duda, prefiero que no lo sea, prefiero escuchar mentiras piadosas.

Después de contarle que Chamorro desconectó las cámaras exteriores, Minerva no ha dudado en convertirlo en su cuarto sospechoso. Yo me quedo aquí, con un terrible dolor de cabeza y tres bolsas de Churruca, esperando a la policía. Porque en eso consiste el mundo real. El chichón late. Pum, pum; pum, pum.

Minerva ha dejado su maletín sobre el reposabrazos del sofá. La luz se refleja en una de las cremalleras. Cierro un ojo. No es la cremallera, es otra cosa. El destello metálico me atrae. Tiro de la esquina del objeto que asoma del bolsillo delantero. Sonrío. Extraigo una pastilla azul del blíster. Es idéntica a la que Mine me ofreció esta noche. Me la trago a palo seco, para completar el par azul. Dos es el número mágico. Dos verdes, dos azules… Todo al dos.

Podría manejar las teorías de la Reina como una trama de ficción cualquiera y dejarme llevar por su entusiasmo, pero esto no es una novela. Estoy atascada, como un desagüe lleno de pelos. «En cuanto llegue a casa, llamar al fontanero».

Decido no pensar. Espero que el cóctel químico aumente el espesor de la niebla. Espero que las pastillas de colores desatasquen mis cañerías cerebrales. Espero que regulen el ritmo de mi músculo cardiaco. Espero. Y como pipas.

XVIII

Los detectives llegan a Greenway House. Son dos. Siempre lo son. En las pelis, en los libros… Dos son las píldoras verdes y dos las azules. Dos es el número mágico de Minerva. Los acompaña Lennon. Se queda fuera. Espera frente a la casa. Nos observa.

La pareja está formada por un hombre corpulento y una mujer. Él ya ha cumplido los sesenta, no creo que tarde en jubilarse. Ella parece veinte años más joven; tiene el cabello corto y los ojos pequeños. Parece un ratón. Podrían ser los protagonistas de una saga de novela negra escandinava. Nos saludan. Se presentan como Roberto Betancor y Aurora Ruiz.

Aurora rompe el hielo. Se declara lectora voraz. No hace ascos a ningún género, pero prefiere la novela negra. Nos sigue a las dos. Su madre la aficionó a las novelas de Mine. A mí me descubrió después. A pesar de las circunstancias, matiza, celebra tener la oportunidad de conocernos. «A pesar de las circunstancias». Se preocupa por mi chichón. Minerva señala la bolsa de guisantes, aún sobre la mesa, al lado de una montaña de cáscaras de pipas. Mine ha tenido la precaución de tirar mis colillas a la basura. Me mira. Recurre al humor negro:

—A pesar de inventarse crímenes horrendos, Andrea se impresiona fácilmente, querida. —Cuenta cómo me afectó la noticia de la muerte de Catalina. Ríe su chiste por adelantado—: Si les gustan los guisantes con jamón, están invitados a cenar.

La bruma se espesa. Mis movimientos se ralentizan. Discurren en un segundo plano, tras una fina membrana translúcida que me aísla de los presentes. No es una metáfora, sino algo físico. Puedo ver cómo refleja la luz. Distorsiona los contornos de todo lo que me rodea. También las siluetas de Minerva y los detectives. Todo está al otro lado. A este, solo yo. Alargo la mano. La retiro, sin apenas rozarla. Tiene un aspecto orgánico. Pienso en la Alicia de Carroll. No quiero cruzar. Estoy bien a este lado del espejo.

Sé que estoy, porque oigo sus voces. Y la mía. Me escucho, pero no me siento. El cóctel hace efecto. Química verde y azul. Física y química. Mentiras piadosas.

Mine sirve café. Les ofrece un trozo de *strudel*. Ambos lo rechazan, con educación. Por sus gestos, sé que tienen prisa por interrogarnos. No están cómodos. Si lo estuvieran, Aurora habría aceptado la porción de tarta, pero se reprime. Mira el postre bávaro y traga saliva. Imagino su boca llena de agua.

Miradas y gestos. Soy buena, leyendo «a». Es difícil mentir en silencio. Cuando presto atención, puedo penetrar en las mentes que me rodean con facilidad. Lo hago a través de un carrillo mordido, un labio, un dedo que se peina la ceja o una puntera que golpea el suelo a intervalos regulares. Cuando presto atención. Es un esfuerzo que pocas veces estoy dispuesta a hacer. Huyo de las conversaciones convencionales. No merecen mi esfuerzo. Hoy no. Hoy no huyo. Hoy observo a través de una fina tela de araña. Es extraño. En lugar de entorpecer mi percepción, la agudiza. Lo atribuyo a la química. Me gusta.

Todos tenemos un café humeante en una mano. Minerva, en la otra, un tenedor con un trozo de tarta. No renuncia al dulce. Disfruta del *strudel*. Disfruta de la visita. Disfruta de la muerte. Yo apenas siento los dedos. Me cuesta sostener el café. Mi cuerpo pierde solidez. Temo desmaterializarme. Dejo la taza sobre la mesa, para evitar que se resbale y se haga añicos contra el suelo.

El investigador habla. Minerva escucha. Yo oigo. Ellos al otro lado, yo a este.

—A primera hora de esta mañana, han encontrado el cuerpo sin vida de Catalina Sariego Pinzones a poca distancia de aquí. —Suelta la bomba y continúa, como si nada. No es consciente del golpe que me supone conocer el nombre completo de la bloguera: Catalina Sa-rie-go Pin-zo-nes.

El detective sigue hablando. Y yo oyendo, pero no escucho. «Sariego Pinzones». La maestra pasa lista: Andrea Sabugo Vidal, presente; Dolores Sánchez Gutiérrez, yo; Carlos Sariego Pinzones, aquí.

Sa-rie-go Pin-zo-nes, Carlos. Mi amigo, mi mejor amigo, pum, pum; pum, pum. Carlos, el niño nuevo. El niño muerto. El hermano de la mocosa sin nombre. La hermana de Carlos ya no es «la hermana del niño muerto», pum, pum; pum, pum.

La muerte, que le robó a su hermano, ha regresado para devolverle a la niña el nombre que le robó. Ahora, el barquero se la lleva a ella. En la orilla, deja su nombre. Un nombre: Catalina, y dos apellidos: Sariego Pinzones.

Desde un córtex profundo, relegado durante años al olvido, una voz infantil pronuncia cuatro sílabas: em-bus-te-ra. Me lo dice a mí. La niña sin nombre, a la que Betancor ha bautizado frente a un *strudel* a medio comer, me habla. Y me vuelve a llamar embustera. No es la primera vez: em-bus-te-ra.

—Andrea, querida, ¿estás bien?

—Sí. —Salgo del ensimismamiento, con cuidado de no rozar mi membrana de seguridad. En el lado de la química estoy a salvo. Química verde y azul—. No sé si... ¿Catalina Sariego Pinzones es... Catalina Fanta?

—Querida, parece mentira, ¿cuántos años llevas metida en esto? Ni que nunca hubieras escrito bajo pseudónimo. «Catalina Fanta» es bastante cursi, por cierto. Digno de una bloguera joven y frívola.

—No tan joven como daba a entender —interviene la agente Ruiz—. Y sí, en efecto, parece que todos la conocían por su pseudónimo de bloguera.

—Así es. —Su compañero mira el reloj—. Si no tienen inconveniente, les haremos algunas preguntas.

Minerva se sienta en el sofá, con Ruiz. Betancor y yo nos quedamos en la cocina.

Agradezco haberme tragado todas esas pastillas. Me mantienen a este lado de la membrana transparente, a salvo de las moscas en la boca, los gusanos y las cuencas vacías. Siento un aturdimiento ligero, casi agradable. Mis pulsaciones son regulares. No escucho, pero oigo. Me oigo. Creo que hablo con cierta coherencia. Yo me entiendo. Miro a Betancor a los ojos: él también me entiende.

No es el momento de procesar la verdadera identidad de Catalina. No, hasta que los detectives se vayan.

Necesito ordenar mis pensamientos. No quiero establecer relación alguna. Evito preguntarme si el orden universal nos puso en el mismo plano por casualidad. «Menuda chorrada. El único orden que existe es el del cajón de los calcetines. Y las casualidades no existen. Ahora no, Andrea, ahora no». Intento olvidar. Pero el recuerdo de las llamadas de mi agente se abre paso; la insistencia en presentarme a su nueva amiguita; el interés que la bloguera mostraba por mí a la menor oportunidad. Me cierro en banda. No quiero hacerme preguntas ahora. No quiero analizar si la atención que me prestaba tenía relación con el hermano que le robó el nombre. Carlos. Mi mejor amigo, el niño muerto. Me resisto a pensar en ellos. Me centro en responder las preguntas del detective.

—Señora Sabugo —«Señora, tu abuela»—, ¿cuándo fue la última vez que vio a Catalina Sariego?

—Anteayer, sobre las siete y media, en el muelle.

—Tengo entendido que viajaron juntas.

—No, es inexacto.

—Según la organización —consulta su cuaderno. «La organización» tiene que ser Lidia—, ustedes dos llegaron al mismo tiempo, en el mismo grupo.

—Sí, es correcto. Viajamos al mismo tiempo. Tomamos el mismo avión hasta El Hierro y el mismo barco hasta aquí.

—Comprendo. —Sonríe—. Los matices son importantes. ¿Recuerda que estuviera nerviosa o alterada por algo?

—La recuerdo… enfadada. —Sigo tras mi tela de araña—. «Enfadada» es la palabra que me viene a la mente cuando pienso en ella. —Evito su nombre.

—Explíquese.

—En el avión, antes de despegar, discutió con otro pasajero. No sé si fue un truco para sentarse en primera clase. Desconozco los detalles. Antes de abandonar el aeropuerto, se molestó conmigo por un motivo que desconozco. Al llegar al muelle de Santa Lucía, volvió a enfadarse, porque no la habían incluido en la lista de escritores. Y por una mancha en el vestido. Enfadada, así la recuerdo.

—Sin contar a la víctima —vuelve a consultar su cuaderno—, en la embarcación viajaban Ramón Chamorro, Gabriel Alpide, Carmelo Morán, Olga Canellada, Lidia Lezma y Bruno Mesa, ¿es correcto?

—Supongo que sí. Es una suposición. Desconozco los apellidos de todos los miembros del grupo.

—Desde el muelle, usted vino directamente a esta casa, ¿es correcto?

—Sí.

—La acompañó el caballero que espera fuera. —Señala a Lennon a través de la cristalera—. ¿Es así?

—Sí.

—Y pasó la primera noche aquí, sola.

—Sí. Minerva llegó por la mañana.

—Esa mañana comenzaron las actividades del festival. Minerva y usted se retrasaron. Fueron las últimas en recoger las acreditaciones, ¿es correcto?

—No lo sé. —«Pregúntale a Lidia, que todo lo ve»—. Sé que nos retrasamos, pero no sé si fuimos las últimas en llegar.

—Lidia Lezma, que fue quien las recibió —mira alternativamente a su cuaderno y a mí—, les preguntó por Catalina. Primero a Minerva y luego a usted. Les dijo que la acreditación de la víctima era la única que quedaba sin recoger, ¿es correcto?

—Sí. Llegué al festival un poco más tarde que Minerva. Fui en bici. —Parece que ha pasado una eternidad. La membrana que me separa de Betancor sigue ahí, transparente, protectora. Mis pulsaciones siguen siendo regulares. Mi respiración, normal. Casi consigo olvidar la verdadera identidad de Catalina. La bloguera. La bloguera muerta—. Lidia me colgó el carné de gilipollas y me preguntó por ella.

Betancor sonríe cuando menciono el carné. Sigue repasando la cronología de ese día. Recurro al agotamiento de Mine como excusa para dejar el festival antes del cierre. No menciono la pistola. No menciono las cámaras. No. Me pregunta por la fiesta. Le digo que Carmelo y Ramón nos llevaron a Santa Lucía. Evito hablar del alijo de Chamorro. Doy el nombre de los asistentes. No, «la víctima» no estaba. No, tampoco la invitaron. No. Le hablo del regreso y del *quad* averiado. Le explico que regresé en bici. No menciono el pesquero del muelle. Omito el episodio de Lennon hablando de Walter, de Catalina… Y del Pato Lucas de los huevos.

Roberto Betancor pone fin al interrogatorio. La agente Ruiz ya ha terminado con Minerva. Pregunta si sigue en pie la invitación a tarta. Toma un trozo de *strudel.* Betancor también se apunta. Mine prueba suerte y les tira de la lengua. Ambos sonríen. No pueden compartir información con ningún testigo. Se limitan a una manida frase de película: «No descartamos ninguna teoría».

Antes de irse, nos recuerdan las instrucciones que Lidia ya dio a Minerva por teléfono. Prometemos limitar nuestras salidas a las participaciones programadas. Informaremos de todo aquello que consideremos sospechoso.

Mine no se molesta en reprimir su interés. Sabe que no conseguirá información ahora, pero prevé hacerlo más adelante:

—Nos pondremos en contacto con vosotros si recordamos algo que pueda ayudar en la investigación.

Leen sus intenciones. Agradecen nuestra colaboración y el trozo de tarta. Betancor sonríe. Ruiz nos da una tarjeta con su número de contacto.

—Una última cosa. —Betancor se gira. Nos mira a ambas, alternativamente—. Fernando Carriles es su agente literario, ¿correcto?

—Sí —respondo, desde mi lado del espejo.

—¿Saben ustedes que está en la isla?

—Oh, querido, lo sabemos. Un amigo me ha llamado esta mañana para contármelo.

—¿Me podría decir qué amigo, señora Novoa?

—Gabriel Alpide. Se aloja en el hotel y está preocupado por él. Me temo que Andrea puede ser un poco brusca de vez en cuando y…

Minerva les habla de la llamada desesperada de Fernando y de mi poca psicología con el viudo. Betancor escribe en su cuaderno. Ruiz me mira. Sonríe. La leo. Piensa que soy una excéntrica. Porque escribo. Si trabajara en Hacienda o en un supermercado, pensaría que soy una tía rara.

Veo a Lennon, a través del ventanal. Mi membrana protectora se disipa, ligeramente. El Beatle espera a los agentes al final de la pasarela de madera; mientras, estudia la parte superior de la fachada de Greenwood House. Su mirada barre, como hacen los robots en las películas de ciencia ficción. Imagino su iris como una mira telescópica de color verde fosforito. Un pequeño círculo, sobre una cruz. ¡Pam! Su pupila se clava en la mía («pistola, pistola, pis-to-la»). Me observa y quiere que yo lo sepa. O eso creemos mi imaginación y yo. Lennon está demasiado lejos como para estar segura. Y yo estoy demasiado drogada, por suerte.

Por suerte, sigo a este lado del espejo. Química. Química verde y azul. A mi espalda, Minerva sonríe. No deja de sonreír.

XIX

Son las cuatro y media de la tarde. Minerva ha dejado abiertas algunas ventanas antes de irse. La brisa del mar trae consigo voces. Voces que hablan de perímetros y cadenas de custodia. Voces que no escucho, pero oigo. Me siento bien. Quizá tenga que ir ajustando la dosis, pero creo que tengo la llave del País de las Maravillas. Todo se reduce al verde y al azul.

Minerva entra por la puerta principal. Su intervención en el festival ya ha terminado.

—Parece que han llegado el juez y el secretario judicial —anuncia. No se detiene. Sube a la planta de arriba, a la carrera, para poder mirar desde la ventana que mira hacia el pedrero.

—Ya.

—Sigue todo perimetrado. Aún no se han llevado el cuerpo —me informa, bajando de nuevo la escalera. Mira el reloj—. Pero ¿qué haces aún aquí, querida? Te están esperando. La presentación de tu libro empieza en menos de media hora.

—Ya. —Le devuelvo la mirada. Temo que descubra que he asaltado su alijo—. No quiero ir.

—Es todo tan soso. —Finge que no me oye—. Calculo que me habré cruzado con cinco personas, contando a mi editora y al chico del *quad*. Al menos, este no parece ir armado.

—Ya. —Veo a Ringo a través de la cristalera. Levanta un brazo y señala el reloj. No sé a qué viene tanta prisa.

—Vamos, querida. —Mine me empuja hacia la puerta—. Ve, presenta ese libro tuyo y regresa lo antes posible. Tenemos mucho que hacer. Yo iré investigando un poco.

—Vale. —Meto la mano en el bolsillo de los pantalones yoguimorcilleros de Aina. Me tranquiliza tocar las píldoras. Dos verdes y una azul, por si acaso.

Ringo me deja en el aparcamiento para *quads*. El festival está desierto. Ni siquiera veo a Lidia flanqueando la entrada. Camino en dirección a la Quevedo. Entro. Dos técnicos con chaleco de C&FE se ocupan del sistema telemático. Lo que yo entiendo como público asistente, que vienen a ser personas de carne y hueso dispuestas a sufrir mi exposición, se reduce a Carmelo y Olga. Mi editor y mi gestora de redes tienen permiso para estar presentes y documentar la presentación. Están serios. Hoy, Carmelo lleva el carné de gilipollas bien visible.

—Aaandi, sonríe. —Clic. Esta vez es a Olga a quien se le congela la sonrisa en los labios.

En la mesa, me espera el escritor que va a dirigir el acto. Lo miro. Tiene un palo metido en el culo. Miembro ilustre de la Academia Latinoamericana de las Letras, título nobiliario, algunas docenas de premios literarios en su haber y un ridículo reloj de bolsillo que suena a rancio, tictac, tictac.

Durante treinta y siete minutos, hablo sobre un argumento del que no me gusta hablar. Me veo obligada a analizar unos personajes que preferiría que los lectores descubrieran en privado.

Diez minutos antes de que el conde-duque de la pluma florida cierre el acto, se abre un turno de preguntas. Miro a los monitores. Los cuadritos, que enmarcan rostros lejanos, se amplían de forma alternativa. Respondo cuestiones sobre una novela que nadie ha leído aún. Las preguntas deberían estar vetadas en las presentaciones. Las presentaciones deberían de estar vetadas. Así, en general.

—Andiiiii, ¡sonríe! —El gesto de mi ilustre acompañante se tuerce. Olga sube un punto en mi escala de tolerancia social.

—Es mi gestora de redes —le digo, tictac, tictac, sonríe. *Cheeeeeese.* Clic.

Olga opina que la presentación de la novela ha sido un éxito. Es ella quien maneja los datos de audiencia, pero en mi opinión, ha sido tan aburrida y pretenciosa como el maestro de ceremonias estirado que me acompañó.

Carmelo se acerca. Me mira a los ojos. Mira a Olga. Va a decir algo, cuando nos interrumpe Ringo. Lo acompaña Lidia.

—Señora Sabugo —«Señora, tu abuela»—, debemos irnos ya.

—Enhorabuena, Andi, estuviste superestupendísima. —Olga sonríe. Pero es una sonrisa triste.

—Vosotros —Lidia se dirige a Carmelo y Olga—, esperad un momento frente al *parking* de *quads.* Pasarán a recogeros para llevaros de vuelta al hotel.

—Claro. —El tono de Carmelo no deja duda sobre su estado de ánimo. Está cabreado. Mucho. Nos miramos. Los tres tenemos la sensación de conversación truncada. De encierro involuntario. De.

Ringo no habla. No lleva pistola. No es como Lennon. No.

De camino a Greenway House, no nos cruzamos con nadie. Casi echo de menos a los conejos. Solo oigo el zumbido del motor y el grito agónico de las gaviotas. No se oyen conversaciones técnicas. No veo monos blancos sobre el arenal. Parece que la científica ha terminado su trabajo en la escena del crimen.

6

Ese día batí el récord mundial de circuito en bici verde con bocina. Cuando llegué al refugio secreto, ya no tenía frío. Pensé en quitarme la sudadera de camuflaje. Lo hice, pero la usé para limpiarme el sudor y me la volví a poner.

Por primera vez en mucho tiempo, olvidé esconder la bicicleta. A pesar de los esfuerzos de mi imaginación, no había resultado ser una buena máquina del tiempo.

Tras el árbol de los tesoros, me esperaba un olor dulzón, que permanecería aletargado, durante años, en lo más profundo de mi subconsciente.

A los trece años, la muerte no huele. No existe, no es. Por ese motivo, no asocié aquel hedor a nada en particular.

La bolsa abierta de Churruca seguía al lado del tebeo de Sandokán, más húmedo, más arrugado. Más.

Reprimí las náuseas. Me tapé la nariz y la boca con las manos.

Una fuerza interior me obligaba a mantener la vista sobre las pipas y el tebeo. Lo contrario suponía mirar al río. No quería admitirlo, pero lo sabía. Sabía qué me esperaba allí. Quién.

Una mancha roja en un extremo de mi campo visual me lo gritó. En el río estaban las botas mágicas. En el interior de las botas, los pies de mi amigo. Mi mejor amigo. La mancha roja fresa, roja Kojac, roja kétchup, roja sangre. Roja. Pum, pum; pum, pum, «no mires, Andrea; no mires», pum, pum.

Esa mañana, había elegido una indumentaria para misiones difíciles, porque tocaba ser valiente. Julián, Dick y Ana no se acobardarían por un paquete de pipas y un tebeo abandonado. Jorgina, mucho menos. Ni el olor más nauseabundo le impediría llegar a descubrir el misterio. Aunque doliese.

Me armé de valor y recurrí a un truco que había aprendido de los adultos: ignorar lo evidente. Disfrazar lo triste de cotidiano. Hacer ver que no ocurría nada malo. Mentir.

—¡Carlos! —Caminé hacia la mancha roja fresa, roja Kojac, roja kétchup, roja sangre, con la vista clavada en el suelo—. Te he traído bizcocho de yogur y un batido. Es de vainilla, tu favorito.

Lo que ocurrió a partir de ese momento se divide en fragmentos inconexos que no deseo ordenar. El olor se hizo tan intenso que no pude reprimir el vómito. Recuerdo el sabor agrio de la bilis en mi boca. Tiritaba. Sudor y frío.

El corazón galopaba en el interior de mi pecho, pum, pum; pum, pum. Dolía. Zumbidos, ruido viscoso de algo que reptaba. El rostro de Carlos, que no parecía Carlos, en la orilla del río. Moscas en la boca; cientos, ¡miles de gusanos!, cuencas vacías. Más zumbidos, más vómitos, más bilis. Más.

Todo se tiñó de rojo, rojo fresa, rojo Kojac, rojo kétchup, rojo sangre —gritos a mi espalda. Llanto desesperado de mujer. Y una voz infantil y aguda, de niña que pronunciaba una palabra, cuatro sílabas: em-bus-te-ra—, hasta que la oscuridad me abrazó. Todo se tiñó de rojo. Dejé de ver, de oír, de oler. El sabor a bilis desapareció. Durante casi una hora, fui feliz.

Me desperté en una cama de hospital. Despertar no es abrir los ojos, despertar es sentir. Y sentir duele.

Estaba segura de que Carlos no se iba a despertar nunca, porque había oído zumbar a las moscas y reptar a los gusanos; había visto las cuencas vacías y olido a la muerte. No me esforcé en abrir los ojos, porque quería regresar a la oscuridad. Pero no encontré el camino.

Y ese «no encontrar el camino» tuvo como consecuencia que, durante años, viví a medias.

Mi madre me besó. Mi padre me apretó la mano. Una mujer policía me sonrió antes de hacerme algunas preguntas, que respondí de forma mecánica, mientras la enfermera me tomaba la tensión.

Esa noche dormí en el hospital. Al día siguiente, me fui a casa.

Durante una semana, apenas salí de mi cuarto. De día, leía. Cuando cerraba los ojos, volvían las moscas, los gusanos y las cuencas vacías. Por ese motivo, durante la noche, también leía.

Releí una y otra vez, compulsivamente, la colección de *Los Cinco,* y escondí bajo la cama mis dos libros de Sandokán. Eran «mis» porque Carlos estaba muerto.

Cuando yo no estaba presente, los adultos susurraban. Hablaban de las botas viejas de mi padre —¡cómo se me habría ocurrido llevarlas al río!—, que se habían llenado de agua y arrastrado a Carlos, «pobre niño», al fondo. «Pobre madre, pobre padre, pobre familia. Pobres. ¿Has visto, lo delgada que está ella? Y la niña, ¡qué lástima!, no habla desde entonces».

Aquellas conversaciones se mantenían en voz baja. Yo, que nunca fui buena escuchante, me acostumbré a no escuchar. Con los años, fui perfeccionando la práctica, hasta convertirme en una virtuosa. Lo del rojo fue más difícil. Las moscas y los gusanos seguían ahí cada vez que mis párpados se cerraban. Tardé un tiempo en aprender a espantar las moscas e ignorar los gusanos. Cuando lo conseguí, les dije a mis padres que habían desaparecido.

Yo no era una embustera. Aprender a ignorar algo es casi como hacerlo desaparecer. De ese modo, me libré de las sesiones de terapia.

Los lunes y los miércoles, de cinco a seis, iba a clase de cerámica. Era la única actividad extraescolar que me atraía. Las demás implicaban balones o ruedas y a mí nunca me gustó el deporte. El deporte es una mierda. Está sobrevalorado.

Los martes y los jueves, tocaba psicóloga. La terapia es otra mierda y también está sobrevalorada.

No tardé en comprender la mecánica de la consulta de mi co-mecocos. Se llamaba Rosana y no era muy diferente a lo que sería mi primer editor: yo le regalaba historias y ella, en lugar de pagarme, me cobraba. Bueno, a mí no, a mis padres; por eso se alegraron tanto cuando les dije que ya no había moscas, ni gusanos, ni cuencas vacías.

Tomé la costumbre de narrarle a la psicóloga mi día a día en la escuela, con pelos y señales, para ocupar el mayor tiempo posible. Fui perfeccionando mi narrativa hasta convertirme en una experta en describir detalles; las clases de cerámica eran muy socorridas, ya que me permitían explicar cada técnica. En mis visitas a Rosana evitaba los recreos, las excursiones o la rabia que sentía cada vez que mis compañeros me llamaban embustera. Em-bus-te-ra. Obviaba la rabia, el miedo, la tristeza o la ira, que eran los detonantes de cada uno de «mis episodios». Mis-e-pi-so-dios. Así llamaba Rosana a la oscuridad roja, que me engullía como una boa. Yo era el elefante.

De vez en cuando, le describía los latidos acelerados, la ceguera teñida de rojo y la sensación de caer al vacío para hacerla sentir útil. A los adultos les gustaba eso. Sentirse útiles. Especialmente a los psicólogos.

Rosana no tuvo nada que ver con mi éxito en la doma de moscas y gusanos. Si alguien me ayudó a controlar las pesadillas, fueron Mr. Sabas, que para eso estaba en el oficio, Gloria Fuertes, Patricia Highsmith o Murakami, entre otros muchos.

Mr. Sabas era un domador de leones yugoslavo que se murió en Santa Cruz de la Palma al mismo tiempo que un león llamado Sultán. La Guardia Civil disparó a Sultán porque se había escapado y atemorizado a toda la isla; fueron unos canallas, porque no dieron a Sabas la oportunidad de devolverlo a la jaula y por eso se murió. El león no, el domador. El león murió de un disparo. Mr. Sabas se murió porque no quería vivir sin su mejor amigo. Y ahora está enterrado aquí cerca, a unas millas marinas de Santa Lucía. Un profe de lengua me contó la historia. Había nacido en La Palma. No me dio clase durante mucho tiempo, porque trabajaba como sustituto. Fue mi profe favorito. Y esa historia me gustó. Y me ayudó a domar gusanos y moscas y oscuridad roja. Y.

El día que pensé que sería mi última sesión con Rosana, le llevé uno de los ceniceros que había hecho en clase de cerámica. Fue una excelente idea, porque entre el proceso de modelado y el de esmaltado, ocupé la hora de terapia. Ojalá hubiera sido la última; la última de verdad. Ojalá.

En los libros, la oscuridad es siempre negra. En el cine, también. La mía, no. Desde que las botas mágicas se llenaron de agua y la boca de Carlos de moscas, mi oscuridad es roja. Roja fresa, roja Kojac, roja kétchup, roja sangre. Ro-ja.

XX

Son las ocho de la tarde. Minerva vuelve a estar poseída por el espíritu de Miss Marple. La puerta de la nevera es ahora un panel de sospechosos de asesinato y móviles. Sobre la isleta de la cocina, dos colillas, cuatro pitis, una bolsa de Churruca sin abrir y una fuente, llena hasta los bordes, de cáscaras de pipas.

Se me pasa el efecto de las pastillas de colores. Ya no estoy al otro lado del espejo. He regresado del País de las Maravillas.

Miro a través del cristal de la puerta principal. Las antorchas programables, que flanquean la pasarela de madera, me tienen fascinada. Una, dos, tres..., seis a cada lado. Doce, en total. Una docena de luminarias puntuales; infalibles, inequívocas, in-. Si el cuerpo que yace inerte en el instituto forense de El Hierro fuera el mío o el de Minerva, se encenderían igualmente, a la misma hora. Lo harían, porque nuestra muerte no cambiaría nada. La muerte nunca cambia nada. De día hay luz y la puesta de sol trae consigo la oscuridad. Así ha sido hoy y así será mañana, con o sin nosotras. Con o sin Catalina Sariego Pinzones.

Fijo mi atención, de nuevo, en el pasillo de madera de teca. Descanso la mirada en cada una de las doce luces. La alejo, con intención de volverme hacia Minerva y escuchar sus conclusiones. Pero antes de girarme, me quedo atrapada. En perspectiva, lo que tengo ante mis ojos parece la pista de despegue de un aeropuerto.

—Me quiero ir.

—¡Sandeces! —contesta Minerva, que me da la espalda y dibuja flechas y círculos sobre una de las pizarras magnéticas de la nevera—. No te quieres ir, querida.

—Sí, sí quiero.

—No, no quieres. —Me mira. Se sienta frente a mí—. Y ahora me vas a contar qué te pasa. Desde que te dio el patatús, estás muy rara.

—No, no quiero.

—Sí, sí quieres.

No quiero, pero lo hago. Le cuento que conocía a Catalina, pero no a la bloguera, sino a la otra, a la niña sin nombre, a la hermana de Carlos, de mi amigo, del niño muerto. La-her-ma-na-del-ni-ño-muer-to.

Minerva quiere saber, «necesita» saber. Pregunta, insiste. Yo no quiero hablar, pero lo hago. Le narro la aventura del mundo submarino de Sandokán. Sandokán y las botas rojas, que no eran mágicas, pero casi, porque lo llevaron al otro lado, como las pastillas de colores que le suministra Chamorro a ella, o la botella «bébeme» de Alicia. «Cálzate las botas, Sandokán».

Mine me mira. Ya no sonríe. Me apunto el mérito, pero no veo una victoria.

—¿Sabía ella quién eres? —«¿Qué tal si lo hacemos juntas? Divertirnos, digo. Tú y yo, esta noche…».

—Sí.

—Ya. —Frunce el ceño—. Sin embargo, teniendo en cuenta tu reacción de esta mañana, cuando Betancor nos dio sus apellidos, tú no fuiste consciente de quién era ella hasta entonces.

—No. —Mine me mira, esperando una explicación. No quiero seguir hablando de la-her-ma-na-del-ni-ño-muer-to.

—¿Cómo sabes que ella se acordaba de ti? Por lo que cuentas, era muy pequeña. Y dadas las circunstancias…

—Lo sé. Recuerdo frases, conversaciones… —Recordé una mirada, que no supe leer. Una mirada que me pareció turbia—. Lo sé. Sé que ella me reconocía como la amiga de su hermano.

—Está bien, querida. —Vuelve a sonreír—. Es triste, pero no cambia nada. Catalina está muerta. —El fatal episodio de su infancia ha devuelto el nombre a la bloguera—. Y vamos a averiguar quién la mató.

—Vale.

—Intenta mostrar un poco de entusiasmo, Andrea. —Enciende un piti, da una calada y me lo ofrece. Niego con la cabeza y abro mi última bolsa de pipas—. Veamos qué tenemos aquí.

Dedico toda mi atención al frigorífico de dos puertas de Aina. Una de las pizarras magnéticas, sobre las que Minerva ha estado trabajando desde que llegamos de la feria, está decorada con frutas tropicales. La temática de la otra son hortalizas y barras de pan.

Apostada al lado del frigorífico, con el rotulador en la mano, Mine parece una maestra de primaria. Sospechosos y móviles entre piñas, guayabas y mangos. Líneas temporales enmarcadas con chirimoyas, cebollas y *baguettes*. La horticultura no me interesa. Aún me quiero ir.

—La última vez que se vio a la bloguera fue en la pizzería de Santa Lucía. En la barra, con ese tipo. Se estaban metiendo mano y pasándoselo en grande.

—No exageres. —Finge que no me oye. Es escritora, por supuesto que exagera, va con el cargo.

—Olga tomó la fotografía a las diez y media de la noche. Los chicos estaban con ella. Es un sitio público. Sabemos que había cámaras. —Escribe la hora. Traza una línea horizontal, que representa treinta y cuatro horas y quince minutos. Una línea que muere en las ocho horas cuarenta y cinco minutos—. La llamada de Lidia, para informarnos de que Lennon había encontrado el cuerpo, fue antes de las nueve de esta mañana.

—Esa línea temporal es inexacta. No sabemos a qué hora se fue de la pizzería, ni si lo hizo acompañada. —Meto la mano en el bolsillo. Verde-verde-azul—. No sabemos la hora exacta a la que Lennon encontró el cuerpo. No sabemos nada, porque no somos la policía.

—Pero sabemos cómo llevar una investigación, porque escribimos novela negra, querida. —Antes de que pueda contestar que unos miles de páginas de ficción no dan ninguna placa, nos interrumpe el timbre del teléfono. Minerva mira la pantalla—. Es Gabi, querida.

Le dice que estamos bien. Sí, yo también, como siempre. Ya me conoce. Sí, la poli se pasó esta mañana. No, no vio a Catalina desde que llegó, pero le preguntaron por su relación con ella. Sí, soy un poco impulsiva. Ya me conoce. No debí contarle a Fernando lo de la foto, no así, no por teléfono. Mine le pregunta por él. Pobre Fernando. Sí, ella también está disgustada. A ver si se soluciona todo pronto.

Antes de colgar, pregunta por la noche en que vieron a Catalina en la pizzería. A qué hora se fueron, si salieron antes que ella. Pregunta si hay novedades, qué se dice en el hotel, si ya los ha interrogado la policía. Minerva pregunta.

Se despide. Le da un abrazo de mi parte. No puedo oír la respuesta de Gabi, pero sé que no se lo cree. Puede que se esté riendo.

—Querida, Gabi ha escuchado rumores. Barajan cortar las comunicaciones.

—Vale.

—Voy a llamar a Ramonín antes de que ocurra. A ver si me entero de algo.

Dejo a Minerva hablando con Chamorro. Me aíslo del parloteo. Repaso las notas de Mine. Bajo el nombre de Catalina, leo el periodo en el que deduce que puede haber muerto: entre las diez y media de la noche del jueves y las ocho y cuarenta y cinco de la mañana de hoy, sábado. Treinta y cuatro horas y quince minutos. Es demasiado. Treinta y cuatro horas y quince minutos es más tiempo del que lleva Minerva en la isla. Pudo haber alguien que viera a Catalina ayer. Si tuviéramos copia del informe preliminar del forense y acceso a las declaraciones del resto de los testigos, se podría reducir ese tiempo. Pero no tenemos nada, porque no somos polis. Somos escritoras. Y no deberíamos estar jugando a los detectives. Pienso en las antorchas, en la pasarela, en una pista de despegue. Me quiero ir. Pero no me voy. Leo. Continúo leyendo la lista de sospechosos y móviles:

Chamorro ➡ *Acoso en redes sociales a causa de una viñeta comprometida. La odia.*

Olga ➡ *Celos, debido a una relación amorosa de Catalina con Carmelo —cuernos—. La odia.*

Carmelo ➡ *Sigue enamorado de Catalina «¿y esta qué sabrá?». Se sintió utilizado. Rabia + celos + amor = odio.*

No sé si entiendo la ecuación de Minerva. Tomando los mismos valores, obtengo distinto resultado.

Gabriel ➡ *Perdió una oportunidad laboral por culpa de Catalina. ¿Se sintió utilizado?*

Lennon ➡ *Va armado. Actúa de forma sospechosa y miente. Cree o creyó que Catalina podía conducirlo a Walter «damos por hecho que Walter es el escultor inglés. Damos por hecho que se lio con la bloguera. Demasiadas premisas y muy pocas certezas». Encontró el cadáver.*

Escultor inglés ➡ *Estuvo con Catalina, ¿sexo? Lo buscan las autoridades (¿Walter?).*

Fernando Carriles ➡ *¿Preocupación o celos? Andrea lo informó del escarceo de Catalina con el escultor. ¿Cómo llegó a la isla? ¿Cuándo?*

Andrea Sabugo ➡ *Catalina le robó el Premio Solsticio de Novela. La detesta. Atenuante: Andrea lo detesta todo.*

Minerva Novoa ➡ *Catalina se metió en SU cama, en SU casa, con SU asistente. La odia.*

¿Se tiró la bloguera a Günter? No sé cómo procesar el dato. Desconozco la relación exacta entre Günter y Mine. Nunca pregunté. No me interesa saber. Casi nunca me interesa.

Minerva ha convertido la isla en su partida de Cluedo privada. La pizarra en un chiste. No tenemos datos fiables. Todo es impreciso.

Releo. No puedo negar que me conoce: «Andrea lo detesta todo». Detesto más que odio.

A riesgo de que la realidad se tiña de rojo —rojo fresa, rojo Kojac, rojo kétchup, rojo sangre, pum, pum—, imagino que estoy escribiendo una novela. A cuatro manos, con la Reina del crimen. No puedo implicarme en una investigación policial, pero sí en una literaria. Es mi modo de no sucumbir a la oscuridad roja que amenaza con engullirme.

Vacío, en la basura, la fuente rebosante de cáscaras de pipa. Enciendo un porro. Doy una calada larga. Repaso los puntos básicos de criminología sobre los que acostumbro a montar mis tramas.

Bruno, nuestro guía surfista, merece flecha y cuadradito en el panel de investigación. Si fuera uno de mis personajes, lo dibujaría como un asesino ocasional. Recuerdo las miradas entre Catalina y él en el aeropuerto y los roces, que aparentaban ser accidentales. La bloguera alimentó su deseo. Creó expectativas, pero una vez en la isla tonteó con el escultor. Imagino la frustración de Bruno si planeaba echarle un polvo a nuestra Audrey.

Suelto el porro y me como un puñadito de pipas. Tomo el rotulador que la Reina ha dejado sobre la encimera. Escribo, justo a continuación de una papaya:

Bruno ➤ *Crimen pasional.*

Miro hacia el sofá. Mine sigue al teléfono. Aprovecho para ordenar ideas. Quiero irme a casa. Quizá pueda hacerlo pronto si consigo meterme en su cabeza y colaborar.

Al fin cuelga. Chamorro dice que el viernes dejaron la pizzería poco antes de la medianoche. La bloguera y su acompañante salieron diez minutos antes, más o menos. Fernando está destrozado. La poli lo acaba de interrogar. Pagó a un pescador para que lo trajese desde Puerto Salina.

—Me pareció ver un barco alejarse del muelle. Ayer, al salir del *pub*. —Le paso el porro. Apenas quedan dos caladas.

—¡Oh, querida!, pudimos habernos cruzado con él. —No está preocupada por nuestro agente. Está entusiasmada con la investigación—. Ramonín y Gabi no saben mucho más. Tras el interrogatorio de Fernando, los han aislado en sus habitaciones.

—Joder.

—Todo apunta a que Fernando Carriles es el principal sospechoso.

—Y dale. Estás muy convencida («y deseosa») de que ha sido un crimen.

—Por supuesto, querida. Ha sido un crimen.

—Joder.

Revisamos juntas el panel. Le explico mi aportación. La Reina no conoce a Bruno. Me pide detalles. Quiere saberlo todo sobre nuestro traslado a Puerto Salina. Se lo cuento. Si me voy a tomar esto como una investigación narrativa, necesito salsa. Kétchup, sal y pimienta. Me deleito con la descripción de algunos episodios, como la travesura de Gabi con el aceite para la ensalada. Las miradas furtivas de Carmelo. Y Olga, ¡pobre Olga!

Pregunto por Günter y Catalina. Es el condimento picante. Vende. Es el turno de Mine. Habla. El asunto es tan simple, terrenal y fisiológico como un calentón a destiempo. A Minerva le molestó que el episodio tuviera lugar en el Refugio del Norte, durante una de las visitas persuasivas de Fernando. También le molestó que nuestro agente se tomara la libertad de llevarla a su casa. No es muy original, pero sí un aderezo necesario para construir un superventas.

* * *

Son las once de la noche. Sobre la barra, seis colillas, un rotulador, una bolsa vacía de Churruca y una fuente. También está vacía. Aún no hemos cenado.

En un santiamén, Minerva prepara una tabla de embutidos y dos ensaladas. Veo la comida y siento náuseas. Respiro profundamente. Trago saliva, a fin de controlarlas. Meto la mano en el bolsillo y toco la llave del País de las Maravillas. Verde, azul, verde, azul. Funciona.

Siguiendo las instrucciones de Mine, corto el pan. Voy a sacar una Coca-Cola de la nevera, pero alguien se las ha terminado. «Chamorro, seguro». Como aperitivo, apachurro el bote de kétchup y trago con avidez, como si fuera un porrón. Abro el vino. Cenamos y hacemos conjeturas. Las masticamos, a modo de guarnición. Mañana, ya digeridas, las vomitaremos sobre el panel y estudiaremos el conjunto.

De postre, nos servimos un trozo de *strudel*. Dejamos las dos últimas porciones para el desayuno. Acompaño mi ración de tarta con dos pastillas azules que me ofrece Minerva y que yo, para evitar recurrir a mi reserva, acepto encantada.

XXI

Son las ocho de la mañana. Me despierta el olor a café. La boca me sabe a óxido. Llevo la lengua al paladar y percibo una película viscosa. La química azul es la responsable de mi moco palatino y de una amnesia transitoria y voluntaria. Las pastillas de colores me ayudan a olvidar las moscas, los gusanos y las cuencas vacías. He dormido como un bebé. Pero el efecto de la magia no es eterno. La química caduca. Tengo que pensar en la siguiente dosis.

Recuerdo a Catalina, la bloguera no, la otra. La niña sin nombre, la hermana de Carlos. La-her-ma-na-del-ni-ño-muer-to, que ahora también está muerta. Muerta. No puedo respirar. Me ahogo. La ausencia de aire atrae a la oscuridad y todo se vuelve rojo. Rojo fresa, rojo Kojac, rojo kétchup, rojo sangre. Rojo. Pum, pum; pum, pum. Quiero volver al País de las Maravillas. Necesito las pastillas que guardé en el bolsillo de los pantalones yogui-morcilleros. «Cómeme, Andrea».

Abro la ventana. La brisa entra húmeda, fresca, cargada de salitre. Respiiiro, respiiiro… Ahuyento la niebla. Para evitar que regrese, visito la habitación de Minerva. Lo he pensado mejor. No quiero consumir mi dosis de reserva. Abro el cajón de la mesita. Ahí está, el botiquín de la Reina. Levanto la tapa. ¿Verde o azul? Pito, pito, gorgorito, ¿dónde vas tú tan bonito? A la era, verdadera, pim pam pum, ¡fuera! Verde. Me la trago, a palo seco. Completo la dosis con una de color azul. «Por si acaso». Me guardo un par.

190

Pospongo la visita a la ducha y me dejo arrastrar por el aroma a café jamaicano que me atrae, escaleras abajo, hacia la cocina.

Minerva me da la espalda. No me ve. No me oye. Está sentada, absorta, con la mirada puesta sobre las puertas del frigorífico. Sujeta el rotulador con una mano y un Blue Mountain humeante con la otra. Sospecho que no es el primero de la mañana. Su mañana, a todas luces, se ha fundido con mi madrugada. Se gira. Está maquillada, de forma muy sutil. Viste un kimono de color champán sobre un pantalón amplio de raso negro. Yo estoy en bragas.

—Buenos días.

—Buenos días, ¿café? —Me sirve, sin esperar respuesta. No mira la taza. Temo que lo derrame. Se ha vuelto de nuevo hacia el improvisado panel de sospechosos. No le quita ojo.

—Gracias. —Bebo un trago largo. Me deleito con él. Es dulce y cremoso. Apenas percibo el característico amargor del café. No sé qué va a ser de mí cuando vuelva a mi aguachirle habitual. «Comprar café».

Voy a servirme un trozo de *strudel*, pero solo quedan migas. Opto por una rebanada de pan con aceite y un bol de cítricos. Minerva ha pelado y cortado, con esmero, piña, naranja y kiwis. «Prefería comer tarta». Al lado de la cafetera, parpadea su ordenador.

Al fin, me presta atención. Deja el rotulador sobre la mesa. Enciende un porro.

—Se ha armado una buena.

—¿Qué? —El corazón me golpea el pecho con fuerza; «al menos está en su sitio». Temo que vuelva la oscuridad. Roja fresa, roja Kojac, roja kétchup, roja sangre. Roja. Pum, pum; pum, pum.

—Esto te afecta demasiado, querida. Estás poniendo esa cara de nuevo, ¿no te irás a caer? Porque no tenemos más guisantes en el congelador. —Sonríe. La muy canalla sonríe.

—No.

—Toma, te irá bien. —Me ofrece una píldora verde. Me la trago sin pensar. «Verde-azul-verde»—. Agárrate a la silla. Esta madrugada, la noticia del asesinato se ha filtrado a los medios.

191

—¿Asesinato? —«Respira, Andrea»—. ¿Seguro que no fue un accidente? —Pum, pum; pum, pum.

—Y dale, ¿aún lo dudas, querida? —Da una calada y sonríe. Más. No sabía que se pudiera sonreír más—. Hasta han subido una imagen del cadáver a las redes sociales. Pero no pasó ni una hora antes de que la eliminaran.

—Estamos en la era de internet —digo mientras abrazo la tela de araña que la química multicolor ha empezado a tejer a mi alrededor—. Volverán a subirla.

—Pero no lo sabremos, querida. Sospecho que la policía nos ha cortado las comunicaciones.

Toma su portátil, como si fuera un bebé. Se sienta frente a mí. Acaricia la tapa. Me mira. Me ofrece compartir el porro. Doy un sorbo al café («¿nos han cortado las comunicaciones?») y una calada. Acepto la pauta jamaicana completa. Sorbo, calada, sorbo.

Intento ser productiva y evitar caer en la oscuridad. Roja fresa, roja Kojac, roja kétchup, roja sangre. Roja. Pum, pum; pum, pum. Espero, ansiosa, el dulce efecto de la química.

Con la mirada puesta en el panel, llevo mi actitud al punto en que la dejé ayer: Estoy escribiendo una novela. Entre los sospechosos que tengo enfrente, está el asesino de la bloguera. Es solo ficción. El caso de la bloguera muerta. Resolveremos esto, cubriremos la cuota de realización de Minerva y volveremos a casa.

Abro la nevera. Saco el kétchup y doy un trago largo. Me siento de nuevo frente a la taza de café.

Miro a Mine. Resplandece. La escucho. Se ha despertado a las cuatro y media de la madrugada. Lleva pegada al portátil desde entonces. Me habla de IP hackeadas y de la Deep Web. Me confiesa que frecuenta los bajos fondos cibernéticos. No me sorprende. Esta madrugada, contactó con Chamorro a través de no sé qué sistema seguro. Se conocieron en la red oscura. Tampoco me sorprende. Supo su *nick* antes que su nombre. Sospecho que ayer, durante su conversación telefónica, establecieron un plan preventivo, por si nos dejaban incomunicados.

El pintamonas sigue aislado en el hotel de Santa Lucía.

—Sabe dónde estuvo Fernando la madrugada de ayer.

—¿Cómo puede saberlo?

—Querida, a los confidentes no se les piden explicaciones. —Sonríe—. Se toma la información y se usa.

—Vale.

—Mientras bebía con Carmelo en el bar del hotel, este le habló del escultor inglés y de su casa en Playa Brava.

—Pero… cuando nos fuimos de la fiesta, Carmelo no podía articular palabra.

—Díselo a Betancor y a Ruiz, querida. Según Ramonín, los polis apenas obtuvieron nada del interrogatorio. Tu editor no recordaba nada a partir de que salió del *pub*.

—Joder.

—Fernando asegura que, entre copa y copa, Carmelo le habló de la casa de Playa Brava.

—¿Y cómo sabía Carmelo quién vivía en esa casa?

—La primera noche, la camarera de la pizzería le dijo quién era el hombre que estaba con su ex. Todos se conocen por aquí, así que le explicó también dónde vivía.

—Y cuando se lo contó a Fernando, este decidió ir a buscar al tío que sobaba a su novia.

—O supuso que Catalina estaría allí, con él. —Sonríe. Temo que se vaya a quedar así, como el Joker—. Caminó un kilómetro y medio hacia el oeste y, cuando llegó a la casa, no había nadie.

—El pañuelo…

—Dice que lo encontró en la playa. La poli lo ha tomado como prueba y van a trasladar a Fernando a la Península, si no lo han hecho ya.

—Joder.

—Si no encontramos nada mejor, tu incontinencia verbal y tu falta de tacto habrían matado a la bloguera, querida.

—¡Mine!

—Encaja a la perfección. Le hablas a Fernando de un amante y viene a la isla. Encuentra a los tortolitos y presiona a Catalina para que lo acompañe. Dan un paseo, intenta convencerla de lo mucho que la ama, pero la bloguera ha disfrutado de los encantos carnales del escultor y lo rechaza. Fernando no puede soportarlo y la golpea. El fatal desenlace ya lo conocemos.

—Un largo paseo, desde Playa Brava hasta el pedrero, ¿no crees?

—No tan largo, querida. Romántico, bajo la luz de la luna… Es perfecto.

—¿Dónde está el escultor?

—Aún no lo sé. Nadie parece saberlo, pero lo averiguaremos.

Abro un paquete de pipas. Doy un sorbo al café y sigo escuchando a Mine, que disfruta como una niña.

Chamorro ya no tiene más información que la propia Minerva, que consiguió descargar la imagen del cuerpo y algunos datos sobre la muerte de Catalina mientras la web estuvo en plena ebullición. Pienso en sus palabras: «La imagen del cuerpo»; todos los días vemos cuerpos vivos, propios y ajenos, pero no nos referimos a ellos como tal. No, hasta que están inertes, infectados de gusanos, con la boca llena de moscas o las cuencas vacías. Cuer-po implica muer-te. Seis letras, dos sílabas («redactar teoría de los cuerpos»). Mine lo guardó todo en su disco duro. Más tarde, se cortó la comunicación.

Su teléfono móvil no da señal, el fijo tampoco. No hay conexión a internet. En lo que a mí respecta, no ha cambiado nada («telefonear a papá»).

Llaman a la puerta. Minerva se levanta con rapidez, apaga el porro bajo el grifo y lo tira a la basura. Limpia el cenicero. Despega las pizarras magnéticas del frigorífico y las esconde en un armario. Camina hacia la puerta principal. Deja una estela de color champán-kimono tras de sí. Parece un cometa, «Minerva-Halley y su cola dorada». Está hiperactiva. A mí me ocurre lo contrario. Las pastillas de colores me llevan al ralentí. Me gusta. He descubierto que, después de la inconsciencia total, este es mi estado favorito.

Cruzo al otro lado del espejo. Mis pulsaciones han bajado. La luz brilla a través de la membrana que me rodea. Llega hasta mí atenuada y transparente, como las voces de Mine y Betancor, que se acercan.

Hoy, el detective viene solo. Acepta un café. Me saluda. Mine lamenta que me haya terminado la tarta. No puede ofrecerle *strudel.* Yo no me la comí, pero no lo digo. No me defiendo. Callo. El rostro de Betancor se desdibuja en mis pupilas, que intuyo dilatadas y turbias. Habla.

—¡Oh, Dios!, voy a echar de menos este café.

—Blue Mountain, mi favorito —contesta Minerva—. Deme una dirección y le hago llegar un paquete.

—Ya sé por dónde va, señora Novoa. —La mira. Sonríe—. Quiere persuadirme con el mejor café colombiano que he probado nunca…

—Jamaicano, querido. Procede de las Blue Mountain. Hay quien prefiere uno que sale de la caca de una especie de nutria. Lo he probado y no tiene punto de comparación. Este es, sin duda, el mejor del mundo.

—… pero sabe que no puedo hablar del caso.

—Sin embargo, podrá decirnos qué pasa con las comunicaciones. He intentado hacer una llamada de trabajo, esta mañana, y me ha sido imposible.

—Lo sé. Las hemos cortado en toda la isla.

—¡Eso no puede ser legal! —Minerva finge estar ofendida—. ¿Qué pasa con el festival?

—El festival se ha suspendido. Y el corte de red lo ha autorizado el juez de instrucción. —El detective ya no sonríe—. De todos modos, no les afectará durante mucho tiempo. Vengo a comunicarles que pueden regresar a casa.

—En cinco minutos, estoy lista —me oigo decir desde este lado del espejo. Mine me fulmina con la mirada.

—Mis palabras han sido desafortunadas. No era mi intención ofenderlo —se disculpa Minerva—. No dudo de la legalidad de sus acciones y comprendo que necesitan unas condiciones determinadas para trabajar.

—Bien, porque no tenemos otra intención que la de descubrir al culpable («joder, cul-pa-ble quiere decir a-se-si-no») lo antes posible.

—Tengo entendido que ya han detenido a alguien.

—Señora Novoa...

—Lo sé, lo sé; no puede decir nada. En cuanto a nosotras, no tenemos prisa por irnos, ¿verdad que no, Andrea?

Por supuesto que sí. Quiero irme a casa, tumbarme en el sofá con una fuente de patatas fritas y un bote enorme de kétchup. Y pipas. Churruca. Quiero leer con tía Agatha durante días, semanas o meses. Con. Quiero contestar, pero no lo hago. De nuevo, callo.

Asisto al resto de la conversación con cierta dificultad. Algunas palabras resbalan antes de llegar a mis oídos. O quizá lo hagan poco después de atravesarlos y sea mi cerebro el que no logra procesarlas. No estoy segura. De cualquier modo, Minerva consigue salirse con la suya. Nos quedamos, muy a mi pesar.

Esta tarde, apenas permanecerá nadie en la isla. Lennon, el Beatle feo y Lidia lo harán, en representación de Cool & Flow Events. Bruno se ocupará de hacer los traslados en el barquito y traer víveres desde El Hierro hasta que termine la investigación.

Fernando no es el único sospechoso. Es evidente que siguen trabajando en el caso. Los detectives han aislado a los investigados en el hotel de Santa Lucía («parece que Mine no es la única que considera sospechoso al pintamonas»). Betancor cae en la trampa de la Reina y le confirma que fue lo más cómodo, puesto que cuatro de ellos ya estaban alojados allí antes del crimen. «Cri-men. Seis letras, una menos que a-se-si-no, dos menos que cul-pa-ble».

Siguen hablando. A través del espejo, percibo algunos intentos de Minerva por conseguir información. Deduzco que Betancor se ha cansado del juego, oigo que se despide. Conecto de nuevo con ese lado.

—No puedo obligarlas a irse, pero les recomiendo que no abandonen el perímetro de la casa. Tengan cuidado.

—No lo haremos. Nuestra intención es seguir con lo planeado y disfrutar de la generosidad de nuestra amiga Aina («¿a-mi-ga?») durante el resto de la semana. —Mine abre los brazos, como si quisiera abrazar el espacio que nos rodea. Sonríe. Más—. Este es el lugar perfecto para nosotras. Escribiremos, daremos cortos paseos por la playa y volveremos a escribir. Ya ve que casi nos ha hecho un favor

196

cortando las comunicaciones. Nos vendrá bien desconectar unos días y concentrarnos en la escritura.

Escucho, impotente, y me digo que vivo desconectada. Soy una maestra, en eso. Se me da bien. Puedo hacerlo fuera de esta isla. Puedo hacerlo en casa, sin paseos, sin olor a salitre, sin los gritos agónicos de las gaviotas, sin más crimen que el que pueda surgir de mi imaginación. Cri-men. Seis letras, dos sílabas. Me quiero ir antes de que la química de colores deje de hacer efecto.

—En cuanto al corte en las comunicaciones, sería prudente darles un medio para localizarme. —La voz del detective aplasta mis pensamientos. Borra la esperanza de regresar. Ha cedido—. Más tarde les haré llegar un *walkie,* por si tienen alguna emergencia o necesitan víveres.

—¡Qué amable! —Sonrisa—. De momento, solo se nos ha terminado el *strudel.* Estamos bien surtidas. De hecho, tengo un exquisito salmón noruego que podemos degustar esta noche. Dígaselo a su compañera y…

—Señora Novoooa —la interrumpe. Ríe. Ya no parece molesto—, no me sacará ni una palabra. Está hablando con un viejo zorro. Pero si el caso se resuelve pronto y la invitación sigue en pie…

—¡Pipas! —grito. Al cruzar el espejo, mi voz baja de volumen. Pierde urgencia—. Se me están terminando las pipas. Las necesito. Churruca.

—Claro —Betancor parece confundido.

—Ya sabe cómo somos las escritoras, querido —me justifica Minerva—, tenemos ciertos rituales para atraer a las musas —«Menuda chorrada»—. El güisqui de Bukowski, los mojitos de Hemingway, las pipas de Andrea Sabugo…

El detective se despide. Nos da la espalda. Fuera, en la baranda, lo espera su compañera. Acaba de llegar. A través de la cristalera, nos saluda. Se van. Nosotras nos quedamos. Muy a mi pesar. Nos quedamos.

Minerva me mira. Sonríe. Lamenta haberse deshecho del último porro que tenía liado. Saca papel, tabaco y una bolsita de marihuana. Se afana en la tarea. Levanta la vista y me mira.

—Betancor ya sabe que no tienes nada que ocultar, querida. ¿Qué tal si te pones unos pantalones?

—Sí, buena idea.

—Limpios, a ser posible. Y mete el resto en la lavadora, antes de que los vaqueros se te queden pegados a las pantorrillas.

No sé si espera que me ría. No lo hago. Me pide que saque las pizarras del armario. Las pongo de nuevo donde estaban. Frutas tropicales en la puerta izquierda del frigo, hortalizas y barras de pan a la derecha. Veo marcas de haber escrito y borrado varias veces. No hay más datos que ayer.

—Creo que puedes eliminarnos de la lista, querida —observa, con la vista puesta en los nombres de los sospechosos. Betancor ha dejado claro que estamos libres de sospecha.

—Libres para irnos. A casa. —Borro con la mano. Nuestros nombres y nuestros móviles. Me mancho de tinta. Tinta efímera de rotulador. Nosotras estamos. Somos y estamos. Nuestros motivos, ya no. Se borraron antes de que yo lo hiciera. Se borraron con la muerte de la bloguera.

—Subraya el nombre de Fernando —ordena, mientras enrolla el papel con habilidad, sobre las hebras de tabaco y el cannabis. Obedezco.

Subo a buscar la ropa sucia, la bajo a la lavadora y vuelvo a subir. Detesto actuar en contra de mis deseos, detesto estar aquí. Quiero irme a casa. Entro en la ducha. Una cortina de agua me recibe, tibia. Barre la tinta del dorso de mi mano. Con suerte, arrastrará también la culpa. En una muerte puede haber muchos responsables. Una pistola, unas botas rojas, una llamada de teléfono…

No cierro los ojos, a fin de evitar las moscas, los gusanos y las cuencas vacías.

7

No me gustan los altares. No me gustan ahora y no me gustaban entonces, cuando a Carlos se le llenó la boca de moscas y los maestros nos animaron a escribir tarjetas y dibujar cosas. Los que describe Salgari en sus libros de aventuras, sí. Esos sí que son bonitos.

En Malasia, las Antillas o la Amazonía, los altares se construyen con cabezas reducidas, colmillos y cuernos. Se adornan con plumas y cuentas de colores. En el de Carlos, no. En el de Carlos había velas encendidas, peluches («¿es que nadie conocía a Sandokán?»), globos de colores y cromos. También había flores, porque nuestra ciudad no era como Borneo o Kuélap. Donde Carlos y yo vivíamos, un altar no era un altar si no había flores.

Yo no escribí. No dibujé. Reuní todas las historietas de Sandokán que mi amigo guardaba bajo el pupitre y las coloqué, a modo de parapeto, para ocultar los peluches con ellas.

«Donde Carlos y yo vivíamos». Nacer y morir. Carlos murió donde nació. Vivió siempre allí, en nues-tra-ciu-dad, que nunca fue nuestra. Yo pude irme y buscar mi lugar. Carlos tuvo que conformarse con el que escogieron para él. No es justo. Si uno no puede escoger dónde nacer, al menos, debería poder elegir dónde morir. Sobre esa cuestión, opté por convencerme de que las botas habían funcionado mejor que mi bici. Mi bici verde con bocina no había sido una buena máquina del tiempo, pero cabía la posibilidad de que las botas rojas…

Me dije que Carlos había escogido el mundo submarino. Eso me hizo sentir mejor. Pero ese «sentir mejor» no duró mucho tiempo. Lo que tardé en darme cuenta de que era yo quien le había regalado el mundo submarino. Un ataúd no era un buen regalo para un amigo. Y entonces, volvió el rojo. Rojo fresa, rojo Kojac, rojo kétchup, rojo sangre. Rojo. Volvió la culpa. Volvió para quedarse.

En Occidente, por regla general, la relación con la muerte la marca el protocolo. No queda espacio para la improvisación. Somos más de aparentar y menos de sentir; más de llorar y menos de celebrar; más de compadecer y menos de aceptar. En México, son más de sentir y demostrarlo, más de celebrar llorando, más de aceptar la pérdida. Son en parte occidentales, pero en lo que respecta a la muerte, no ejercen como tal. En México son más folclóricos con la parca, más ostentosos. Más. México es un buen sitio para morir. Mo-rir. Cuatro sílabas, cinco letras.

Carlos, mi amigo, estaba muerto. Muer-to. Le habían construido un altar triste y gris. Tan anodino, que habría servido para él o para cualquier otro niño de entre seis y catorce años.

La semana que siguió a la muerte de Carlos fue rara; las siguientes, aún más. Volvieron los susurros. Los susurros, la culpa… Todo vuelve.

En mi casa, los susurros habían cesado cuando cumplí los ocho años y descubrí quiénes eran los Reyes Magos. Hasta entonces, mis padres susurraban los días previos al 6 de enero, o cada vez que se me caía un diente. Cuando esto ocurría, se ponían en el pellejo de un roedor que me dejaba monedas bajo la almohada. Era ridículo. Conspiraban. En susurros. Jamás me sentí tan engañada como entonces.

El día que confirmé que mis sospechas sobre la identidad de los tres de Oriente eran ciertas, decidí que jamás mentiría y jamás me dejaría engañar. Escribir no cuenta. Detesto que me traten como a una idiota. Casi tanto como que me acusen de embustera. Casi.

El día que a Carlos se le llenó la boca de moscas, los susurros volvieron. Volvieron a casa, al barrio, a la escuela. Es curioso, yo no susurraba, pero los arrastraba conmigo. Los padres de Carlos, también.

Y su hermana, que no tenía nombre, la-her-ma-na-del-ni-ño-muer-to. Pobres padres, pobre niña. Pobres.

Lo peor de aquellos meses no fueron las moscas, ni los gusanos ni las cuencas vacías. Tampoco las sesiones de los martes y los jueves con Rosana. Lo peor fue que el violeta desapareció y todo se tiñó de rojo. Violeta. Una vez tuve un aura violeta. Tenía trece años, cabello castaño, ojos marrones y aura violeta. La de Carlos era azul.

El día en que a Carlos se le llenó la boca de moscas, recordé al pintor de auras. No había vuelto a pensar en él. Su recuerdo se unió a mi particular batallón de rescate: Mr. Sabas, Highsmith, Muraka-mi y el pintor de auras.

Un verano antes de que el violeta se tiñera de rojo, Carlos y yo conocimos a un hombre. Fue en el parque. Íbamos a por las bicis. Estaba pintando. Era la primera vez que veíamos un pintor de ver-dad, con caballete y todo. En el lienzo sobre el que trabajaba, había esbozado tres óvalos. Nos detuvimos a su lado.

—Hola.

—Hola —respondió Carlos.

—¿Os gusta la pintura?

—No sé.

—Y a ti, jovencita, ¿se te ha comido la lengua el gato?

—Sí, me gusta la pintura. No, los gatos no comen lenguas.

Acompañamos al pintor de auras gran parte de la tarde. Y nos pintó.

Al lado del caballete, en el suelo, había una vieja bolsa de depor-te. Dentro de la bolsa, un bloc de dibujo y pinturas pastel de muchos colores. Nos fuimos de allí con una de las páginas de ese bloc.

El hombre pintó ambos rostros a lápiz. Dio volumen a nuestras facciones con carboncillo y nos gustamos. Mucho.

—¡Qué pasote! —exclamó Carlos, entusiasmado—, ¿ya está ter-minado?

—¿Terminado? —El hombre nos miró por encima del bloc. Sonrió—. Aún no he empezado, chico.

El pintor de auras sacó las pinturas pastel. Y empezó a pintar.

«Empezó», porque aún no lo había hecho. Nos miraba raro y trazaba líneas de colores sobre nuestros retratos grises. Torcía la cabeza. Me recordaba a un pájaro. Cerraba un ojo, cerraba el otro, cerraba los dos. Inspiraba. Soltaba el aire haciendo ruido. Sonreía y pintaba. Pintaba todo el rato, con los ojos abiertos y cerrados.

Carlos y yo nos mirábamos, conteníamos la risa, estallábamos en carcajadas. Al pintor de auras no le molestaba. No se enfadaba. No. Cuando terminó los retratos, arrancó la página y nos la regaló. Sobre la cabeza de Carlos, había pintado una corona de color azul. La había difuminado con el dedo. Se fusionaba con la mía, que era de color violeta. Había más colores, pero el azul y el violeta eran los que dominaban el dibujo.

El pintor de auras nos habló de energía y equilibrio; corazón y mente, fuerza y sanación… Aprendimos cosas y nos gustaron los colores de nuestras auras.

Guardamos el retrato en el árbol de los tesoros. Se quedó allí hasta que el violeta se tiñó de rojo.

Mi terapeuta había insistido en la necesidad de regresar al lugar don-de-ha-bí-a-su-ce-di-do-to-do. Insistió a su manera. Debería hacer amigos. Debería volver al río. Debería hacer deporte. Debería ir acompañada. Al río. Debería ir.

Debería hacer. Los psicólogos recomiendan hacer, no obligan. Tampoco hacen. Planifican, te escriben el guion. Te arrojan a los leones y recogen los pedazos. ¿Silla, sofá o diván?, ¿con tarjeta o en efectivo?

Tardé tres semanas en regresar al bosque. Me acompañó mi madre. Mamá estaba más nerviosa que yo.

Visitar nuestro refugio no me causó impresión, impacto ni ninguna otra im-. A mi madre, sí. Mi madre estaba inquieta. Los nervios la distrajeron. Aproveché para hacer trampa.

Rosana me había puesto deberes. Debía mirar al miedo a los ojos. El miedo no tiene ojos, pero supe lo que quería decir. Y acepté, pero lo hice a mi manera. Crucé los dedos, con la mano metida en el bolsillo de mis tejanos.

Cuando visité nuestro escondite, no miré río abajo, sino río arriba. Río abajo estaba la entrada al mundo submarino de Sandokán. Río abajo estaba el recuerdo de las botas rojas. Río abajo. Allí estaban las moscas, los gusanos y las cuencas vacías. Allí donde el río dejaba de ser nuestro, el agua se teñía de rojo y lo inundaba todo. Por eso no miré, por eso y porque mi madre tenía los ojos llenos de lágrimas. Ella no estaba preparada. Ella no sabía hacer trampas. Mamá, no.

El escondite secreto era mi lugar. Y el de Carlos, que ya no estaba, porque estaba muerto. Era, pero no estaba. Mi madre sí estaba. Estaba de visita, así que actué como una buena anfitriona. Normalicé la situación. «Truco adulto». Lo hice para evitar volver a la consulta de la psicóloga. Con suerte, mamá pensaría que no necesitaba esa ridícula terapia con Rosana.

—Esa es la fuente de las historias —dije, señalando la pequeña cascada.

—Estupendo, cielo.

—Y este el árbol de los tesoros. —Metí la mano y saqué tres historietas de Sandokán, un paquete de pipas, tres chicles y el dibujo. Guardé nuestro retrato entre las páginas de uno de los tebeos.

No quería que mamá viese nuestro retrato. Me intentaría abrazar y llamaría a Rosana y hablaría con mi padre y nos convocaría a una reunión familiar en la cocina. Y.

Decidí no volver al refugio. Era «nuestro», no «mi», así que ya no tenía sentido. Carlos era, pero no estaba, y si Carlos no estaba yo tampoco quería estar. No en nuestro escondite, que ya no era nuestro, porque ya no había «nosotros», solo «yo». Solo.

Llegamos a casa a media tarde. Papá ya estaba allí. Me encerré en mi cuarto, para que pudieran susurrar sin tener que esforzarme en ignorarlos. No necesitaban hablar en voz baja. No los oiría de todos modos, porque mis latidos lo ocupaban todo. El corazón aún latía en mis oídos, pum, pum; pum, pum. A veces se instalaba allí arriba y tardaba en volver a su sitio.

Saqué el retrato y lo puse encima de la cama. Azul, pum, pum; violeta, pum, pum.

El aura de Carlos ya no era azul, porque estaba muerto. Muerto. Dos sílabas, seis letras. Los muertos no tienen aura. El mío ya no era violeta, porque se me había teñido todo de rojo. Rojo Alpino, rojo Manley, rojo Staedtler. Tomé una pintura de madera y una cera y un rotulador. Y teñí nuestras auras de rojo. Rojo fresa, pum; rojo Kojac, pum, pum; rojo kétchup, pum; rojo sangre, pum, pum. Rojo.

Seguía teniendo el pulso acelerado. El corazón me latía en los oídos y todo se había teñido de rojo. Rojo aura. Todo.

Supe que tendría que convivir con la culpa. Había regresado a nuestro escondite con intención de arrojarla al río, pero la había traído de vuelta. Tres tebeos, tres chicles, una bolsa de pipas, un dibujo y una culpa.

Me tumbé en la cama, miré hacia el techo y conté las nueve pegatinas fluorescentes que me habían regalado con los Phoskitos. Pensé en cómo pintaría yo una cara culpable. Marte, un cohete, dos estrellas y cinco caras: triste, sonriente, loca, asustada y enfadada. Nueve.

XXII

Regreso a la cocina. Sobre la isleta, tres porros, un cenicero con una colilla y dos tazas de café. Justo al lado, Minerva. Su ordenador está abierto, como una ostra. Desde el País de las Maravillas, lo veo como un crustáceo futurista, que guarda el horror de la muerte en sus entrañas.

La imagen del cuerpo desmadejado de Catalina ocupa las dieciséis pulgadas de pantalla. Ya no se parece a Audrey. No está de vacaciones en Roma. Es un cadáver, amortajado con un vestido de gasa azul, rodeado de papeles amarillos. Un cadáver sobre un pedrero. Rocas y piedras. Un caldero viejo y una bota de pescador, pum, pum; una bota de goma, pum, pum; una bota. Se han agotado las pipas. Meto la mano en el bolsillo de los pantalones y acaricio las píldoras. Ahora son cinco. Verde-verde-azul-azul-verde. Cinco.

Mine maneja el cursor con pericia. La flecha azul flota sobre la cabeza de Catalina. La amplía y pierdo de vista la bota, pum, pum. La bota que me trae a este lado del espejo. Desde aquí, veo una maraña de cabello oscuro, apelmazado contra la zona lateral de un cráneo. El cráneo de la bloguera; clic —pelos y sangre seca—; clic —hueso y piel—; clic —un agujero—. Agujero. La madriguera del conejo blanco. Salto. Me pierdo en el cabello azabache de Catalina, que es ahora el de Sandokán. Moscas en la boca, gusanos, cuencas vacías. Y unas botas rojas. Bota de pescador. Botas.

Antes de sumergirme en la oscuridad, huelo el cigarro terapéutico que enciende Minerva. Me lo ofrece. Doy una calada. «Solo hasta que Betancor me traiga pipas». El cannabis me ayuda a espantar las moscas, pisar los gusanos, olvidar las cuencas vacías.

Me siento a su lado. Le devuelvo el canuto. Doy un sorbo a la taza de café. Calada-sorbo, calada-sorbo.

—El informe preliminar habla de una lesión primaria y letal por trauma craneoencefálico. —Abre una nueva ventana. El cursor baila, ahora, sobre un PDF. La imagen de Catalina es solo un cuadrado diminuto. Ha sido relegada a una esquina de la pantalla. En su lugar, el informe forense. Lee—: «La contusión y laceración cerebral fueron producidas por un objeto pesado y con aristas».

—¿Una piedra?

—Eso creo yo —responde Minerva—. Y el forense. Que, por cierto, estima la muerte entre las cuatro y siete de la mañana.

—No lo entiendo, ¿han hecho público ese informe?

—Claro que no, querida.

—¿Y cómo lo has conseguido?

—No preguntes. —Me guiña un ojo—. Si no hubieran cortado las comunicaciones, ahora sabríamos, como mínimo, lo mismo que la policía.

Intuyo que tiene algo que ver con Chamorro y sus habilidades. Deduzco que han conseguido entrar en el disco duro del forense o de la policía, antes del corte. De cualquier modo, no tengo los conocimientos suficientes como para sentirme impresionada por su gesta cibernética.

La *hacker* septuagenaria no deja de sonreír. Han cortado su acceso a internet y la posibilidad de seguir buceando en la web oscura. Aun así, sonríe. Minerva sonríe.

—Lennon dio la voz de alarma a las siete y cuarto de la mañana, antes de lo que pensábamos. —Abre una nueva ventana en la pantalla de su portátil—. Fue entonces cuando encontró el cuerpo en la playa.

—Si Betancor se entera de esto…

—Relájate, querida. No tiene por qué enterarse.

—Vale. Pudo caerse accidentalmente y golpearse con una roca. Al fin y al cabo, la encontraron en el pedrero.

—La policía descarta la hipótesis de la caída. —Deja el cursor y da una calada. Me mira—. Según el forense, el ángulo de la lesión apunta a que alguien le arrojó ese objeto o la golpeó con él.

—Vale. —«No, no vale. Aléjate de la oscuridad, Andrea».

—Querida, no pongas esa cara. Nadie va a cambiar el hecho de que Catalina es ahora un cadáver. Y para ser sincera, esa joven me resulta más interesante muerta que viva. —Sonríe. Más.

Minerva está encantada de jugar al Cluedo conmigo. Teme que abandone el juego. Tiene motivos. «Juega, Andrea. Termina la partida y a casa». Repasa en voz alta lo que tenemos hasta ahora. Intento concentrarme en sus palabras: No hay declaraciones posteriores a las de la noche del jueves. Desde entonces y hasta que Lennon la encontró, no se sabe dónde pudo estar.

Mine teclea algunos comandos. Cierra el portátil. Nuestras miradas se sincronizan, para posarse sobre la lista de sospechosos que preside una de las puertas del frigorífico. «Piñas, guayabas y posibles asesinos». Me propone una tormenta de ideas. Me mira. Quiere que aporte algo.

—¿Qué carajo hacía Lennon, a las siete y cuarto de la mañana, en el arenal de Barlovento? —me oigo preguntar.

A partir de ahí, Mine me quita la palabra y yo a ella. Sonríe. Parece satisfecha de haberme implicado en su investigación.

Sabemos que Lennon va armado y que no es quien dice ser. «¿Guionista, Beatle, matón?». Oficialmente, trabaja para la empresa que organiza la feria. Parece uno de los hombres de confianza de C&FE. Está interesado en ese tal Walter, al que no hemos visto nunca.

—Excepto en fotografía, querida —me corrige Minerva—. Recuerda la imagen que nos mostró Olga en su móvil.

—Ya. Un rubio de dos metros, metiéndole mano a la bloguera.

—Olga afirma que es él, el escultor inglés.

—Ya.

—Carmelo también —añade—. Recuerda que fue el responsable de que Fernando…

—No saques conclusiones precipitadas.

—Vamos, Andrea. Tenemos que establecer teorías. —Sonrisa torcida, de medio lado, de las que buscan provocar. Exige más implicación. Más—. Vamos a montar el caso sobre la hipótesis de que ese hombre es escultor, inglés y se llama Walter.

Minerva prepara otra cafetera. Cumplir sus expectativas es agotador. La química ya no me ayuda. Doy una última calada al porro. Aplasto la colilla en el cenicero. Para contestar a la pregunta de qué hacía Lennon a esas horas en la playa donde apareció el cuerpo de la bloguera, construimos dos teorías.

Primera hipótesis: buscaba a Walter.

Segunda hipótesis: buscaba a Catalina para que le diera información sobre Walter.

—No hay duda de que ese hombre esconde algo, querida, pero resulta extraño que recurra a un método tan aleatorio como una pedrada en la cabeza para matar a Catalina.

—Ya.

—Teniendo en cuenta que esconde una pistola bajo la cazadora de cuero, yo diría que se trata de un profesional.

—Las pistolas se rastrean. Una piedra, en cambio, se puede ocultar entre otras piedras. Es más fácil deshacerse de una piedra que de una pistola.

—Buena observación, querida. Y está al alcance de cualquiera. En un caso así, la policía no se centraría en un perfil de alguien con permiso de armas, por ejemplo.

—Podría irse de rositas.

—Si nuestras suposiciones son correctas, Lennon tiene a Walter. —Los ojos de Mine brillan—. Solo mataría a Catalina después de que le diera información sobre el paradero del escultor, no antes.

—¿Para qué iba a matarla?

—Para silenciarla.

—Joder, Mine.

Necesitamos conocer los movimientos de Lennon durante las doce horas que transcurrieron desde que los chicos vieron a la bloguera en el *pub* hasta que encontró el cuerpo. Minerva me dedica una mirada extraña. Sonríe, si es que ha dejado de hacerlo en algún momento. Abre de nuevo su portátil.

Dieciséis pulgadas. Más de cuarenta centímetros de imágenes diminutas, que amplía de una en una.

Tardo unos segundos en procesar lo que veo. La entrada a las instalaciones del festival, el aparcamiento de *quads,* el de bicicletas… y arena. ¡Son las imágenes tomadas por las cámaras de Cool & Flow Events!

Mine ríe, ufana. Dice que en Cool & Flow Events tienen pistolas y matones disfrazados de guionistas, pero no saben mucho de ciberseguridad. Chamorro le pasó la IP de las cámaras. La Reina asegura que, con eso, piratearlas fue un juego de niños. «Joder, joder, joder». Imagino que la IP será algo así como una matrícula o un DNI. No pregunto. Lamenta no haber tenido tiempo de hacer lo mismo con las del hotel, antes de que se cortara la comunicación. Betancor y Ruiz tienen acceso a esas imágenes y ella no. Se siente en desventaja.

Observo el rostro de Minerva, concentrado. Ceño fruncido, ojos brillantes, sonrisa imborrable. Esto es demasiado; pretende competir con la poli para ver quién coge antes al malo. Si no estuviera a punto de ser engullida por la oscuridad, también me reiría.

—Después de interrogar al personal de la organización y comprobar sus horarios y coartada, los detectives solo tuvieron que cruzar los datos de las cámaras de la feria con las del hotel para reducir la lista de sospechosos.

—Si Chamorro y Carmelo no hubieran desconectado las cámaras del *pub*…

—Inutilizaron el circuito de cámaras interiores, querida. Pero el camarero habrá declarado que estábamos allí. —Habla como una detective veterana. No doy crédito—. Esas imágenes no habrían sido relevantes.

—Vale. —Necesito pipas—. Puede que no lo sean, pero el hecho de que las inutilizaran puede llevar a la policía a sospechar de ellos.

—Es su trabajo, sospechar e investigar. Además, tanto Ramonín como Carmelo tenían motivos para liquidar a esa joven.

—Joder, Mine.

Minerva amplía una imagen. Somos ella y yo, alejándonos de la feria. En el extremo superior, leo la fecha y la hora. Es la primera tarde de charlas y presentaciones. El día de su llegada. Me parece mentira que solo hayan pasado un par de días.

La cámara nos capta de espaldas. Llevo la bici en la mano y los pantalones remangados. Parezco un Tom Sawyer con sobrepeso («¡joder, menudo trasero! En cuanto llegue a casa, me pongo a dieta»). Camino con las piernas abiertas, como si me acabara de bajar de un caballo. A mi lado, Mine se mueve con elegancia. Parece un junco. Lleva el maletín en la mano. De vez en cuando, mira alrededor. Adelanta la grabación. Vemos llegar a Lennon al recinto ferial. Aparca. Se sale de plano. Mine vuelve a adelantar la cinta. Diez minutos. Lennon se vuelve a subir al *quad*. Toma la misma dirección que nosotras.

Enciendo un porro. Calada, sorbo, calada. Se lo paso a Minerva. La Reina dibuja anillos con el humo. Reduce la imagen y la pantalla vuelve a estar llena de cuadraditos de colores. Deduzco que cada uno es una cámara diferente.

Con tanta imagen («y tanta pauta jamaicana») estoy un poco mareada. Me escuecen los ojos. Parpadeo, con cuidado de no sumergirme en la oscuridad —roja fresa, roja Kojac, roja kétchup—. Tengo hambre.

Voy hacia la nevera. Ignoro la pizarra de frutas tropicales y a los asesinos en potencia. Abro la puerta. Saco el kétchup y un paquete de salchichas. Minerva habla. Yo no escucho, pero la oigo.

—Lennon estuvo con Lidia hasta las nueve —consulta sus notas y me informa. Meto las salchichas en el microondas y agito el bote de kétchup—. Las cámaras los grabaron saliendo juntos de la feria. El joven que nos llevó ayer, el que es igual que Lennon, pero en feo, iba con ellos.

—Ringo.

—¿Se llama Ringo?

—No lo sé, no creo.

Minerva me mira con cara de asco. Me acusa de echar a perder unas excelentes salchichas bávaras. «¿Excelentes? Las salchichas son salchichas, no pueden ir precedidas de un adjetivo. Mucho menos de e-se ad-je-ti-vo».

Son las tres de la tarde, tengo hambre y no pienso cocinar. Reparto las salchichas en dos platos y abro una bolsa de patatas fritas. Me sirvo una buena ración y la riego con un generoso chorro de kétchup. Finjo no ver el rostro asqueado de la Reina.

—Mine —mastico, trago. Me siento mejor—, ¿crees que el pintamonas te habría dado las IP esas si fuera culpable?

—Sí —responde. Se ha levantado del taburete. Abre armarios y mueve cacharros—. Siempre entró y salió de la feria acompañado de otros participantes. La información que he podido extraer de las cámaras de la feria no lo incriminan. Y si no hubiera respondido a mi petición, parecería tan culpable como...

—... habiendo desconectado el sistema de vigilancia del *pub* y de esta casa.

—Exacto. —Se acerca, con un bote de chucrut y otro de mostaza dulce. Abre una botella de vino—. Conozco a Ramonín. Sé que tiene cierta tendencia a saltarse las normas, pero es posible que, detrás de sus actos, haya motivos menos anárquicos y más calculados.

—Con «motivos», ¿quieres decir que Chamorro es capaz de matar?

—Querida —coloca la col encurtida con mimo, adereza el plato con mostaza y transforma sus salchichas en un plato de alta cocina—, cualquiera puede matar. Todo depende de las circunstancias.

Las palabras de Mine se alojan en mi cerebro. Envían impulsos eléctricos a mi sistema nervioso. Una niña de trece años también es

211

capaz de matar. Con unas botas rojas, con una historia. Las palabras matan. Las de Mine me arrastran a la oscuridad, roja fresa, roja Kojac, roja kétchup, roja sangre. Mastico, trago, bebo un sorbo de vino. Evito las moscas, los gusanos y las cuencas vacías.

Minerva habla. Yo oigo. Pienso que también se puede matar con una llamada telefónica. Con una respuesta: «Verla, sí que la vi. Hay una foto, de tu chica. Con un tío en la barra de un restaurante, aquí, en Santa Lucía». No quiero ser responsable. No. Sigo escribiendo a cuatro manos. Y digo que no, que Fernando tiene un móvil muy manido, muy evidente, muy poco original. Muy. Que no se trabajó bien la coartada. Que actuó con el corazón. Con las tripas. Con la polla. Con. Fernando Carriles no es un buen culpable. No.

Opino que Chamorro es un buen asesino. Tiene peso. «En sentido literal y figurado». Es solvente, literario y muy comercial. Cuando Catalina inició su campaña de desacreditación contra él, perdió un buen número de buenas clientas a las que suministraba química de la felicidad a precios escandalosos. Ambas sabemos que la mayoría de los dibujantes no pueden vivir sin unos ingresos extra. No es ningún secreto; lo mismo ocurre con los escritores. Chamorro pudo regresar al hotel, salir sin ser visto y cometer el crimen. «Cri-men, joder, joder».

Gabriel está en una situación parecida a la de Chamorro, pero Mine se inclina a pensar en Olga como segunda sospechosa. Los celos son la motivación clásica para cometer un asesinato. Sería una lástima descartar a Fernando, porque el desenlace sería muy atractivo, muy comercial. Muy. Pero la historia no perdería interés si Olga desempeña el papel de homicida. Opta por cargarle la muerta a mi gestora de redes. Pudo haber evitado el alcohol e incitado a Carmelo a beber esa noche, durante la fiesta. Según su teoría, ella misma habría provocado la avería en el *quad*. Habría aprovechado que todos estábamos distraídos para buscar a la bloguera y matarla. Quizá supiera dónde estaba. Quizá solo quería amenazarla con enviar las imágenes del magreo con el escultor a Fernando. Quizá se le acabó yendo de las manos.

Lucho por no dejarme engullir. Todo lo que oigo es una locura.

Ninguna de las teorías de Mine explica cómo encontraron a Catalina. No sabemos dónde estuvo desde que salió de la pizzería esa primera noche.

Minerva menciona a Bruno, nuestro guía. Yo lo descartaría. No sé por qué lo he incluido en la lista. Solo estuvo con la bloguera una hora o dos, a lo sumo. O eso creo.

Terminamos de comer. Sobre la isleta, un porro, un cenicero y tres colillas, dos platos sucios con los cubiertos amontonados encima, dos copas y una botella de vino vacía. Fuera, ya no hay luz. Las antorchas electrónicas iluminan la pasarela. Pista de despegue. Una salida. «Quiero irme a casa».

Noviembre es un mes tramposo. Aún más en estas latitudes, donde el sol es engullido, sin previo aviso, por la oscuridad de una noche que se presenta a media tarde.

La Reina sigue aportando ideas. Descarta a Carmelo. No cree que su embriaguez fuera fingida. Durante la fiesta, ella misma lo vio beber como un cosaco. No se lo contaron, lo vio. Duda que matase a Catalina. A no ser que durmiese unas horas, la fuera a buscar, se la llevara hacia el norte y cometiera el crimen. Pero aún estuvo bebiendo con Fernando. Seguro que es un hecho confirmado por el personal del hotel. Mine lo ve poco probable. Aprovecho su primer descarte para proponer que haga lo mismo con Bruno. Se niega en redondo. No tiene información suficiente para hacerlo. «Tampoco la tendrías para incluirlo, de no habértelo dado yo». Digo que los cosacos apenas bebían, que es un mito, porque somos muy de demonizar a los extranjeros, muy de criticar al otro, muy de culpabilizar a. Me dedica una sonrisa condescendiente.

Ella manda. Minerva Novoa dirige la investigación. Sigue elucubrando. Gabriel se ocupó de llevar a mi editor al hotel. Gabi pudo haber salido luego y cometer el crimen. «No, no, no... Gabi no». Podría haberse citado previamente con Catalina o haberla encontrado por casualidad.

213

Todo esto me parece una locura. Demasiadas hipótesis, demasiadas casualidades. Demasiadas. Después de escuchar a Minerva, parece razonable pensar que Gabi, Olga y Chamorro no sabían dónde estaba la bloguera, por lo tanto, si la hubieran matado, lo habrían hecho sin premeditación. Lo verbalizo.

—¡Exacto! —contesta Mine—, sin premeditación. Por ejemplo, de una pedrada en la cabeza.

—Ya.

—Tiene sentido, querida.

Por el rabillo del ojo, veo un destello en la cristalera principal. Se ha encendido la luz de la pared sur, que se activa mediante un sensor de movimiento. «¿Betancor? Por fin, necesito pipas». Me extraña que el detective acceda por la puerta lateral. Quizá no sea él. Quizá sea un conejo. Quizá aún tenga que esperar para comer pipas. Quizá.

Minerva pronuncia el nombre de Betancor y sonríe. Mira las colillas y el porro que acaba de encender. No se molesta en esconderlo. Se encoge de hombros y me ofrece una calada. Acepto.

—No voy a jugar a los adolescentes con ese hombre, querida. —Se levanta. Camina hacia la puerta, empapelada en el mismo tono de la pared. Lleva el porro en la mano—. Ambos somos demasiado mayores para eso.

Todo ocurre muy deprisa. Desaparece de mi campo visual. La puerta se cierra a su espalda. La oigo gritar. Lucho contra mis piernas, que son dos pilares de hormigón. El corazón me golpea el pecho, pum, pum; pum, pum. Al fin, bombea la sangre suficiente para que mis pies respondan. Sangre roja; roja kétchup, roja Kojak, como la oscuridad que me persigue hasta la puerta.

Al otro lado, oigo la respiración entrecortada de Mine, pum, pum. Abro. Me encuentro frente al cañón de una pistola. Tres sílabas. Siete letras, pis-to-la.

Casi dos metros de altura. Unos ciento treinta kilos de músculo. Cabello color maíz, bajo una gorra de béisbol de color granate. Rostro anguloso, pecas. «¿Walter?». Las pecas transmiten una falsa sensación de inocencia. Es peligroso. Alguien debería ocuparse de vetar rasgos. Ojos grandes, labios gruesos, pecas, hoyuelos… son características a las que no deberían tener acceso los malvados.

Un brazo tatuado y grueso rodea el cuello de Minerva. El miedo cede, desplazado por la ira que me produce escuchar los jadeos de Mine. Apenas puede respirar. Aprieto los puños. Me clavo las uñas en la palma de las manos. Siento el impulso de saltar sobre el hombre y arrancarle los ojos. Me controlo, a duras penas.

Aparto la vista del cañón, huyendo de la oscuridad. Nuestro atacante es tan grande como el perchero de madera que tiene a su izquierda. Mantiene el brazo extendido. Sujeta la pistola. Desplazo la mirada hasta su hombro. Un deltoides tenso, bajo la camiseta negra de algodón. Mis ojos se deslizan sobre un bíceps hinchado, surcado de vasos sanguíneos abultados. Llenos, muy llenos. Imagino un torrente rojo corriendo por su interior. Rojo kojak, rojo kétchup, rojo sangre. Sangre. La piel se tensa sobre el músculo. Piel cubierta de tinta. Tinta negra y naranja, que dibuja un… ¿pato? ¡Joder, el Pato Lucas!

A veces, en los momentos más inoportunos, pienso chorradas. Es uno de esos instantes. Me digo que el cabrón rubio no miente. Quizá sea escultor, además de un asesino cabrón. Lo pienso porque es zurdo. Y porque estoy acojonada y cuando estoy acojonada pienso chorradas. Y cuando no lo estoy también, pero ahora lo estoy. Inglés es, seguro. No hay más que verlo.

Sigo pensando chorradas, como que todos los artistas que conozco son zurdos. Yo no, ¿por qué no? Si quiero suprimir la «y» que separa el arte y la literatura, debería ser zurda («revisar teoría de la Y»). Me apuntan con un arma y pienso en *Las palabras justas,* mi tratado de teorías pendientes. Pensamiento inútil, incoherente, inoportuno. In-.

A mi izquierda, veo las escaleras que bajan al sótano. «El estudio de pintura de Aina Persson. La única puerta que debería estar cerrada con llave, ¿por qué no lo está?».

No encuentro más distracciones con las que evadirme del cañón de la pistola. Debo enfrentarme a la realidad. Y la detesto. Mi hogar es la ficción. Miro hacia el agujero oscuro que apunta a mi entrecejo. Me bloqueo. Levanto las manos, porque es lo que hacen en las películas. Desplazo la mirada hacia Minerva. Respira, pero no sonríe. Minerva ya no sonríe.

La ira regresa con fuerza. Me desbloquea. Doy un paso atrás, con intención de tomar impulso. Quiero saltar sobre el puto Walter, que le ha robado la sonrisa a la Reina. Justo cuando voy a hacerlo, la libera. La empuja contra mí. Mine tropieza con el zapatero. La sujeto por los brazos. Se incorpora y mira alrededor. Ambas lo hacemos. Un acogedor recibidor sueco. Un recibidor sueco que no huele a rollitos de canela. Un recibidor sueco que huele a sudor y a miedo. Zapatero de madera, perchero, colores suaves y un hombre. Rubio, armado, peligroso. Su brazo izquierdo sigue tenso. El índice descansa sobre el gatillo. El arma se ha desplazado apenas unos milímetros. Pronuncia una palabra: *police,* po-li-cí-a.

8

Después de que a mi mejor amigo se le llenara la boca de moscas, renuncié a los amigos. No los tenía y no haría otros nuevos. Nunca.

Cumplí mi promesa durante años. De no ser por Gabi y Minerva, hoy seguiría vigente. Los novios no cuentan —me remito a la teoría shakesperiana del amor y los amigos—, los amantes tampoco.

El instituto no era muy diferente del colegio. El despacho de la directora, sin ir más lejos, parecía una copia exacta del de Pedro, el dire de mi antigua escuela.

Yo seguía visitando aquella sala de forma regular. La misma mesa de color verde hospital, las mismas sillas cojas y sin tapizar, el mismo olor a desinfectante. Lo mismo. El insti era más de lo mismo.

1992 fue el año de las últimas veces. Segundo de BUP, el último curso que estudié en el instituto del barrio. Luego me iría a un internado, después a un colegio mayor. Más tarde, a una ciudad anónima.

El lóbulo de una oreja fue el responsable de mi última visita al despacho de la directora. Era una de las orejas de la chica más popular del insti. Concretamente, su oreja derecha. Ella iba a mi clase y también estaba allí. Enfrente de mí. Histérica. Sus gritos se oían en todo el edificio.

En una novela americana para adolescentes, Tesa —así la llamaban todos— sería animadora. Y saldría con el capitán del equipo de fútbol. El europeo no, el otro, el que se juega con una pelota que parece un melón.

217

La directora había cedido su silla a la alumna herida porque el respaldo era abatible, y Teresa estaba recostada, con la barbilla apuntando al techo. La dire presionaba un puñado de gasas contra su oreja, que sangraba profusamente. Las gasas y el polo blanco de mi compañera se habían teñido de rojo. Rojo fresa, rojo Kojac, rojo kétchup, rojo sangre. No paraba de gritar.

Yo observaba, desde el otro lado de la mesa de color verde hospital. Me daba un poco de asco el sabor ferroso de la sangre de Tesa en mis encías. No debió llamarme embustera. Em-bus-te-ra.

Recuerdo aquel episodio como una victoria. Si hubiera sabido que un trocito de carne insignificante podía poner fin a los insultos de mis compañeros, habría buscado la oreja adecuada mucho antes de cumplir los quince. Solo saqué partido a mi gesta durante un trimestre. A pesar del castigo, mereció la pena.

Estábamos esperando a sus padres. Y a los míos. Sería la última vez que papá y mamá fueran juntos a buscarme al instituto. La última.

Me obligaron a visitar a Rosana de nuevo. No me importó. Había cultivado mi capacidad de abstracción. Se me daba bien. Dos horas semanales de terapia me permitieron perfeccionar la técnica. Hoy podría escribir un manual.

El despacho de mi psicóloga era muy diferente al de la directora del insti. Espacioso, con mucha luz, un diván, dos sofás y cuatro sillas. Ninguna cojeaba. Estaban tapizadas en tonos claros. Todas. No había rastro de formica de color verde. La mesa que presidía la sala era de madera de nogal. Brillaba.

Cada vez que entraba por la puerta, Rosana me pedía que tomara asiento donde me sintiera más cómoda. Siempre elegía el diván. Elegía. Si vas a terapia, lo haces como manda la tradición. Yo no era muy de tradiciones, pero era muy de libros. En las novelas, si una va a terapia, se tumba en un diván.

Durante la primera sesión de mi segunda etapa de sesiones, mi terapeuta me preguntó si había vuelto a sufrir una crisis. Quiso saber si me acordaba de Carlos y cómo me iba en el instituto. Y más cosas. Rosana era una cotilla. Supongo que por eso se hizo psicóloga. Por eso y porque le gustaba escuchar. Se le daba bien, como a Carlos. Ninguno de los dos consiguió iniciarme en el arte de la escucha. Supongo que no les dio tiempo.

Le dije la verdad. A pesar de las burlas de Tesa y de los idiotas del insti, yo no era ninguna embustera. No, no las sufría a menudo. Sí, me acordaba de Carlos. ¿Amigos? No, no muchos. Sí, le había mordido la oreja. ¿Por qué?, porque me había llamado embustera. Yo no era ninguna embustera. Desde ese día, igual un poco caníbal. Embustera, ni hablar. Sí, me había enfadado. Mucho. ¿Uno de mis «episodios»? Bueno, no estaba segura. Se me había teñido todo un poco de rojo. Rojo fresa, rojo Kojac, rojo kétchup, rojo sangre. Solo un poco. Me pidió que le relatara lo ocurrido. Lo hice.

Ocurrió durante un cambio de clase. Yo revisaba mi redacción sobre *La colmena*. Tenía a Cela atravesado, pero estaba convencida de que nos caería en el examen. Necesitaba buena nota en Literatura para poder compensar las calificaciones de Física y Mates. Tendría suerte si sacaba un sufi en cada una.

Invertí el orden de un par de frases. El párrafo donde explicaba el motivo de que la novela se hubiera publicado en Argentina antes que en España me traía de cabeza. No estaba segura del efecto de aquel cambio, así que lo volví a leer. Me esforcé en concentrarme. En la caja de resonancia inundada de gritos y testosterona que tenía por clase no era fácil. Pero lo conseguí. Entonces, pasó.

Una *Súper Pop* arrugada cayó sobre mi cuaderno. Desde la portada de la revista, David Charvet me hacía ojitos. Supe que se llamaba así porque lo leí a la izquierda de la imagen. Era un tío con cara aniñada. Su nombre y el resto de los titulares estaban escritos con una horrible tipografía de color amarillo. Justo debajo, con letras blancas: «El vigilante de la playa de moda te cuenta cómo seducir».

—Esa revista es mía, tía rara.

—Toma. —No necesitaba que un vigilante de la playa me enseñara a seducir panolis, sino un notable alto o un sobre en literatura—. Yo no la he cogido, alguien me la ha tirado sobre la mesa.

—Ya, claro —respondió Tesa—. ¡Embustera!

Rosana ya sabía lo del mordisco. No quiso volver a escucharlo. Puede que no fuera tan buena escuchante como fingía ser. Me preguntó si había socorrido a mi compañera después de atacarla; si estaba arrepentida; si había sentido lástima por ella; si me había asustado al oírla llorar. Si.

«Atacarla», eso dijo mi terapeuta. Como si no me hubiera a-ta-ca-do ella primero. Sus palabras contra mis dientes. ¿Por qué las palabras no contaban como ataque?

Pasé por alto la ofensa y contesté a cada una de sus cuestiones. No, porque ya la estaban ayudando otros; no, porque había merecido la pena; no, porque ella atacó primero; no, porque el llanto escandaloso es el menos grave de todos los llantos. No.

La psicóloga escuchó mis respuestas y guardó silencio. Yo también. Ya me conocía ese truco. Dejé correr el tiempo.

—¿Por qué crees que mereció la pena? —me preguntó, cuando se cansó de escuchar el tictac del reloj.

—Porque, desde entonces, ya nadie me llama «embustera».

—¿Crees que arrancarle el lóbulo de la oreja a tu compañera es proporcional a su insulto?

—Sí.

—¿Por qué dices que «el llanto escandaloso es el menos grave de todos los llantos»?

—Porque cuando el dolor es profundo, el aire no entra. Sin aire no se puede gritar.

La herida de Tesa era de las que se curaban. Podía ser que su oreja se hubiera vuelto un pelín rara, pero ¡qué importaba eso! Las chicas populares siempre llevan el pelo largo.

Seguí acudiendo a terapia hasta finales de año. El año de las últimas veces. El último año que fui a la psicóloga. El último año que estudié en el instituto del barrio. El último año que dormí bajo las pegatinas fluorescentes que regalaban con los Phoskitos. «Marte, un cohete, dos estrellas y cinco caras: triste, sonriente, loca, asustada y enfadada». El último año que abracé a mamá. El último año que papá rio. El último año que él y yo nos miramos a los ojos. El último.

XXIII

Minerva es más racional que yo. Más inteligente. Más valiente. Más. Intenta distraer a Walter con preguntas simples:

—¿Qué necesitas, en qué te podemos ayudar, por qué no bajas la pistola? —«¡Eso, baja la puñetera pistola!».

No parece de los que se distraen. No lo parece, pum, pum; el hombre que nos apunta con la pis-to-la. No. Tras liberar a Mine, pum, pum; sujeta el arma con ambas manos. Él, Walter, pum, pum; pum, pum. El corazón se me va a salir por la boca. Aprieto los dientes. «No vaya a ser…».

Lo miro. Antes de que lo pueda leer, gira los ojos hacia su derecha, solo un segundo. No mueve la cabeza, solo los ojos. Mirada fugaz hacia la puerta que conduce al sótano, la puerta que debería estar cerrada y ahora está abierta. La puerta prohibida. Esa puerta. Es solo un instante. No tengo tiempo de reaccionar. «Podría haberle quitado la pistola». Los tambores retumban contra mi pecho, pum, pum; pum, pum. Me golpean la caja torácica. Me pongo en guardia. En cualquier momento, escucharé crujir una costilla.

Quiero pensar. Quiero saber. Walter tuvo que entrar desde el exterior. El tejado proyecta una sombra sobre el sensor de luz. Por eso se activa, aun siendo de día, si alguien se acerca a la puerta que el inglés tiene a su espalda. Mine y yo vimos el reflejo, desde la cocina. Tuvo que entrar por ahí. Entonces, ¿por qué la puerta prohibida está abierta? ¿Qué hay en el estudio de Aina, qué hace Walter aquí, qué significa el tatuaje del Pato Lucas, qué está pasando? Qué.

No puedo concentrarme. Invierto la energía que me queda en mantener el control; en no caer en la oscuridad, roja fresa, pum; roja Kojac, pum; roja kétchup, pum, pum; roja sangre, pum, pum; pum, pum.

Pienso en las pastillas de colores que tengo en el bolsillo de mi único vaquero limpio. Una verde y una azul; «si pudiera meter la mano y…». Oigo algo por debajo del resonar de los tambores. Pum, pum-clic; pum, pum-clac. Parece un chasquido. No suena a hueso —mis costillas están a salvo, de momento; pum, pum—. Metal. Oigo un crujido metálico, «¿el percutor de una pistola?».

Algo se mueve en el exterior. «Betancor». El sensor lo detecta. La luz se enciende. Walter también lo ha oído. Walter, «¿quién es Walter?».

La luz del foco apenas se nota. Hace sol. El astro rey es más fuerte que la bombilla. Está bajo, pero proyecta su luz, a través de la puerta medio abierta. El resplandor, a la espalda del inglés, le da un aspecto irreal. Ojalá lo fuera, ojalá fuera todo mentira. Se gira. Minerva grita: ¡Aquí, está aquí! Walter no intenta escapar. «¿Por qué no intenta escapar?». Baja el arma. «¿Por qué baja el arma?». Y vuelve a decirlo: *police,* po-li-cí-a.

Mine no pierde el tiempo; le da una patada en las pelotas y le quita la pistola. Yo tampoco; meto la mano en el bolsillo y me trago dos pastillas, a palo seco. Verde y azul. «Cómeme, Andrea».

Espero ver entrar a Betancor o a Ruiz, su compañera. Me equivoco. Es Lennon. Lennon, que no se llama Lennon. Lennon, que tiene una pistola. Ahora, me alegro de que tenga e-sa pis-to-la bajo la chupa de cuero. Entra. Con la mano derecha apunta a Walter, que se agarra la entrepierna. Se retuerce de dolor. Lennon mete la izquierda en el bolsillo trasero del pantalón. Saca un *walkie*. Se lo da a Minerva, sin perder de vista al inglés.

—¿Están bien?

—Sí —contesta Mine. Yo lo intento. Tengo un monosílabo atascado en la garganta.

—¡Levántate del suelo, cabrón! —Lo sigue amenazando con el arma. Walter se incorpora. Minerva le ha hecho las gónadas picadillo. «Llevar los genitales por fuera es un error de fábrica gravísimo. Si yo fuera varón, reclamaría». Gime. Al fin consigo leer a Walter. A: Terror.

—¿Quieres que use esto para llamar a alguien, querido? —La Reina agarra el *walkie-talkie* por la antena. En la otra mano, sujeta la pistola de Walter, «¿quién es Walter»? Habla con la tranquilidad de quien no ha sido retenida por un inglés armado del tamaño de un armario ropero. Sonríe. No sé si es el momento más oportuno, pero la Reina sonríe.

—No. Entren en casa. —Lennon sujeta a Walter por el cuello, le presiona la garganta con un solo dedo. Tiene el cañón de la pistola pegado a su nuca. El inglés ha dejado de gemir. No emite ruido alguno. Parece mareado—. Aquí está todo controlado.

Minerva se acerca a los dos hombres, sin abandonar sus maneras elegantes. La miro, estupefacta. Procura mantenerse lejos de Walter. Los rodea. Mete la pistola del inglés en el bolsillo trasero del pantalón de Lennon.

—No hay peligro de que te vuele el trasero, querido —habla con el Beatle, que sigue reteniendo al inglés, pero me mira a mí. Guiña un ojo. Sonríe. Hace un gesto para que la siga. Entra en casa.

—Asegúrense de que el *walkie* está en la frecuencia número dos, es la de Betancor. El resto están capadas. Pero no pierdan el tiempo ahora. ¡Entren ya en casa!

—Por supuesto, querido.

Quiero leer a Walter. A. No sé si el terror ha desaparecido, porque tiene los ojos cerrados. Parece un pelele en brazos de Lennon, que no se llama Lennon. «¿Quién es Lennon, quién es Walter?». De pronto, recuerdo que tengo algo importante que preguntarle:

—¿Te ha dado el poli algo para mí? Quiero decir pipas. Churruca.

—Ehh… —No pierde de vista a Walter—. Sí, señora Sabugo —«Señora, tu abuela»—, se las dejé en la puerta principal.

—Vale. —No me muevo. Estoy atrapada por la escena. El pelele vuelve en sí. Agita los pies. Abre los ojos. Leo. Terror.

—Ahora entre y deje que me encargue de esta basura. ¡Entre en casa, ya!

Entro. Sobre la isleta, un cenicero vacío, mis cinco bolsas de pipas y el *walkie-talkie*.

Mine ha recogido la mesa. Está poniendo el lavavajillas. A su lado, la lavadora da vueltas. Lo cotidiano de la acción me estremece. Lavar los platos, cuando tienes dos hombres armados en casa, es raro.

Me pregunto qué va a pasar ahora. También si Lennon, que no se llama Lennon y no creo que sea guionista, no será un ninja. Una vez, vi a un hombre dejar inconsciente a otro con un solo dedo. Fue en una historieta. De Sandokán. Y de ninjas.

XXIV

El vestíbulo sueco está en silencio; mi pecho, también. Aprendo a manejar la química. La gestión emocional es más sencilla, en verde y azul. Consigo que los tambores se detengan sin cruzar al País de las Maravillas. Si-len-cio. Ya no retumban. Sigo a este lado del espejo.

Minerva da por finalizado su brote de actividad doméstico-cotidiana. Se sienta frente a mí. Lía, en silencio. Un porro, dos, tres… Liar es una actividad mecánica. La ayuda a concentrarse. Yo no sé liar. Abro una bolsa de pipas. Comer pipas es otra actividad mecánica. Invita a pensar. Declino la invitación. Temo que vuelva el rojo, así que dejo que Mine piense por mí. Sigo comiendo pipas. Churruca.

¡BANG! «¿Un disparo?». En el exterior. Cerca, muy cerca. «Joder, joder, joder».

—¿Qué ha sido eso? —Me pongo de pie, de un salto.

—Parece un disparo. —Mine se levanta, con los ojos muy abiertos. No puede evitar sonreír. Se muerde el labio inferior—. Echemos un vistazo.

—Yo no salgo. No es buena idea.

—Siento decirte que eres una aguafiestas, querida. —No lo siente.

—Puede que veamos algo desde la planta de arri… —No termino de hablar y Mine ya está al pie de la escalera. Recuerdo las historietas del coyote y el correcaminos, ¡bip, bip!

—¡Vamos!

225

Cuando llego a la planta superior, Minerva («¡bip, bip!») ya ha revisado todas las ventanas de la fachada principal.

—Aquí no hay nada. Ve a tu cuarto —me ordena. «Mine está al mando»—. Está justo encima de donde encontramos a Walter. Yo miraré desde el mío. Si hay algo en el pedrero, lo veré.

—Vale. —Obedezco. «Algo en el pedrero». Intento no pensar en el cadáver de Catafanta, la bota de pescador, las botas rojas, las botas.

Llego a la ventana. Miro. Llamo a Minerva. Trae unos prismáticos. Los ha encontrado en el vestidor de Aina.

Los vemos, a unos doscientos metros. Walter está tumbado sobre el arenal. No hay duda de que es él. Eso, o una ballena se ha quedado varada en la playa. A su lado, Lennon, «¿quién es Lennon?», parece examinarle el pulso. Tomo los prismáticos que me ofrece Mine. Miro. Veo cómo presiona la mano del inglés sobre algo. Algo que, a continuación, le mete en el bolsillo. La escena me pone la carne de gallina. Mine no lo ha visto. Callo. No nos movemos. Ambas pensamos que lo más probable es que el Beatle le haya pegado un tiro al inglés. No hay nadie más, solo ellos dos. Lennon. «Quién es Lennon». Y Walter. «Quién es Walter», inmóvil, sobre la arena.

Minerva quiere acercarse a echar un vistazo. Yo, no. Porque para eso tenemos los prismáticos, porque aquí estamos seguras, porque podemos alterar el escenario del crimen. Por eso. Y si Walter está aún vivo y nos ataca; y si Lennon nos dispara también a nosotras... Y si.

La Reina insiste en ir, yo en que nos quedemos. Ella no quiere llamar a la poli, prefiere esperar a ver la reacción de Lennon; yo quiero usar el *walkie* y avisar a Betancor. Ella insiste, yo resisto. Gano yo. Mi victoria tiene matices. Tantos, que se parece más a un acuerdo que a una victoria.

Acordamos revisar el vestíbulo sueco. Quizá encontremos alguna pista, quizá se nos ocurra algo en la habitación donde pasó («¿qué pasó?»), quizá veamos algo que no vimos. Quizá. Siento curiosidad por bajar al estudio de Aina. Quiero saber qué hay y por qué estaba abierta la puerta. La única puerta que no debería estar abierta. Esa puerta. Minerva también quiere saber. Ambas queremos. Por eso hay acuerdo.

—Si no tenemos noticias, cuando terminemos de registrarlo todo, salimos.

—O llamamos a Betancor. Por el *walkie*.

—Primero salimos, querida. —Sonríe—. O no hay trato.

—Vale. —Tengo claro quién está al mando.

Mine abre la puerta del recibidor. Entramos, sin ceremonias. Perchero de madera, zapatero. Todo igual, igual de sueco. «Me comería unos rollitos de canela calientes con helado». Igual. La puerta del estudio de Aina sigue abierta.

Hay un charco viscoso en el suelo donde Walter estuvo arrodillado. Es de color rosa. Saliva, puede que mocos, un poco de sangre… Lo normal cuando a uno lo ataca un ninja. «Salvo que los ninjas no llevan pistola ni chupa de cuero».

Nada relevante. Nada. No, a simple vista. Optamos por bajar al sótano. Antes, Mine entra a la cocina. Vuelve con el *walkie-talkie* («llama, poli, llama») y con un piti.

—Por si nos llama Betancor. —Comprueba la frecuencia y da una calada. Me ofrece. Acepto.

—¿Crees que ese chisme tendrá cobertura ahí abajo?

—Seguro. —Sonríe—. Si no hay noticias, salimos.

—Tramposa.

Tras la puerta que está abierta y no debería estarlo —esa puerta—, hay unas escaleras. Pienso en todas las novelas de Stephen King que me he leído. Me corrijo, en todas no, solo en las que hay sótanos y escaleras.

Minerva encuentra el interruptor de la luz. El estudio de Aina no es un estudio, pero tampoco un sótano como los de las novelas de King.

Para empezar, las escaleras no son lúgubres; no crujen; no hay polvo; no huele a humedad. No. Unos ventanucos alargados, de unos cuarenta centímetros de ancho, cubren el tercio superior de las paredes este y sur. El sol se filtra a través de los cristales. Las escaleras están tan iluminadas que no habría sido necesario encender la luz. Como si no fuera un sótano. Como si no estuviéramos bajando unas escaleras que conducen a un sótano. King ha inventado las mejores verdades sobre sótanos y alterado la percepción de una o dos generaciones.

Los cimientos de Greenway House están construidos de modo que este cuarto no es subterráneo del todo. No me espero un espacio así. Amplio, cuadrado, bien iluminado. Casi puedo oler las galletas de jengibre. Casi. Quizá exagere un poco. Lo de las galletas, digo. Tiene más pinta de almacén que de estudio de pintora. De almacén sueco, eso sí. Como el zapatero y el perchero, como la isleta de la cocina y la nevera de dos puertas, como los pantalones de yoga, los zafus y los prismáticos de ornitóloga. Como Aina. Está todo tan ordenado que me mareo.

Me esfuerzo en disipar la niebla que acompaña a la química verde y azul. Hoy es solo humo ligero, como de pipa floja. Lo consigo. Trazo un plano mental de la casa. Dibujo este cuarto sobre él. Me sitúo. Ayuda. Ni rastro de la niebla.

Tenemos la escalera a nuestra espalda. Frente a nosotras, una pared cubierta de estanterías de madera, desde el suelo hasta el techo. En cada balda, perfectamente ordenado y clasificado, cajas con pinturas, pinceles, espátulas, rollos de lienzo, blocs («¿Habrá pintado Aina, alguna vez, auras violetas?»), libros… A nuestra derecha, dos caballetes plegados, varios lienzos montados en sus bastidores y una papelera. En el interior de la papelera, tres latas de Coca-Cola vacías, pum, pum; servilletas arrugadas, pum; una botella de agua, pum, pum; tres latas de conservas…, pum, pum. Un piloto rojo se enciende en mi plano inconsciente. No tarda en materializarse en una idea tangible. La idea da miedo. Pienso en cómo verbalizarla. Consigo que la niebla no vuelva. Intento mantenerme lejos de la oscuridad, lejos del rojo. Lejos.

—Mine…

—¿Sí, querida?

—Yo… no me comí el último trozo de *strudel*.

—Andrea —me mira fijamente a los ojos. Da una calada al porro. No me ofrece. Ha dejado de sonreír—, puede que haya cumplido los setenta, pero aún no chocheo. Sé que te estás poniendo morada con las chucherías que me pasa Ramonín.

¿Ramonín? Si mide dos por dos.

—¡No! Bueno, sí, pero eso no tiene nada que ver.

—Entonces, ¿a qué viene lo del *strudel,* querida, o lo de pedirle pipas a un hombre armado? —Frunce el ceño. Solo un poco—. Y en una situación límite, además.

—¿Qué? —No entiendo nada.

—¿Crees que no te oí? A ti te pasa algo. —Leo lástima en sus ojos. No me gusta—. Podríamos haber muerto y tú estabas pensando en pipas.

—No me pasa nada. —Quiero decirle que es ella la que no deja de sonreír y pasárselo en grande, pero me aguanto—. ¿Es que no lo ves?

—¿El qué?

—¡Walter estuvo aquí escondido, Minerva! Por eso Lennon no lo encontraba.

Mine lo entiende, al fin. Casi puedo oír el clic en el interior de su cabeza. Se asusta. Se asusta, porque comprende, como hice yo, al ver el contenido de la papelera. Clic.

Cuando se acabaron las Coca-Colas, pensé que Chamorro («Ramonín, ¡hay que joderse!») se había bebido las últimas. Esta mañana, ella dio por hecho que las dos porciones de tarta que nos sobraron me las había comido yo. Recuerdo que se lo dijo a Betancor.

—Eso sitúa a Walter aquí desde…

—… el día que tú llegaste, pum, pum; pum, pum.

—Puede que antes, querida. Hemos estado conviviendo con ese hombre todo el tiempo.

—Cuando Lennon me enseñó la casa, la puerta estaba cerrada. —Lo recuerdo activando el sensor de movimiento de la luz exterior. Estaba desconectado, ¿por qué estaba desconectado?—. Insistió en que no entráramos en el estudio de Aina.

229

—Puede que Aina y Walter sean amigos —dice Mine, dando otra calada. Esta vez, me ofrece—. Quizá le cuida la casa cuando ella no está. Ambos son artistas, extranjeros, viven en una isla pequeña...

—Aterrizados.

—¿Qué?

—Nada. Puede que la bloguera se escondiera también aquí, puede que se hubieran ido juntos de Playa Brava cuando Lennon los empezó a buscar. —«En la casa de Playa Brava no hay nada. Ninguna pista. He interrogado a Catalina y no sabe dónde se esconde Walter. Sigo buscando. Lo encontraremos».

—Catalina tuvo que esconderse en casa de Walter, querida. —Minerva analiza las palabras del Beatle—. Lennon fue a buscarlo y la encontró allí, sola. Ella no sabía dónde se escondía el escultor. Sin embargo, la mataron a poca distancia de aquí.

—¿Crees que está muerto? Walter, digo.

—No tardaremos en saberlo.

—Ya. —«Pum, pum; joder, otro muerto, pum, pum».

—Hay dos hechos que no pueden ser casualidad —resume Minerva—: a Catalina la asesinaron aquí al lado y Walter estaba escondido en esta casa.

—Joder, pum, pum.

Mine me aprieta el brazo. Doy un respingo. Reconforta. «Solo por esta vez». Algo crepita. Es el *walkie*. Se enciende un piloto verde. Betancor.

Dejo que Minerva se ocupe. Ella tiene el chisme. Ella es la experta en aparatos con botones. Ella está al mando.

Sigo examinando el estudio de Aina. El refugio de Walter. En la pared de mi izquierda, hay una mesa de dibujo de esas inclinadas. Debajo, un taburete regulable en altura. En los talleres de Tecnología del insti había unos iguales. «No recuerdes, Andrea». Paso el dedo por encima de la mesa. Dejo un surco en el polvo que se ha depositado durante días, quizá semanas. Parece evidente que nadie la ha usado últimamente. Imagino a Walter («¿quién es Walter?»)

comiendo *strudel*, ¿en el suelo? Si estuvo aquí un par de días, tuvo que haber dejado algo más que unas latas vacías y servilletas usadas.

Mine y Betancor siguen hablando. Voces entrecortadas y un molesto rugido como de peli de los ochenta me hacen perder la concentración. Oigo, pero no escucho. Entre «cambio» y «cambio», la conversación suena a final. Suena a solución. Suena a caso resuelto. Suena.

Se me ocurre mirar detrás de la escalera. Oigo a Mine decir «Corto y cierro». Lo veo: un colchón, un libro, una manta y periódicos. Amarillentos, arrugados, húmedos. Extranjeros. Una fotografía, en blanco y negro, de Walter. Está distinto. Lleva barba, tiene el pelo largo y no se llama Walter. Walter no se llama Walter. Sobre la foto, un titular: «Jacob Miller, más conocido en Colombia como el Pato Lucas, desaparece sin dejar rastro». No es la primera vez que oigo hablar de Jacob Miller.

9

No puedo ver anuncios de *spas* podológicos de esos en los que la gente se mete en piscinas de cristal donde el agua les llega por debajo de las rodillas. No puedo leer reportajes sobre los peces turcos que nadan en esas piscinas y se comen las células muertas de los pies de las personas. No puedo. No, desde que a Carlos se le llenó la boca de moscas. No, desde que los gusanos decidieron darse un festín a su costa. No.

A mamá no se le llenó la boca de moscas. No dio tiempo a que los gusanos se comieran nada. Nada de ella, quiero decir. Sus cuencas nunca estuvieron vacías. Siempre hubo dos ojos, allí. Uno y dos. Ojos que yo sabía leer con la misma facilidad que los libros de Salgari, Julio Verne o Maria Gripe. O quizá sí, quizá sí que se le llenó la boca de moscas; quizá los gusanos se comieron una parte de ella, muy superficial, como si fueran peces de las cuencas termales de Kangal, de los que terminan en *spas* urbanos, para pies de humanos insatisfechos. Quizá.

Por suerte, papá decidió incinerarla. O no. Quizá no lo decidió, sino lo aceptó. Porque mamá se lo había pedido muchas veces, pero nunca en serio. O sí. Quizá se lo había dicho en serio, pero no lo había escrito en ninguna parte. Ya entonces, yo era muy consciente del poder de la tinta.

Lloré la muerte de mi madre a mi manera. Lloro raro, como para dentro. Se me atasca todo el llanto en la garganta y no puedo tragar, ni hablar, ni gritar, ni nada. No puedo. Puedo leer, pero no lo hago, porque las letras bailan y se descolocan todas y los textos se vuelven galimatías.

Cuando lloro, no leo.

Lo malo del funeral fue que mamá estaba muerta. Muer-ta. Lo bueno, que no hubo altar. Mi madre tuvo más suerte que Carlos. No sé si, después de morir mamá, tenía algún sentido pensar eso de que era una suerte. Lo del altar, digo, porque mamá era alérgica a las flores. Los muertos no estornudan y ella estaba muerta, muer-ta. Pero en aquel momento, fue lo que pensé. Que era una suerte. En aquel momento.

El funeral de mamá se celebró dos semanas después del accidente. Fue raro. Hasta entonces, papá y yo estuvimos en el hospital. Mamá no, porque estaba muerta. Necesitaba un sitio donde esperar hasta que papá y yo saliéramos. Esperar, solo eso. No necesitaba enfermeras ni médicos, ni colchón ni nada. Ni.

No sé cuándo incineraron a mi madre. Me pregunto si lo hicieron al mismo tiempo que el trozo de pierna de papá. Alguien me lo dijo en el hospital, que los apéndices y los trozos que te quitan en los quirófanos se incineran. Imagino que te darán un recibo o algo. Imagino.

Es raro, que te quemen a trocitos. En aquel momento, la idea de incinerar a mamá y a una parte de papá juntos me pareció romántica. En aquel momento.

Mi padre salió del hospital en una silla de ruedas. Luego, tuvo que volver, para que le arreglaran el trozo de pierna que le quedaba. Yo salí y ya me quedé fuera. Con mis tías, que no eran hermanas de papá ni de mamá.

Mis tías vivían juntas y tenían muchos libros. Me gustaba leer a mis tías, porque decían lo mismo con la boca que con los ojos. No hay mucha gente como ellas. Por eso no me gusta la gente. Ellas sí me gustan. Dudo que mis tías sean gente. Gen-te.

Le pregunté a papá por el trozo de pierna. Me dijo que habían tenido que cortárselo. De lo contrario, habría perdido todo el miembro o algo peor. Con «algo peor», mi padre quería decir que te mueres. También le pregunté qué habían hecho con el trozo y si lo habían quemado con mamá. Creo que la idea de romanticismo de papá no coincidía con la mía. Se enfadó.

Papá se enfadaba mucho desde el accidente. No sé si era por la pierna o por mamá o por las dos cosas. Lo lógico habría sido enfadarse por la pierna y ponerse triste por mamá. Mi padre ya no era lógico. No era el mismo. No parecía mi padre. No.

Dejé de leer a papá el día del accidente.

El accidente. Recuerdo el silencio. Fue justo después del golpe. Duró muy poco, pero fue el más denso que escuché nunca. Si-len-cio. Lo rompió papá. Con un grito. Pronunciaba su nombre. Luego, se desmayó. No volví a verlo despierto hasta dos días después, sobre la cama del hospital.

El coche había girado. No estaba segura de lo que era arriba y abajo. Recordé la voz afónica de Epi y sus pasos acelerados en Barrio Sésamo, «aaaarriba», cuando era más pequeña y me gustaba ver la tele, «aaaabajo». Me dolía un hombro y veía raro de un ojo. El impacto me había empujado hacia delante. Mi cuerpo se deslizó entre el asiento del conductor y el del acompañante. Conducía papá. Mi nariz se quedó pegada a la suya. Mamá estaba justo detrás. Supe que algo terrible le había pasado, por el grito. No por lo que papá dijo, sino por el tono con que pronunció su nombre. El nombre de mamá. «Algo terrible» es casi lo mismo que «algo peor». También quiere decir que te mueres. Nos cuesta poner nombre a la muerte («redactar teoría de la no muerte»). Por eso la llamamos algo. Al-go.

Antes de que papá se desmayase, lo pude leer. No fue una acción consciente, sino casual. Me miró y sin querer, como cuando leo la información nutricional de los cereales mientras desayuno, lo hice. Leí a mi padre —a—: «Ojalá fueras tú y no ella. O-ja-lá». Ojalá no hubiera leído nunca ese «ojalá».

Cuando llegaron las ambulancias, un hombre con chaleco fluorescente se ocupó de mí. Me examinó. Me hizo las preguntas que se hacen a los desconocidos cuando tomas el ascensor. Le dije que me llamaba Andrea y que tenía quince años y que iba a segundo de BUP del instituto de mi barrio, que estaba a las afueras de una ciudad, que nunca había sido mi-ciu-dad, y que vivía en el sexto piso de la torre dos. Se quedó satisfecho y me puso un collarín y un cabestrillo y me dio una bolsa de hielo y me dijo que la sujetara sobre el ojo derecho.

Yo no escuchaba, pero oía. Oía voces apuradas y órdenes cortas y directas. Muchos monosílabos y un «no-hay-na-da-que-ha-cer». Supe que era por mamá.

El hombre del chaleco no me dejaba mirar. Me hablaba todo el tiempo, para distraerme, como si yo fuera tonta y no supiera leer sus ojos y no supiera que a mamá le había pasado al-go-ho-rri-ble y a papá algo menos malo. Como si no supiera, así me hablaba. Le seguí la corriente. Lo que leí en sus ojos ya me lo sabía. Lo había leído muchas veces, en distintas miradas, en distintos rostros; después de que a Carlos se le llenara la boca de moscas: «Pobre niña, pobres padres. Po-bres».

No me subieron en la misma ambulancia que a mi padre. Le pregunté el motivo al hombre del chaleco. No me contestó. La ambulancia de papá iba delante. Llevaba las luces rojas encendidas. Era más grande, iba más rápido, hacía más ruido. Más. La nuestra solo llevaba luces. Solo luces de color naranja. Era bastante sosa. Pregunté si había ambulancias especiales para los casos de no-hay-na-da-que-ha-cer. Nadie me contestó. Ni el hombre del chaleco, ni la señora que me tomaba la tensión, ni el que conducía. Nadie.

Me preguntaron por el teléfono de mis tías. Se lo di. Cuando llegué al hospital, me estaban esperando.

Marta tenía los ojos hinchados de tanto llorar. María también, pero menos. Mis tías tienen los nombres más ordinarios del mundo, porque son las más extraordinarias. El mundo no podría acogerlas si se llamaran Enora o Moira, por ejemplo. Hay muchas cosas que el mundo no está preparado para asumir. El mundo. Hubo un tiempo que quise cambiarlo. Quizá algún día lo haga con mi tratado *Las palabras justas*. Justas de cantidad, no de justicia. La justicia no existe, es una utopía.

Mis tías se quedaron en el hospital todo el rato hasta que me asignaron una habitación, y cuando estuve instalada, se turnaron para estar conmigo y con papá. A mi padre lo habían operado de urgencia y había estado algún tiempo en observación. Luego lo subieron a planta, pero no a la mía. No estábamos en la misma, porque a él le faltaba un trozo de pierna y a mí no. También porque yo tenía quince años. He pensado mucho en aquello. Bueno, mucho no, pero sí un poco. En lo de estar en diferentes plantas, digo. Fue algo premonitorio o karmatorio, o. Desde entonces, papá y yo ocupamos lugares distintos en el mundo. Quizá nuestros mundos también sean diferentes. Quizá no, seguro. No es seguro porque lo sé, lo es porque lo siento. Seguro.

Mis tías hablaban con los médicos y me lo contaban todo. Agradecí que me dijesen que mamá había muerto. Ya lo sabía, pero escuchar esa palabra, «muer-te» me ayudó a desterrar los «algos» con los que el resto de los adultos habían escurrido el bulto. Dejé que Marta y María me abrazaran un poco. Se lo merecían. Solo dejo que me abracen las personas extraordinarias.

Después de la muerte de mamá, lo peor del funeral fueron los abrazos.

XXV

Estamos de nuevo en la cocina. Sobre la isleta, un cenicero con una colilla dentro, cuatro pitis, un *walkie-talkie*, cuatro bolsas y media de pipas, un libro de poesía británico y algunos periódicos. El libro y los periódicos son de Walter, que no se llama Walter, se llama Jacob Miller. Jacob da miedo, porque recuerda a novela de terror. Lucas da risa, porque es nombre de pato. Decido llamarlo Miller, porque suena a *swing*. «Cambiar la sintonía del móvil».

Recuerdo dónde escuché su nombre. Fue en la pequeña televisión que tiene Rodrigo en el quiosco. Le hablo a Mine de la presentadora rubia de las noticias y del periodista de gafas turquesa. Siento acidez al recordar la sonrisa artificial de Julián Manzano. El autor de *La organización* fue el invitado especial en aquel programa cutre haciendo el papel de experto en narcotráfico internacional. Solo vendía libros. Yo no escuché, pero oí. Por eso sé que Miller es —«o era»— el contable del cártel de los Saltacharcos. Era el principal testigo de la fiscalía. Era el hombre que tenía en sus manos el futuro de Armando Giraldo. «El último Don». Era.

Minerva lamenta que nos hayan cortado el acceso a internet. Recuerda haber escuchado la noticia del ingreso en prisión del jefe del cártel. Yo hago un repaso mental de mis libros de Mario Puzo.

Mine me habla de su conversación con Betancor y la oscuridad se disipa. El rojo se borra. De momento.

El detective le dijo que a Walter —lo sigue llamando Walter— lo tenía controlado la Interpol. Ahora intuimos el motivo, pero no lo tenemos claro. Todo apunta a que fue él quien mató a Catalina. Eso piensa Minerva. Y el poli. Se fue de la lengua. No es oficial. Dijo que estaba ocupado en Santa Lucía. Por eso pidió a Lennon que nos trajera el *walkie* («y las pipas»). Lennon se encontró al inglés apuntándonos con el arma.

Lo que ocurrió en el vestíbulo sueco lo sabemos de primera mano. El resto no dista de lo que imaginábamos. Walter intentó escapar y Lennon quiso detenerlo. En el forcejeo, el inglés acabó con un tiro en el pecho.

—¿Quién carajo es Lennon?

—Querida, un *walkie-talkie* no es un teléfono. —Sonríe. Mueve la cabeza hacia los lados—. Quise sacarle más información, pero no conseguí más que eso. Ese poli es un perro viejo.

—Vale. —Habla como un personaje de novela de Ellroy.

—Leamos entre líneas, querida. —Sonríe—. Parece evidente que Lennon es un poli infiltrado, apostaría que de la Interpol.

—Joder.

—Piénsalo, Andrea. El día que llegaste, te insistió en que lo llamásemos de inmediato si veíamos al escultor inglés.

—Sí.

—Y, ¿no fue él quien te dijo que la Interpol estaba buscando a Walter?

—Sí. —«¡Qué cabrón!».

—Por eso estaba siempre por ahí, peinando la isla con el *quad*.

—Por eso la pistola. Por eso.

Subimos a mi cuarto. A través de la ventana, vemos un grupo de personas. Las cuento. Una, dos, tres…, ocho. Han creado un amplio perímetro alrededor del cadáver, que está tapado con una sábana. Los de la científica trabajan enfundados en monos de color blanco. «Esos tíos van a necesitar muchos polvos de talco». Hay cables, cámaras de fotos, baterías, ordenadores como el de Mine y algo que parece un escáner. Veo bolsas de pruebas y papeles amarillos.

Maletines y frascos con lo que bien podrían ser reactivos. Escribo novela negra. Sé reconocer un laboratorio cuando lo veo, por muy portátil que sea.

Me siento amenazada por una imagen pretérita. El cuerpo de Catafanta, en la pantalla del ordenador de Mine, rodeada de papeles amarillos. Y la bota, la bota de pescar, en el pedrero. Las botas rojas, en el río. Más pretéritas, más rojas. Rojas fresa, rojas Kojac, rojas kétchup, rojas sangre. Rojas. Huyo de la oscuridad. Me aparto del rojo.

—¿Qué hacemos con lo que hemos encontrado en el estudio?

—Seguir investigando, querida. —Sonríe. Miss Marple sonríe. «Mete las narices y saca la pluma»—. Una cosa es que la policía lleve el caso y otra, muy diferente, que se acabe la diversión.

—¿No se lo damos a la policía?

—No.

—Vale, tú mandas.

Como si nos hubiera leído el pensamiento, vemos el corpachón de Betancor alejarse del grupo. Viene hacia aquí.

Corremos escaleras abajo. Escondemos el libro, los periódicos, ¿los porros? No, los canutos, no. Minerva da la última calada y pone la cafetera. Yo como pipas. Sobre la isleta, un cenicero con dos colillas dentro, tres porros, un *walkie-talkie* y cuatro bolsas y media de pipas. Disimulamos. Betancor está frente a la puerta principal. Lo vemos a través de la cristalera. Nos saluda y recorre la pasarela de madera. Entra.

—Llega justo a tiempo —saluda Mine—. Acabo de poner la cafetera.

—Buenas tardes, siento no haber podido venir antes. —Se sienta a mi lado. Mira el cenicero. Sonríe—. ¿Cómo se encuentran?

Su compañera nos manda saludos. Se van de la isla en unas horas. La policía científica ya está trabajando en la escena. Por suerte, aún no se habían marchado. Hay diligencias abiertas y deben informar al juez y a la fiscalía, por lo que no nos puede contar nada.

No, tampoco nos puede hablar de la situación de Fernando Carriles, por muy agente nuestro que sea. Nos pide que estemos tranquilas. Nos asegura que se resolverá todo muy pronto. Apenas quedan unos pocos flecos y un mucho de burocracia.

Se preocupa por nosotras. Nos toma declaración. Hablamos y callamos. Se lo contamos casi todo. Casi.

—¿Leche? —Mine sirve el café.

—¡Ni hablar!, este café es demasiado bueno. —Sonríe. Me guiña un ojo, señala los porros que hay sobre la mesa—. En Jamaica tienen buena materia prima.

—¡Qué maleducada! —Mine enciende un porro. Da una calada. Se lo pasa—. Debe probar la pauta completa.

—Mucho mejor que el *strudel* —dice Betancor, soltando el humo.

—No se pase.

El detective parece relajado. Minerva conoce los beneficios de la cafeína y la marihuana. Ve la oportunidad de aflojarle la lengua. No duda: la aprovecha.

—¿Sabe?, el hombre que nos atacó me resulta familiar —miente—. Creo haberlo visto en las noticias.

—Bueno…

—Jacob Miller, ese es su verdadero nombre, ¿verdad?

—Tiene usted buena memoria.

—En mi profesión, es una cualidad muy útil, querido.

—Ya. —Temo que Betancor se ofenda o se niegue a hablar.

—Miller era contable de un importante cártel internacional, ¿no es así? —Es persuasiva—. Si no recuerdo mal, iba a testificar contra el narco que lo dirige.

Betancor cede. Sabe que lo que nos va a contar no tardará en hacerse público. La novela de Manzano ha hecho demasiado popular al cártel. Esto juega en contra de la investigación policial. Nos mira. Nos arranca una promesa. Nos. Sí, lo prometemos. Sí, guardaremos silencio, solo queremos documentarnos para el futuro. Sí, comprendemos que se puede poner en peligro la investigación. No, no se arrepentirá de contárnoslo. Claro, lo incluiremos en los agradecimientos de la novela.

Nos habla de la Interpol, que suena a película de espías y a blanqueo de capital y a terrorismo. Y. Ahora, son ellos quienes coordinan el caso.

Son las siete y media. Betancor y Mine fuman otro porro. El detective ya no tiene prisa. Fuera, apenas queda luz.

Acabo la bolsa de pipas. Abro otra. No necesito fumar, ni caramelos de colores. La cafetera está vacía. La información que nos da Betancor me tranquiliza, me centra, me alivia. Me.

La pauta jamaicana ha soltado la lengua al poli. Olga les enseñó la foto de Catalina y Walter, que no se llamaba Walter, sino Miller, y era contable y un delincuente y el principal testigo de la fiscalía en el caso de don Armando Giraldo. Yo no sé si era escultor, porque el detective no lo dice, pero sé que era zurdo y tambíén inglés y que lo llamaban Pato Lucas. Betancor y su compañera lo identificaron de inmediato, porque son polis y están entrenados y en las comisarías hay carteles con los delincuentes más buscados. Y se pusieron en contacto con la Interpol. Y.

—¿Saben quién mató a Catalina? —Minerva busca certezas.

—Es pronto para confirmarlo —contesta, prudente—, pero todo apunta a que fue Miller. Encontramos el arma del crimen entre sus pertenencias.

—Objeto contundente, pesado... ¿Una piedra, tal vez? Vamos, querido, no diremos nada.

—Está bien. Solo les diré que es algo que corresponde con su descripción. Tiene adheridos restos de sangre y cabellos que podrían pertenecer a la víctima. Hay que enviarlo al laboratorio central.

—Y huellas... —me atrevo a añadir.

—Así es. Palmar, índice y pulgar. De manual. Fue un milagro que pudieran sacar huellas de una roca.

—Así que es una roca, querido.

—Con usted, no tengo escapatoria. —No está enfadado. Le brillan los ojos. Sonríe. Continúa hablando—. Como les decía, no es fácil sacar huellas de una superficie tan porosa como una roca, más aún en este caso, que las huellas parecen limpias de sangre o fluidos.

—No se ofenda, querido, pero digo yo que para la Interpol será coser y cantar.

—Ya. —Esta vez sí parece un poco ofendido—. Por muchos chismes y portátiles que traigan consigo, que los traen, fue un golpe de suerte.

—¿Portátiles, sistema? —Mine corre a por su ordenador—. Entonces, ¡han reestablecido el acceso a internet!

—Así es, señora Novoa. Respecto a la Interpol ¡ya podíamos tener nosotros la mitad de presupuesto! Toda esa tecnología les ha permitido cotejar las huellas con las del muerto *in situ*. Porque ya conocían su identidad y tenían sus huellas en el portátil, claro, no porque sean los mejores.

—¿Coinciden? —pregunto, pum, pum; pum, pum.

—Sí, son de Miller. Miller mató a esa pobre chica. —Recuerdo una imagen, a través de los prismáticos. Lennon presiona la mano del inglés sobre algo.

—¡Oh!, vaya. —Mine ya tiene el ordenador en las manos.

—Aún hay que lanzarlas al sistema, para que lo confirme. Eso tarda más, pero estoy casi convencido de que son de Jacob Miller. —Mira a Mine a los ojos. Se pone serio—. Recuerden lo que me han prometido…

—Claro, querido, no diremos ni una palabra.

—Y mi nombre en los agradecimientos.

—Por supuesto.

El poli se despide. Nos desea suerte con nuestros libros. Se lleva el *walkie-talkie*. Cuando va a salir por la puerta, Mine le pregunta por Lennon:

—Es de la Interpol, ¿verdad?, ¡quién lo iba a decir!

—¿De la Interpol? —Betancor agrava el tono—. No, no lo es. Y no me extraña que haya conseguido engañar a una escritora, porque casi lo consigue con nosotros.

—Entonces, si no es de la Interpol…

—Solo puedo decirles que es muy peligroso y que lo están buscando. Tengan cuidado y váyanse lo antes posible.

—Jo-der.

Sobre la isleta, un cenicero con cuatro colillas, un porro, tres bolsas y media de pipas y tres tazas. Tres.

XXVI

En cuanto el poli sale por la puerta, Minerva teclea en su portátil. Una vez resuelto el misterio de la bloguera muerta, quiere centrarse en el cártel.

—Para ser contable de una organización criminal, Walter no era muy listo.

—Miller.

—Ya me entiendes, querida. ¿Cómo se le ocurre llevar la piedra con la que mató a Catalina consigo?

—Ni idea. —Recuerdo la imagen de Lennon, metiendo algo en el bolsillo del inglés—. Querría esconderla y no le dio tiempo.

—Eso es, querida. La policía levantó el cadáver sin encontrar el arma. Puede que la hubiera ocultado, pero no estuviera seguro del todo. Puede que el contable se acercara al pedrero para comprobar que la piedra seguía en su escondite. La cogió para borrar sus huellas y los restos biológicos de Catalina…

—Puede.

—Encaja, querida. —Sonríe—. Se la guardó en el bolsillo, con intención de llevársela al sótano y limpiarla a conciencia, mientras se ocultaba de la policía.

—Pero no tuvo tiempo…

—Porque nosotras lo descubrimos y luego llegó Lennon y todo se precipitó.

—Lennon…, ¿quién es Lennon?

Suena el teléfono. «Con lo bien que estábamos incomunicadas». Es Gabriel. Quiere hablar conmigo. Minerva me lo pasa y vuelve al teclado, como un animal hambriento. No me extrañaría ver caer un chorrito de baba por sus comisuras.

—¿Cómo estás, Andrea?

—Bien.

—¿Bien? —me lo pregunta indignado. Su tono me dice que no le gusta mi respuesta—. Lidia nos ha contado lo del ataque.

—Ya.

—Tú siempre igual. —Sigue enfadado—. Pásame a Minerva.

—Vale.

Minerva deja el ordenador buscando red y habla con Gabi. Me gusta tenerla cerca y que sea ella quien maneje los chismes con botones. Ojalá pudiera ocuparse también de hablar con mi padre.

Saco los periódicos de su escondite, el libro, la foto… No escucho, pero oigo a Mine hablar con Gabriel. Está preocupado. A Minerva le divierte. Lo tranquiliza. Lo invita a comer. A él y al resto del grupo. Una comida de despedida. Mañana, a las dos.

Cuelga y llama a Günter. No escucho, pero oigo. Sí, está bien. Yo también, tan rompepelotas como siempre. Puede estar tranquilo. La viene a recoger mañana por la tarde, a las cinco y media. Más tarde no, porque el helicóptero no tiene permiso para volar sin luz. El sol está bajo, puede haber retrasos. No vaya a ser… Siguen hablando.

Como pipas. Ojeo el libro que encontré en el sótano. Lo firma N. Moore. Está en inglés. Son poemas. Y dibujos. La tipografía es poco común, como india, sin ser india. Me refiero a los indios que acabaron alcoholizados y montando casinos en Connecticut y California, no a los que se pintan puntos rojos en la frente. Es una primera edición publicada por una editorial londinense que no conozco. A principio de los cuarenta.

Leo la contraportada. Su autor perteneció a un grupo de poetas medio pirados («escribían poesía, no podían estar muy cuerdos»), los New Apocalypse. Leo los dos primeros poemas. Son atormentados y obsesivos («poetas, ya se sabe»). La poesía me aburre. Me canso de leer con Moore. Con.

Minerva deja el teléfono. Pone otra cafetera, enciende el último porro. Revuelve entre los periódicos. Se sumerge en las noticias de prensa. De vez en cuando, teclea en el ordenador. Le doy tiempo para que me filtre lo importante.

Vuelvo al libro, pero no leo. Miro los dibujos. En silencio. Casi se pueden oír los engranajes de nuestros cerebros. Sobre la isleta, un cenicero con tres colillas, un porro, un ordenador abierto, varios periódicos, un libro, dos bolsas y media de pipas y dos tazas.

Dibujos. La antología está ilustrada por Lucian Freud. No parece que Lucian, nieto de Sigmund, compartiera el interés de su abuelo por la psicología humana. Sus retratos apenas expresan emociones. Los dibujos del libro de Moore son tan raros como su tipografía. Parecen trazados con plumilla. Navegan entre lo abstracto y lo surrealista. No sé qué va arriba y qué abajo.

Giro el libro, para ver si cambiando la perspectiva entiendo al artista. Algo se cae. Una imagen. Las palabras son importantes. Deben ser precisas. Las palabras justas. Pienso en imagen y no en foto porque está impresa en papel. Un papel grueso, pero papel, nada de película fotográfica, como manda la tradición. Papel. El mundo se va a la mierda.

—¿Has encontrado algo, querida? —Me sirve café. Me ofrece una calada.

—De momento, esto. —Le doy la foto. La aleja casi un metro. Enfoca—. ¿Y tú?

—Primero la foto, luego la prensa.

—Vale. —«Mine está al mando».

—Esta foto… parece que fue tomada hace poco tiempo.

—Y aquí, en la isla. —Señalo el segundo plano. Arena. Parecen las dunas de Barlovento.

Vemos a Miller con una mujer. Ella es rubia, de nariz respingona y pómulos rosados. Se parece al retrato que hay en la habitación de arriba. Él es el Miller que nos pudo haber matado esta tarde. Ese

Miller, no el de los retratos en blanco y negro de los periódicos. Un Miller sin barba y con cabello corto. Besa a la mujer en los labios. Al fondo, las dunas.

La perspectiva indica que se fotografiaron ellos mismos. Es una autofoto. Au-to-fo-to, nada de selfi. Imagino al inglés, sujetando un palo de esos que llevan los chinos y los japoneses y los *youtubers* y todo dios. La visión se me antoja más ridícula que un rubio de dos metros con pecas y un dibujo animado tatuado en el brazo.

—Es Aina. —Un índice de manicura perfecta señala a la mujer («cortarme las uñas»)—. Contactó conmigo a través de Facebook para ofrecerme la casa personalmente. Pude ver su perfil.

—Esto corrobora tus sospechas. Se conocen.

—Así es, querida. —Deja la foto a un lado, da una calada al porro. Me lo pasa. No quiero, prefiero las pipas. Ojea el poemario. Piensa—. Diga lo que diga Betancor, seguimos teniendo caso.

No. La oscuridad roja acecha. Se aloja en la negativa de Mine a cerrar su caso. Pienso en aceptar la calada. Pienso en caramelos de colores. Meto la mano en el bolsillo del pantalón yogui-morcillero de Aina. Verde-azul-verde. Me conformo con la pauta jamaicana. Es suficiente. Me alejo de la oscuridad. Una vez más.

Minerva teclea el nombre de la editorial que publica la antología en el portátil. Yo doy un sorbo al café. Calada, sorbo, calada. Releo la noticia sobre la desaparición de Miller. Es del año pasado.

Cali, 21 de noviembre de 2021

Jacob Miller, más conocido en Colombia como el Pato Lucas, desaparece sin dejar rastro.

Se desconoce el paradero de Lucas desde el martes pasado, cuando tuvo lugar la polémica operación contra el narcotráfico que ya ha pasado a la historia como la mayor y más exitosa de la historia. La Pesca, como se bautizó a este conjunto de operativos sincronizados a este y al otro lado del Atlántico, fue coordinada por la Interpol, que la califica como un éxito rotundo.

Durante la operación, en la que no hubo víctimas mortales, fueron desarticulados los grupos colombiano, mexicano, español y alemán del cártel. Don Armando Giraldo, jefe de los Saltacharcos y uno de los narcos más buscados de todos los tiempos, se encuentra detenido a la espera de juicio.

Se desconoce si el contable y hombre de confianza del cártel está vivo o muerto. La desaparición de Lucas, hombre-llave para la entrada de cocaína colombiana y armas en Europa, levanta las sospechas de policías, abogados y narcos. Las teorías sobre su paradero son numerosas. La información real, escasa.

Miller es contable. E-ra-con-ta-ble. Contaba dinero y drogas y armas. Podría haber contado y cantado. Contaba. Ya no cuenta nada.

Invertimos el resto de la tarde en husmear aquí y allá. Minerva se ocupa del aquí. Yo del allá.

Son las nueve y media. Tengo hambre. Mine sugiere una cena ligera. Propone ensalada noruega. Saco la ensalada de arenque y patata del frigorífico. Está aliñada con salsa de mostaza. No me atrevo a poner el kétchup sobre la mesa por miedo a que Mine me corte la mano.

Abro de nuevo la nevera, le doy un trago rápido al segundo bote de Heinz. Suerte que Miller no me tocó el kétchup. Poco me importan sus dos metros y más de cien kilos de músculo, lo habría matado con mis propias manos. Minerva pone la mesa y mete una *baguette* en el horno. Sirve el vino.

Sobre la isleta, un cenicero con cuatro colillas, un ordenador abierto, varios periódicos, una foto, un libro, dos bolsas y media de pipas, dos platos de ensalada y dos copas de vino.

Comemos con palillos. Es raro. Mine me dice que ayuda a controlar la ansiedad. Quiere que me acostumbre. No necesito controlar

248

nada. «Solo quedan unos flecos». Si así fuera, recurriría a los caramelos de colores y a la pauta jamaicana. Son más fáciles de manejar que los palillos. Pienso en hablar con Chamorro. Quizá no sea mala idea contar con un botiquín para casos de emergencia. No vaya a ser.

—Gabi está preocupado por ti, querida.

—Ya.

—Es un buen chico. —Sonríe—. Vendrá a comer mañana, con Ramonín. Olga y Carmelo se van hoy.

—Vale.

Minerva bosteza. Me contagia. Ha sido un día intenso. Dejamos la investigación por hoy. Mine recoge la mesa. Guarda los periódicos y el libro y la foto y el ordenador. Yo tiendo la ropa. Mis tejanos son más claros de lo que recordaba.

Nos sentamos en el sofá con intención de acabar la botella de vino.

—Querida, tenemos que decidir hasta dónde les contamos a los chicos.

—Vale, ¿mañana?

—Sí, mucho mejor. —Bosteza.

Mine es la Reina del crimen. Pero la Reina ya ha cumplido los setenta. Hoy, casi la asfixia un peligroso delincuente de dos metros. Todos tenemos un límite. Las reinas también.

Pasan pocos minutos de las diez. Estoy agotada. Miro a través de la ventana. Nada. No hay focos que proyecten luz sobre ningún cadáver, ni cintas perimetrales, ni papeles amarillos, ni polis con monos blancos y entrepiernas irritadas. Ni.

Es como si la oscuridad se lo hubiera tragado todo, una oscuridad negra, no roja, lo que el mundo entiende por oscuridad. Es como si nada hubiera ocurrido en la Isla del Meridiano.

No me planteo leer con Chandler. Con. El libro sigue sobre la mesita, sin abrir. Cierro los ojos. Espanto las moscas, piso los gusanos, olvido las cuencas vacías y me quedo dormida.

10

1993 fue el año de las primeras veces. La primera vez que tuve sexo con un chico, la primera vez que fumé un cigarro, la primera vez que viví fuera de la ciudad, que-no-e-ra-mi-ciu-dad, la primera vez que usé internet. La primera vez que fui feliz. La primera.

El internado no se parecía al instituto del barrio. Tampoco a mi antiguo colegio. Por eso me gustaba. Por eso y porque estar interna implicaba no ver a papá a diario. Creo que a él también le gustaba el internado. Estábamos separados por un abismo. Aún lo estamos. Nos separa un «ojalá».

Me senté frente a la mesa del director una sola vez. Fue el día que ingresé. Mi nueva tutora estaba allí, a mi derecha; mi padre, a la izquierda. Lo recuerdo incómodo, con la pernera del pantalón de pana doblada por debajo de la rodilla. El muñón no había cicatrizado aún lo suficiente como para usar prótesis. Odiaba llevar muletas, odiaba no poder conducir, odiaba vivir sin mamá. Me odiaba. «Ojalá hubieras sido tú, en lugar de ella. O-ja-lá».

Las tías nos acompañaron. María condujo los cuarenta kilómetros que separaban mi nuevo colegio de la ciudad. Marta me hizo una maleta especial, y me pidió que la abriera esa noche, mi primera noche.

Seguí las instrucciones de mi tía. Aquella maleta era mucho mejor que la bolsa de Mary Poppins. No contenía ninguna lámpara de pie, pero sí la colección completa de Agatha Christie, diez bolsas de pipas Churruca, dos botes enormes de kétchup, una estilográfica Parker con mi nombre grabado, tres cuadernos cosidos, sin pautar, y una fotografía. Papá, mamá, tía María y ella sonreían a la cámara. Mamá tenía un bebé en brazos. Imagino que era yo. Lo que más me gustó fueron las pipas. La colección de Christie no era una reedición. Eran sus propios libros, los de tía Marta. Me sentí importante, porque mis tías nunca prestaban los libros.

Mi compañera de habitación se llamaba Sonia. También iba a tercero de BUP, también tenía dieciséis. Ahí se acaban los «también» con Sonia. Por eso encajamos. Los también lo complican todo, mucho más si tienes dieciséis.

A Sonia le gustaban las fiestas, el licor de melocotón, las revistas de chicas y el *Qué apostamos*. A mí el kétchup, las pipas Churruca, las novelas de misterio y Jesús Quintero. A sus padres les sobraba el dinero, a mi padre le faltaba mi madre y media pierna. Sonia era buena con los números. Yo, con las letras. Ella me hacía los deberes de Mates y Física, yo me encargaba de los comentarios de texto y los análisis sintácticos. Escribía las redacciones por duplicado.

Los padres de Sonia no la veían nunca, por eso le regalaron un ordenador y una tarifa especial para hablar con gente de todo el mundo por las noches. No hablaba, escribía. Se llamaba chatear. Los chats de internet eran como las relaciones epistolares del siglo XIX, pero con teclas y pantallas. Éramos la única habitación del colegio con teléfono y ordenador. Construí un personaje para ella. Se llamaba Casandra. Casandra ligó con Henry, un chico mayor, que estaba terminando Derecho en Boston. Teniendo en cuenta que Casandra tenía cuatro años y tres tallas de sujetador más que Sonia, puede que Henry fuera el jardinero chiflado del geriátrico de al lado.

En el internado, nunca fui la nueva; nadie me llamó em-bus-te-ra. Era solo Andrea. El año de las primeras veces, todos me empezaron a llamar por mi nombre. Había olvidado que tenía uno.

No era feliz del todo, porque eso es imposible, pero fui casi feliz. Casi. No me olvidé de Carlos, mi-me-jor-a-mi-go, porque no quise hacerlo. Nunca voy a olvidarme de Sandokán. Nunca. Cuando

251

cerraba los ojos, volvían las moscas, los gusanos y las cuencas vacías. El rojo casi no. Casi.

Las crisis desaparecieron. El rojo acechaba en segundo plano. Solo amenazaba con teñirlo todo de vez en cuando. De-vez-en-cuan-do eran las vacaciones de Navidad, Semana Santa y verano. De-vez-en-cuan-do era volver a casa.

Mi padre y yo teníamos un pacto no escrito por el que limitábamos nuestros encuentros. Algunos fines de semana, venía a visitarme con las tías y salíamos a comer los cuatro. Yo siempre me sentaba a su lado, para evitar mirarlo a los ojos y leerlo por accidente. Por accidente, qué ironía. «Ojalá hubieras sido tú, en lugar de ella. Ojalá».

David tenía un año más que yo. Su abuelo era médico, sus tíos también. Su padre era neurocirujano y su hermano traumatólogo. David quería estudiar Filosofía. En el internado ya lo habían licenciado. Era el filósofo desde primero de BUP. En su casa, era el vago.

Me pareció buena idea echar mi primer polvo con un filósofo. A David también. No estuvo mal. Estuvo muy bien. Cuando acabamos, me ofreció un cigarro. Acepté. Yo no fumaba, pero soy muy de liturgias y protocolos. Ya lo era entonces. Si voy a terapia, elijo diván; después de follar, me fumo un cigarro. La noche de mi primer polvo, fue la noche de mi primer cigarro. Soy muy eficiente, muy de optimizar el tiempo, muy de.

David terminó COU y aprobó la Selectividad con nota. Suicidó al filósofo y entró en Medicina. Quiso que nos siguiéramos viendo. Elegí enviudar. Me quedé con el filósofo y mandé a la mierda al futuro doctor. Elegí.

El hambre de saber y la necesidad de explicar es peor que cualquier enfermedad venérea. Ningún profiláctico consiguió blindarme. Entre calada y calada, bajo las sábanas, mi Epicuro truncado me trasladó sus inquietudes. Tomé el testigo que él tiró a la basura. Comencé mi tratado de filosofía entonces. No tengo prisa por terminarlo, quizá nunca lo haga. Se titulará *Las palabras justas*.

XXVII

Me despierta una luz brillante. Fotones. Aguijones virulentos que se filtran por el cristal. Me maldigo por haber olvidado correr las cortinas, me pongo en guardia, me protejo los ojos con las manos. Los abro, prudente. Se hace la luz. Luz. Tres letras, palabra justa. Colecciono palabras justas. La luz es el arma que protege de la oscuridad. Oscuridad roja, de la que esta mañana no queda rastro.

Me siento distinta, despejada. Quizá sea el resultado de haber dormido una noche entera sin ayuda de la química. Sonrío. Todo va bien. No recuerdo la última vez que empecé el día con un pensamiento positivo. «Bien». Cinco letras, otra palabra justa, para mi tratado de filosofía. «Luz», como «tinta», es un arma poderosa. «Bien», una unidad métrica. Mide el grado de optimismo, cuantos más «bienes», mejor.

Miro el reloj. Son las siete de la mañana. Bajo a la cocina, en silencio. No quiero despertar a Minerva.

Sobre la isleta, un cenicero con cinco colillas, una bolsa y media de pipas. «Joder, se están acabando», dos platos sucios, dos pares de palillos, un puñado de servilletas de papel usadas y un túper con restos de ensalada.

En la mesa que hay frente al sofá, dos copas y una botella de vino vacía. Recojo, ventilo, doy un trago al bote de kétchup, pongo la cafetera y abro una bolsa de magdalenas.

Mientras se hace el café, salgo a respirar. El aire yodado de la isla penetra en mis vías aéreas. Siento la rugosidad de la madera en la planta de los pies. La brisa me acaricia la entrepierna. «¿Cuánto hace que no echo un polvo?». Descalza y en bragas, busco la frase perfecta para un anuncio de compresas. La escena me invita a hacerlo.

El rojo está lejos. Escucho un zumbido encima de mi cabeza. Levanto la vista. Veo un avión de juguete. Es raro. Alguien juega a ser piloto. Alguien quiere volar. «Quién no».

Entro. Huele a café. Sonrío. Me abalanzo sobre la cafetera. Bebo la primera taza sin leche, a tope, como si fuera medicina. Sumo un «bien» a la mañana más optimista de mis últimos veinte años. Cuantos más bienes, mejor. Me sirvo una segunda taza, con la mirada puesta en las magdalenas. «El día puede mejorar». Abro el frigorífico y le doy otro trago al bote de kétchup. Meto la jarra de leche en el microondas y mi mañana sigue siendo un anuncio de compresas.

Oigo un pitido en la planta de arriba. Lo sigue una retahíla más y los pasos de Minerva sobre la tarima. El teléfono la ha despertado. Mensajes. Mensajería rápida. Tanto, que la llaman instantánea. Opino que sumaríamos algunas unidades básicas de optimismo si no se hubieran reestablecido las comunicaciones. Dudo que Mine opine igual.

Minerva baja las escaleras, con su kimono de color champán, el ordenador bajo el brazo y el móvil en la mano.

—Fernando está destrozado. —No me extraña que, al menos uno de los mensajes, sea de nuestro agente. El viudo.

—¿Lo han soltado?

—No lo llegaron a detener.

—Gabi dijo que se lo habían llevado.

—Para interrogarlo en la central, a petición propia. Su abogado lo estaba esperando. No pudieron retenerlo.

—Mejor que no tenga nada que ver. Ya me he acostumbrado a tenerlo como agente.

—Me temo que, hasta que encuentre sustituta, vamos a sufrir su duelo, querida.

—Ya.

—Dice que mi editora quiere adelantar la publicación del libro. —Arruga la nariz—. Lo decidió al enterarse del ataque de Walter.

—Teme que te dejes matar antes de publicarlo. —Río.

—Publica libros, querida —me guiña un ojo—, me mataría ella misma, si pudiera.

—¡Joder, Mine! —Voy a servirle una taza de café. No queda. Mis magdalenas se han chupado hasta la última gota. Preparo otra cafetera.

—No finjas que te escandaliza, querida. Sabes que se forrarían.

—Ya, las novelas póstumas venden mucho.

—Y las anteriores. El caso es que te mueras y que todo el mundo se entere.

—La muerte da prioridad en los escaparates.

—Y titulares en la prensa. —Abre el portátil—. Y hablando de muerte, ¡vamos a ver qué encontramos!

Repasamos las noticias nacionales e internacionales. La mañana transcurre entre sorbos de café, titulares, humo y pipas. Churruca.

Son las doce de la mañana. Sobre la isleta, el libro de poesía, los periódicos y la foto que encontramos en el estudio de Aina; el portátil de Mine; un cenicero, con una colilla dentro; tres porros; media bolsa de pipas; dos tazas y seis cápsulas arrugadas de magdalenas. «Comprar fruta».

Minerva repasa las noticias en voz alta. La prensa informa de la muerte de Jacob Miller, el inglés. Se ha hecho pública su identidad, ha sido un bombazo informativo. La Interpol lo había tratado como un testigo protegido, y a las pocas semanas de que se celebrara el juicio, había desaparecido.

Lo acusan de haber asesinado a la promesa literaria Catalina Sariego Pinzones. «Pro-me-sa-li-te-ra-ria», me río. No me cuesta imaginar al desconsolado viudo redactando la nota de prensa. Antes que viudo, Fernando es agente literario. Si llegó donde llegó, es por tener el colmillo bien afilado. Solo hay que leer los titulares para darse cuenta de que está preparando el terreno de cara al Solsticio de Novela. Este año, el premio será póstumo y más rentable de lo habitual. La editorial que lo convoca se estará frotando las manos.

Miro la pantalla del ordenador por encima del hombro de Minerva. La Reina mueve el índice sobre el ratón. Así es como pasa página. «Hay que joderse». Es la prensa nacional, un periódico de aquí, de los que exprimen el dolor y exhiben las miserias ajenas. Veo un rostro cansado. Me resulta familiar. Ojeras, rictus triste. Es ella. La madre de Catalina, la madre de Carlos. Recuerdo que era generosa con la Nocilla cuando preparaba los bocatas. «Pobres padres, pobre madre, pobres...». No quiero leer a. Me limito a mirar la fotografía. Evito la mirada triste.

Desde que se murió mi madre, soy huérfana. Hay una palabra más que me define. Pero no hay palabra para describir la pérdida de un hijo. No hay palabra para definir la pérdida de dos. No hay palabra para explicar la pérdida de todos. No hay palabra. «Redactar teoría de la amputación del hijo».

Aprieto los dientes, aprieto los puños. Aprieto. Evito la oscuridad. Miro fijamente el índice de Minerva («pasa página, pasa página»). Cuando lo hace, suelto el aire. Dejo de mirar la pantalla. Me siento frente a ella. Entre Minerva y yo, un portátil. Enciendo un porro. Se lo paso. Acepta y sigue leyendo, en voz alta.

El caso de Catalina está cerrado. Las autoridades apenas aportan nada nuevo. Los medios se centran en el cártel. Todos cuentan lo mismo. Un poco de información y un mucho de especulación: todo el trabajo periodístico consiste en desempolvar noticias sobre el cártel de los Saltacharcos y el historial delictivo de Jacob Miller, alias Pato Lucas, alias Walter. Los artículos, dice Mine, vienen ilustrados por imágenes de archivo.

Todo apunta a que el jefe del cártel, que está en libertad a la espera de juicio, no va a pisar la prisión, ya que la fiscalía se ha quedado sin su testigo principal. «Miller, que era contable, que contaba dinero y drogas y armas, que podría haber contado y cantado, que ya no cuenta ni canta. Que».

Las conjeturas son inevitables. La teoría más repetida es que se lo ha cargado el cártel. «¿Lennon?». La Interpol no se ha pronunciado. Pero la prensa dice. Dice que Miller se escondió en la Isla del Meridiano para huir de los narcos. Dice que parecía el escondite perfecto. Dice que el contable quiso huir de los Saltacharcos y evitar la prisión al mismo tiempo. Dice que Miller, que vivía a caballo entre Londres y Bogotá, había desviado más de cuarenta millones de dólares a cuentas a su nombre, en Suiza e Islas Caimán. Dice que las autoridades nunca lo encuentran todo. Dice.

—Walter había cabreado a mucha gente. —Minerva sigue hablando como si fuera un personaje de Ellroy—. Todos tenían motivos para matarlo.

—Ya.

—La pregunta es: ¿qué motivos podía tener él para matar a la bloguera?

—Que descubriera quién era en realidad —especulo. «Catafanta, sobre el pedrero, una bota de pescador, pum, pum; pum, pum»— y amenazara con contárselo a Lennon, que ya lo estaba buscando.

—Parece lo más probable. —Mine me habla desde el otro lado del portátil. Lo gira y me enseña la pantalla.

La fotografía es de hace cinco años. Según el titular, está tomada en algún aeródromo cerca de Cedral, en Colombia. Un tipo gordo y con pinta de estibador («Marlon Brando») posa, sentado sobre un montón de fardos. Reconozco al jefe del cartel. Parece un cargamento de coca. A su espalda, un Cessna 206. —Sé identificar algunos de los aviones más usados para el narcotráfico. También puedo clasificar las armas blancas en función de su longitud o mecanismo lesivo y los venenos, dependiendo de su origen o letalidad… Soy escritora. Mi red neuronal está atestada de datos inútiles—. El pie de foto confirma que es don Armando Giraldo. El narco abraza a un hombre armado hasta los dientes. El periódico colombiano no menciona su nombre. Minerva y yo lo conocemos como Lennon.

—Ya sabemos quién es Lennon, querida.

—Un pistolero.

—Sí. —Sonríe—. Un sicario que Armando envió para que hiciera desaparecer al contable.

Como pipas. No quiero pensar que el sicario fue nuestro chófer y que estuvo en esta casa y me trajo estas pipas. Y. No quiero pensar que puede seguir en esta isla y tiene pistola. Tres sílabas, siete letras: pis-to-la.

XXVIII

Son casi las dos de la tarde. Chamorro y Gabi están a punto de llegar. Sobre la isleta, el libro raro de poesía, los periódicos y la foto que encontramos en el estudio de Aina; el portátil de Mine; un cenicero, con dos colillas dentro; dos porros y una bolsa de pipas arrugada. Y vacía. Horror. Voy a necesitar un buen puñado de «bienes» para mantener el nivel de optimismo con el que amanecí.

La identidad de Lennon («quién es Lennon») nos inquieta. Su paradero, más. Hemos decidido desvelar a los chicos lo que nos ha contado el detective. Eso que prometimos no contar a nadie. Eso. Minerva, lo ha decidido. Este es su caso. El primer caso de Minerva Novoa fuera de la ficción.

Mine propone organizar una tormenta de ideas antes de irse. Cree que será divertido. «*Brainstorming*, dice. Hay que joderse». Quiere que Gabi y Chamorro vean el libro y los periódicos. Y la foto. Les diremos que estaba todo en el revistero de Aina. Acordamos no mencionar el estudio, ni tampoco a nuestro huésped del sótano. «Que estuvo bajo nuestros pies, con una pistola, pis-to-la, y dos brazos como tuberías de hormigón. Un huésped que podría habernos estrangulado con el mínimo esfuerzo».

Minerva ya está lista para recibir a nuestros invitados. Se ha puesto un traje beis, de lino. Para mí es un misterio que su pantalón no muestre ni una arruga. La miro. Veo una máquina perfecta. Todo a punto, desde el motor de alta cilindrada, que la hace merecer el título de Reina, hasta su equipaje, listo para volar al Refugio del Norte. Se ha maquillado con esa técnica suya que le da un aspecto natural y le quita veinte años de encima. Yo sigo en bragas.

—Menudos ovarios, los de Aina —pienso en voz alta—. No entiendo que se liara con Miller, conociendo su pasado.

—Dudo que lo conociera, querida. Intuyo que el inglés mantenía su identidad muy en secreto.

—Ya.

—Piénsalo. Encontraste los periódicos detrás de la escalera. Estaban con el libro y las cosas de Walter. —Lo sigue llamando Walter—. Apuesto a que los trajo consigo cuando se escondió para evitar dejar pruebas sobre su identidad en la casa de Playa Brava.

—Ya. Y el libro, ¿para qué?

—Estoy cerca de averiguarlo. —Sonríe—. Todos tenemos algo que nunca abandonaríamos, ¿tú no?

—No. El kétchup y las pipas se pueden comprar en cualquier sitio.

—¿No guardas ningún recuerdo valioso, querida?

—Muchos, pero no ocupan espacio. —«Debería tirar las cenizas de mamá en algún sitio bonito. Redactar teoría del volumen de los recuerdos».

—Volviendo al libro de Walter, he investigado sobre la editorial que lo publica y su fundador fue un tal Jacob Miller.

—¿Él?

—No, es demasiado joven. —Frunce el ceño. Aprieta los labios—. Pero me voy a llevar el libro, a ver qué encuentro.

—Vale, tú estás al mando.

—Querida, a no ser que quieras recibir a los muchachos así —hace un elocuente gesto en dirección a mi entrepierna y abre una botella de vino—, te propongo que subas a arreglarte mientras pongo la mesa.

—No tengo arreglo, pero voy.

La Reina propone y Andrea dispone. Subo a cambiarme.

El champú me obliga a cerrar los ojos. «No debí lavarme el pelo». Mi optimismo está en peligro. Espanto las moscas, piso los gusanos, borro el recuerdo de las cuencas vacías y todo se equilibra. Pero equilibrio no es «bien», equilibrio es ni bien ni mal. No soy de medias tintas. Necesito inclinar la balanza en favor del bien. En contra del mal. Se busca unidad básica de optimismo. Es urgente.

Recuerdo el cosquilleo de la brisa matutina en mi entrepierna. Urgencia. Arrastro la espuma con la mano, bajando por la nuca, los hombros…, me acaricio un pecho y me deleito con el pezón. Dibujo circulitos, alrededor de la areola. Sonrío. Un hormigueo sustituye a la urgencia. Me concentro en no cerrar los ojos («no vaya a ser…») y sigo bajando. Si pudiera encontrar mi ombligo, jugaría unos segundos con él («mala idea pensar eso ahora, Andrea. Hacer dieta»). Recupero la concentración. Sigo bajando, hasta esa estructura pequeña y densa que de vez en cuando me regala un orgasmo. Hoy, se muestra generosa. Tras unos segundos de caricias en espiral, a su alrededor, la balanza se inclina de golpe, ¡sí, ya!, en favor del bien.

Con los orgasmos, no me complico. Hace años, en la universidad, dediqué algunas horas y un puñado de lecturas a buscar mi punto Gräfenberg. No lo encontré. Abandoné la investigación cuando calculé que ya no podía ser eficiente. La eficiencia es importante. La relación entre tiempo y beneficio, también. Conocer la situación exacta de mi punto G se traduciría en alcanzar orgasmos invirtiendo poco esfuerzo y poco tiempo. Pero antes habría que encontrarlo. El punto G, digo. He consumido demasiadas horas en eso. Y demasiado esfuerzo. Ya no podrá ser eficiente, salvo que se trate de un hallazgo casual. No me interesa. Paso.

Me embadurno la entrepierna con polvos de talco. Devuelvo los pantalones de yoga al vestidor «tendría que haberlos lavado». Me pongo los vaqueros azul claro y una camiseta gris de algodón. Odio los vaqueros recién lavados. Aprietan.

Gabi ya está aquí. Ha venido en bici. Está sentado frente a Minerva, con una copa de vino en la mano. Cuando me ve, deja la copa, se acerca y me atrapa entre sus brazos. «Mierda». Mine me mira. Leo: «Abraza a Gabriel, Andrea». Hago caso omiso, pero no lo rechazo. Lo dejo hacer.

—Ya sé que no te hace ni puta gracia —dice Gabi. Solo usa tacos en castellano cuando está nervioso—, pero te aguantas.

—Vale.

—Me tenías muy preocupado, ¿sabes? —Me agobio. No me suelta.

—Sí.

—Y si lo sabes, ¿por qué no haces algo, Andrea? Algún día te quedarás sola y entenderás lo que te digo.

«No caerá esa breva».

Minerva sonríe, me sirve una copa y pasa el pulgar por la mejilla de Gabi. «¿Le está limpiando una lágrima? Vamos, ¡no me jodas!».

—Gabriel me estaba contando algo sobre Lennon, querida.

—Ha desaparecido —dice Gabi, después de sonarse los mocos—. Lo están buscando por toda la isla.

—El ferri de Olga y Carmelo es el último que ha salido hacia Isla Grande —añade Mine—, con algunos investigadores.

—Han cerrado el puerto y están peinando todo el terreno. Tenemos suerte de que nuestro vuelo salga mañana por la tarde.

—Pensaba que nos íbamos hoy.

—Querida, ¿no sabes cuándo te vas?

—Sí, mañana por la tarde.

—Ramón ha ido a enterarse de cuándo tienen previsto que vuelva a operar el ferri. —Oímos el zumbido de un motor—. Hablando del rey de Roma…

—Hola a todos —saluda el pintamonas—. Menudo follón se está montando. Drones, lanchas a motor, patrullas… Con deciros que no había ni un puto *quad* disponible en toda la isla… «Parece que el avión de esta mañana no era un juguete, sino un dron».

—¿Y cómo llegaste hasta aquí, querido? —pregunta la Reina—. Caminar no es tu estilo y pedalear…

—Me trajo un poli. —Se sienta al lado de Mine. Deja que le sirva una copa—. Ahora está rastreando la playa de Barlovento. Apuesto a que el gafitas ese ya no está en la isla.

—Mira que eres vago, tío. Podías haber venido en bici, como yo.

—Los gais abusáis del ejercicio físico, Gabrielito. —Se toca el vientre, haciendo aspavientos—. Yo tengo que mantener este cuerpo para el pecado.

—Volviendo al tema —Gabi se ríe—, ¿alguien sabe por qué están buscando a ese tío?

No escucho, solo oigo. Oigo cómo Mine los pone al día de la verdadera identidad de Lennon.

Minerva no entiende que no hayan buscado en internet, no entiende que no hayan leído las noticias sobre el cártel, no entiende que no se entusiasmen con la muerte y las pistolas. No entiende.

Oigo en segundo plano. Me pregunto dónde se habrá metido Lennon. No olvido que tardó días en encontrar a Miller, porque el inglés se supo esconder. Me levanto, con la excusa de ir al baño. Entro en el vestíbulo sueco —perchero, zapatero, rollitos de canela… y la mancha rosa («limpiar esto»). Mocos, saliva y sangre—. La llave cuelga de un gancho que Aina ha colocado sobre un panel de madera con forma de faro.

Miro la puerta del sótano, que no es un sótano, ni está oscuro, ni se parece a los de las novelas de Stephen King. Muevo la manilla. Sigue abierta, tal y como la dejamos. Cierro con llave. Doy una vuelta a la cerradura. Y otra, y otra más. Aquí no puede entrar nadie. Ni salir. No vaya a ser…

11

Estudiar Filosofía fue una cuestión práctica. Hacerlo a trescientos kilómetros de la ciu-dad-que-nun-ca-fue-mi-ciu-dad, también. Papá estaba cómodo teniéndome lejos, yo estaba cómoda viviendo lejos. Comprendí que lejos es mi lugar en el mundo, buscar la verdad, mi objetivo. La verdad absoluta, digo, por eso elegí estudiar Filosofía. Por eso y por lo de tomar el testigo de David.

Nadie había vuelto a acusarme de embustera. Si encontraba la Verdad y la secuestraba, ya nadie podría hacerlo. Nadie.

El colegio mayor no estaba mal, pero implicaba convivir. Convivir, como escuchar, son actividades para las que nunca he estado bien dotada.

No recuerdo el nombre de mi compañera de habitación. Creo que nunca lo supe. No era como Sonia. La nueva exigía limpieza y orden, exigía comunicación y camaradería, exigía complicidad. Exigía.

Con el fin de perder de vista a la exigente, empecé a trabajar en una librería especializada en literatura negra y de misterio, Tres Ratones Ciegos, que debía su nombre a la famosa novela de Agatha Christie. La regentaban tres hermanos. Ninguno era ciego. Los tres me gustaban. Romualdo, el que más: tenía ochenta y tres años y se pasaba las horas en el cuarto de las maravillas, donde se guardaban cientos de libros firmados por sus autores.

La librería tenía una pared de la fama empapelada con fotografías de los tres hermanos, posando con Patricia Highsmith, Chandler,

Mankell o Donna Leon, entre otros. Estaba presidida por una instantánea en la que un joven Romualdo miraba embelesado a Agatha Christie, mientras ella firmaba una primera edición de *Diez negritos*. El cuarto de las maravillas había sido construido por los tres ratones, libro a libro, en el salón de baile de una casa indiana. Me encantaba aquella librería y, para mí, ni siquiera El Ateneo porteño, donde firmaría ejemplares en un par de ocasiones, la superaría en belleza.

Romualdo era el mejor conversador que he conocido nunca y el que menos ejercía el arte de conversar. Limitaba sus relaciones a personas que lo estimulaban a nivel intelectual; por ese motivo, apenas salía del cuarto de las maravillas. Fue él quien me contrató.

Cada miércoles, después de cerrar, cenábamos juntos en la Madriguera. Llamábamos así al desván que había sobre la librería. Era mayor que mi actual apartamento y estaba acondicionado como vivienda. Romualdo había vivido allí los primeros años de su aventura librera. Cada semana, durante los dos ciclos de mi licenciatura, la Madriguera fue testigo de nuestras charlas.

Romualdo, que era el mayor de los tres ratones y no era ciego, pero parecía mudo, porque solo hablaba cuando tenía algo que decir, me hizo su confidente. Me habló de Mary McCarthy, que fue el amor de su vida. Mary, a la que conoció en Nueva York, cuando los ratones vivían al otro lado del charco. Mary, que se casó cuatro veces y ninguna con él. Mary, que fue novelista, trotskista, antileninista y muchos «istas» que la hacían extraordinaria. Mary, que era y siempre sería, pero ya no estaba.

Correspondí a la confidencia de Romualdo. No soy muy de corresponder, no soy muy de intercambios. No. No lo he vuelto a hacer, porque Romualdo, que no era ciego, pero parecía mudo y solo hablaba cuando tenía algo que decir, es, pero ya no está. Como Mary, como mi madre, como Carlos.

Compartí mis fantasmas con él. Le hablé del Epicuro truncado y de la oscuridad, de las sesiones de terapia y de las botas rojas; del «ojalá» que me separaba de mi padre y de Sandokán; de las moscas y los gusanos. De las cuencas vacías. De.

El colegio mayor era caro. Alquilar un apartamento cerca del campus, aún más.

Mi padre pagaba con dificultad el peaje por tenerme lejos. Desde el accidente, no se concentraba del mismo modo. Su rendimiento laboral se había reducido hasta ser casi inexistente. Sus primas de productividad desaparecieron, me lo contaron las tías. Se preocupaban por él. De no ser por lo de la pierna, lo habrían echado del banco, pero supongo que no estaba bien visto dejar sin trabajo a un viudo cojo. Eso le salvó. No sé muy bien de qué, porque ya no encontraba estimulante su trabajo. A decir verdad, no lo estimulaba nada que no fuera buscar la prótesis perfecta y recordar a mi madre. Lloraba su ausencia. La de mi madre, digo. La de la pierna era una ausencia parcial, solo de rodilla para abajo. Como la mía, que solo estaba lejos. Estaba sin estar.

No sé si papá se sintió liberado cuando lo llamé para contarle que me mudaba. No necesitaba que me ingresara más dinero. Sí, me las arreglaría. No, mi nuevo alojamiento no estaba dentro del campus. Sí, estaba cerca del metro. Claro, lo llamaría si necesitaba algo. Colgué el teléfono, satisfecha de contribuir al incremento del presupuesto de mi padre para la prótesis perfecta.

Me mudé a la Madriguera el 22 de diciembre de 1995. Era viernes. No me despedí. La exigente se había ido a pasar las vacaciones de Navidad con su familia. Yo, no.

Las tías me enviaron una cesta con turrón, bombones, polvorones y dos botellas de cava. Y kétchup y pipas Churruca y un ejemplar de *La piel del tambor*. Papá me llamó a la librería. Me felicitó. Lo felicité. Recordamos la anécdota de la salsa holandesa («ojalá hubieras sido tú, en lugar de ella»). Ocurrió una Nochevieja en la que mi madre metió en el frigorífico la salsa para el salmón y las natillas del postre en dos recipientes muy similares; yo era muy pequeña, me había empeñado en ayudar a poner la mesa y me pareció buena idea acompañar el salmón de mi postre favorito. En aquella ocasión, me encantó el resultado (asqueroso), y a día de hoy sigo desafiando los convencionalismos culinarios. Salí ganando con el error.

Imaginé a mi padre, al otro lado de la línea. «Ojalá». Hablamos durante casi cinco minutos. Cenaría con Marta y María, en Nochebuena. El banco bien, como siempre, ya sabes. «Ojalá».

En Tres Ratones Ciegos estábamos vendiendo ejemplares del último libro de Pérez-Reverte como churros. Ninguno era como el de mi cesta. Desde que cumplí los ocho años, Marta me regala, cada mes, un libro y su lectura. La suya. Esto quiere decir que compra un libro y lo lee y mete cosas dentro y escribe notas y hace dibujos y me lo regala. Y hoy tengo mi propio cuarto de las maravillas con todas nuestras lecturas. Las de tía Marta y las mías, digo. Leo nuestros libros y anoto sobre sus notas y coloreo sus dibujos y hago otros nuevos.

Recordaba las navidades de 1984 como las mejores de mi vida, porque mamá estaba viva e inventó el salmón con natillas. Después de esas, elijo las de 1995. Elijo. Fueron las primeras navidades que pasé en la Madriguera. La seguirían cuatro más. Cuatro años de buscar una verdad que no se dejó atrapar. Cuatro años de establecer y discutir teorías; con Romualdo en la Madriguera, con mis compañeros, bajo las sábanas. Cuatro años de escribir como negra de madrugada. Cuatro años de clasificar libros por las tardes. Cuatro años, hasta firmar mi primera novela y enviarla a un concurso que no estaba destinada a ganar y sin embargo gané. Cuatro años. Con Borges y Highsmith, con Chandler y Mankell, con Gabo y Donna Leon, con Cortázar y tía Agatha. Con Saramago. Y con Sandokán. Con. Sandokán siempre está. Es y está.

XXIX

Minerva es clara y concisa. Y gráfica, por si fuera cierto eso de que vale más una imagen que mil palabras. Hace una exposición de diez minutos.

Para ilustrar la tapadera de Miller en la isla, usa la fotografía en la que el supuesto escultor besa a Aina. Lee, en voz alta, la noticia de la prensa colombiana. Gabi y Chamorro escuchan, ensimismados, la crónica de una desaparición, la del que allí conocen como Pato Lucas. Mine termina con la imagen en la que Lennon («quién es Lennon») posa frente a la narco-avioneta con el jefe del cartel de los Saltacharcos. Un golpe de efecto de quien sabe manejar el suspense. Amor, armas, coca y tipos peligrosos. Es el cóctel perfecto. Chamorro no reacciona. Gabi está lívido.

Si el silencio pesara, Greenway House habría quedado sepultada durante un instante. Quizá no llegara a medio («lo que duran dos peces de hielo en un güisqui *on the rocks*»). Después de la calma, un guirigay.

Chamorro reacciona y quiere llevar la voz cantante. Se dirige a mí. Gabi pregunta. Chamorro responde no se sabe a qué, porque la pregunta de Gabi ha quedado silenciada por un «¡no-me-lla-mes-ca-ri-ño-pin-ta-mo-nas!». Minerva pone fin al caos, golpeando la superficie de la isleta con un cascanueces de madera.

—¡Lo de la tormenta de ideas fue idea tuya!

—Esto no es una tormenta, querida, es un tsunami.

—A ver —Gabi necesita poner en orden su cabeza—, que yo me

entere: el tipo al que Andrea llama Lennon trabaja para el cártel colombiano del que habla todo el mundo desde hace meses. El mismo que puso la novela de Manzano en el número uno en ventas.

—Y cuyo jefe está a la espera de juicio —añade Chamorro.

—Eso es, queridos. Y no es un cártel cualquiera, es EL cártel. La DEA primero, la Europol después y ahora la Interpol, llevan décadas intentando desarticular la organización.

—Y el principal testigo, cuya declaración habría sido clave para encerrarlo, era Jacob Miller.

—Exacto. —Mine le contesta y abre otra botella de vino. Menos mal que no va a pilotar ella—. Jacob se escondía en esta isla, en Playa Brava, bajo la identidad del escultor inglés que todos conocían como Walter.

—Además —añado—, le había robado un buen pellizco al cártel.

—Y le dio una alegría al cuerpo, con la señora de esta casa —interviene Chamorro—, antes de acabar sobre el muelle de Santa Lucía, en el interior de una bolsa de plástico, como si fuera un chorizo. Mañana es probable que viajemos con un fiambre.

—Ahora entiendo todo el despliegue policial —Gabi sigue pálido— y la presencia de la Interpol.

—La Interpol, eso sí es jodido. —Chamorro me guiña un ojo y se saca tres bolsas de pipas del bolsillo. Churruca—. Espero que no me detengan por esto.

Nos sentamos a la mesa. Hay ensalada de ahumados, embutidos y pan tostado. Mientras se calienta el salmón, Mine enciende un porro. Lo comparte con el pintamonas. Yo como pipas.

Gabi apenas prueba bocado. No le sale la voz del cuerpo. Susurra. Habla de Catafanta. Se siente culpable. Gabi y la culpa. Un clásico. Debería haberla buscado, debería haberla sacado de la pizzería, aquella noche, debería haberla perdonado. Debería. Pero ahora está muerta y ya no puede perdonarla, ni protegerla, ni aconsejarla. Ni.

Nos cuenta que Olga enseñó a la policía las fotos del magreo con Miller. Lo sabemos. En cuanto Betancor reconoció al contable del cártel, avisó a la Interpol.

269

Ninguno mencionamos que Lennon sigue suelto. Todos lo pensamos. Menos Gabi. Gabi piensa en otra persona, que se vestía como Audrey y tenía nombre de refresco. Una chica a la que arruinó un precioso vestido de gasa azul con un sobre de aceite para ensalada. Cierra los ojos, como haciendo memoria. Se queda así, con ellos cerrados, mirando hacia dentro. No hay tiempo para redimirse. Bucear en la memoria es una práctica peligrosa. Quiero advertírselo. Pero es demasiado tarde. Gabi y la culpa.

Minerva resume su investigación. Les habla de las pizarras sobre la puerta de la nevera. Les cuenta que fueron sospechosos. Chamorro recuerda el episodio del cuchillo jamonero y ríe. Dice que siempre sospechó de Lennon, y que pensó que había asesinado a Catalina. Gabi sigue cabizbajo.

Hablan de Miller. Creen que habría hecho cualquier cosa con tal de no ser descubierto. El miedo nos hace peligrosos. Escucho. Recuerdo la mirada de Miller en el vestíbulo sueco. Miedo. Lo leí en sus ojos. *«Police,* policía». Me formé una opinión entonces y la sostengo ahora, pero callo. Elijo callar. Elijo.

Son las cinco y diez. Sobre la mesa, una fuente con restos de ensalada, cuatro platos —tres vacíos y el de Gabi, con un lomo de salmón diseccionado—, cuatro copas, un cenicero y dos colillas.

Afuera, en la calle, un rugido. No tarda en hacerse más claro. Son las hélices de un helicóptero. Se acerca. El transporte de Minerva ha llegado. Se tiene que ir. Me mira.

—Me llevo el libro, querida.

—Llévatelo todo.

—No. —Sonríe, pero esta vez es una sonrisa triste—. La fotografía se la dejamos a Aina. Los periódicos también. Debe comprender.

—Vale.

Salimos a despedirnos de Minerva. Chamorro lleva su equipaje. Las hélices del helicóptero no se paran. El piloto hace señales a Günter, que se baja del helicóptero («había olvidado lo bueno que está»).

Vuelvo a evocar la caricia de la brisa en mi entrepierna. Dice que no pueden demorarse. Es tarde. No pueden volar sin luz. Lleva una cesta en la mano. Me la da.

—¡Andrea, querida! —grita Mine, para que pueda oírla—. ¡Antes de irte, deja esto sobre la isleta de la cocina, al lado de las fotos y los periódicos!

—Claro.

—Hablamos pronto. —Me guiña un ojo. Me abraza. Dejo que lo haga—. Cuida de Gabriel.

El helicóptero se eleva. Chamorro agita la mano, como un niño gordo, subido a un tiovivo. Miro a Gabi. Está verde. Vomita. «Qué asco».

El séquito de la Reina ha llamado la atención de un investigador. Deduzco que está buscando a Lennon. Lleva un chaleco azul marino encima de una camiseta gris. Leo la palabra Interpol rotulada en su espalda. Se acerca, en *quad*. Saluda.

—¿Está bien? —Señala a Gabi.

—No —respondo—, se le ha quedado una espina de culpa alojada en la faringe.

Acordamos que el poli se lleve a Gabi a Santa Lucía. Gabi, que se siente culpable, Gabi que se ha quedado sin aire de tanto bucear en la memoria. Gabi, que no debió cerrar los ojos.

Entramos. Recojo la mesa. Chamorro lía un par de porros. Ha sobrado vino. Sobre la isleta, la cesta para Aina, su fotografía con Miller, los periódicos atrasados, dos copas, media botella de vino y tres bolsas de pipas. Churruca.

Nos sentamos uno enfrente del otro. Cada uno, delante de su copa. La botella en el medio. Enfrentados. Es nuestro sitio.

—¿Quieres uno para ti sola, cariño? —Enciende un porro y me lo pasa—. ¿O fumas de este?

—Te la estás jugando, pintamonas.

Me mira. Lo miro. Leo: te echaría un polvo. Contesto: ¿por qué no? Acepto. Doy una calada y me dejo magrear.

Lo hacemos en el sofá. No está mal. Sumo un «bien». Una dosis básica de optimismo para mantener el nivel. Paso de anuncio de compresas a eslogan de condones. Después del polvo, le pido un piti. Debo cumplir las tradiciones. Fumamos.

Chamorro se quiere quedar a dormir. Paso. Lo acompaño hasta la bici. Aprovecho para meter aire y yodo en mis pulmones. Él lleva el cinturón colgando del cuello. Yo estoy en bragas.

—¿Seguro que no prefieres que me quede, cariño?

—No me llames cariño.

—Cómo eres. —Toma la bici de la mano y camina en dirección a Santa Lucía. El pintamonas no sabe andar en bicicleta. «Manda huevos».

XXX

Estoy leyendo con Charlotte Link. Con. Me interrumpe Glenn Miller en la voz de Paula Kelly.

Why do breezes sigh ev'ry evening whispering your name as they do?
And why have I the feeling stars are on my ceiling?
I know why and so do you.

«¿Por qué las brisas suspiran cada noche, susurrando tu nombre, como lo hacen? ¿Y por qué tengo la sensación de que las estrellas están en mi techo?». Una advertencia a ritmo de *swing*. Sabe por qué, *«I know why»;* y yo también, *«and so do you».* Me acerco al área de comunicaciones y miro la pantalla del teléfono. Es Minerva.

Dejo a Miller con la nota en el trombón. A Jacob, no, a Glenn. Pienso en la muerte del músico. No fue mucho mejor que la del criminal. Según la versión oficial, desapareció en un vuelo que cruzaba el canal de la Mancha, en el cuarenta y cuatro. Hay quien dice que la palmó en un burdel alemán. Cuando los cuerpos faltan, los cotilleos sobran. Los cadáveres son importantes.

Contesto.

—Hola, querida, ¿todo bien?

—Sí.

—¿Te gustaría pasar el fin de semana aquí, conmigo?

—No, ven tú.

273

—Andrea, el martes empiezo la gira de promoción del libro —sé que me va a convencer antes de que termine de hacerlo— y necesito descansar.

—Ya.

—Hice algunas averiguaciones a partir de la antología de Walter («y dale con Walter»). Tienen que ver con la editorial que lo publicó y me gustaría compartirlas contigo.

—Hazlo. —Espero su soliloquio mientras paso el dedo sobre los lomos de mi colección de la generación del 98. Falta una antología. La del benjamín («llamar a Gabi»).

—Querida, por teléfono no. Disfrutemos de la compañía mutua, de mi bodega y de la buena cocina bávara.

—Vale.

—¡Maravilloso! Tienes un billete electrónico en tu correo. —Minerva es una máquina de conspirar—. Sales el viernes, a las nueve y media de la mañana. Günter te estará esperando para acompañarte al helicóptero. Llegaréis justo para comer.

Cuelgo.

Tengo suerte de que mi buzón de correo no esté saturado. Lo estaría de no haberlo abierto para descargar la documentación del Festival Meridiano Cero. Y tendría serios problemas para imprimir el billete que me envía Mine. Ya me había pasado. El sobre azul en la esquina de la pantalla se llenaba de números, los *mails* entraban a lo loco y no me quedaba más remedio que recurrir a Gabi. Gabi, que no es el mismo desde nuestro regreso de la isla. Gabi, que se siente culpable. Gabi y la culpa. Gabi. Lo llamo. Contesta al segundo tono.

—Andrea, ¿qué pasa?

—Nada —contesto, mientras hago una bola con el polvo que se ha quedado atrapado en la punta de mis dedos. Tiene el tamaño de una canica («desempolvar a los poetas españoles»).

—Entonces, ¿solo quieres charlar? No es tu estilo.

—Puedo colgar.

—Nooo, no, perdona. —Se atraganta con su propia saliva. Tose—. Es que… ¿cómo estás?

—Bien.

—Ya. Bueno, si te interesa, yo también.

—No me interesa tanto como la normalización de los caracteres especiales en los teclados o los problemas con la producción de kétchup, pero me alegra que estés bien. Mucho.

—Cuando quieres, eres encantadora, amiga mía.

—Lo sé —contesto—. Oye, Gabi...

—Dime.

—No olvides devolverme la antología de Machado que te presté.

—Claro, Andrea. —Lo oigo suspirar—. No me olvido.

Cuelgo.

Abro el frigo, doy un trago al bote de kétchup y me siento frente al ordenador. Sobre la mesa, el portátil, una bolsa de pipas Churruca, un cartón de *pizza* con tomate reseco en los bordes, tres corazones de manzana —he empezado a comer más fruta— y un montón de prensa.

Tengo intención de revisar el correo, pero me distraigo con los periódicos. Son del último mes y medio. Los he ido amontonando desde que llegué de la isla. Los más antiguos, hablan de la muerte de Catafanta («pobre chica, pobre madre, pobres padres. Pobres») y de la investigación. Se menciona a Miller. Los primeros días, se centraron en la autoría del asesinato de Catalina Sariego Pinzones; «promesa literaria», dicen los periodistas. La niña sin nombre, digo yo. La hermana del niño muerto, que ahora también está muerta. Muer-ta. Pienso en Carlos, en Sandokán, en las cuencas vacías y las botas rojas, botas; en la bota de pescador, sobre el pedrero, detrás del cuerpo de Catafanta. Como pipas de forma compulsiva. Me pican los labios. Respiro. Consigo evitar la oscuridad. Sigo leyendo. Las páginas de los periódicos adquieren un tono rojizo.

A lo largo de los días, las noticias han ido tomando forma de crónica y reportaje. Corren ríos de tinta sobre el cártel de los Saltacharcos, su influencia en Latinoamérica y su expansión en Europa. Hablan de Miller y de Lennon. Lennon se llama Manuel. Se apellida Vázquez. Hablan del contable que murió a manos del sicario. Hablan de

Catalina, que fue un daño colateral, y del jefe del cártel, que no pisará la cárcel. Hablan. Yo pienso. Pienso en que la libertad de un narco cuesta dos muertos. Pienso en que Lennon, que no es guionista y no se llama Lennon, sigue libre. Pienso en la tarde que lo vi meter algo en el bolsillo de Miller. Algo que podía ser una roca. Algo que pudo limpiar, con cuidado de no arrastrar los restos de sangre, de pelos, de hueso, quizá… Algo sobre lo que pudo presionar los dedos de Miller, antes de ocultarlo entre su ropa. Algo.

Glenn Miller me interrumpe de nuevo:

And why have I the feeling stars are on my ceiling?
I know why and so do you.

No me molesto en mirar quién es. Por si fuera él, mi padre.

Discutí con mi padre hace tres días. Por mamá. Fue injusto conmigo. Detesto visitar la ciudad que no es mi ciudad, y aun así lo hice. Conduje hasta allí, estacioné en el centro y busqué la cafetería que le gustaba a mamá, aquella en la que merendaba churros con las tías y sus amigas, cuando yo era pequeña. Ya no estaba. O sí que estaba, pero no era una cafetería, sino un restaurante vegano, con muchas plantas y muchos tiestos y muchas flores. Y. Cuando lo vi, mi idea mejoró. Esto no ocurre a menudo. Lo habitual es que las ideas excelentes se transformen en mediocres cuando se ponen en práctica. Con las cenizas de mamá pasó justo lo contrario. Rodeada de rosas, mimosas y tulipanes, mi idea era aún mejor fuera que dentro de mi cabeza. Me senté en la terraza y pedí una hamburguesa con doble de patatas y triple de kétchup. Me sirvieron un trozo de tofu con patatas y mucha salsa de tomate edulcorada que no sabía a kétchup. La comida era una mierda, pero las flores, bonitas, y las jardineras, perfectas. Pensé que a mamá le gustaría y saqué sus cenizas y las repartí entre las macetas que separaban las mesas de la seis a la doce. Quería mucho a mi madre. Mucho. Por eso conduje hasta la ciudad que no era mi ciudad y busqué su sitio favorito. Pero papá y yo vemos el amor de una forma diferente.

No tendría que habérselo contado. Pero lo hice. Porque antes de regresar a mi ciudad anónima, visité las torres y en las torres estaba papá. Se enfadó tanto («ojalá hubieras sido tú y no ella, ojalá»), que no me enseñó su nueva prótesis ultraligera, que no pesaba y parecía biónica. La vi, porque miré todo el rato al suelo, para no leer a papá. «Ojalá».

Decido olvidarme de la discusión con mi padre y del teléfono. Sigo leyendo.

Las dos últimas semanas, la prensa airea un escándalo relacionado con Cool & Flow Events. El *London Post* levantó la liebre. Lo siguió el *Berlin News.* Después, toda la prensa europea. En Latinoamérica no es noticia. Allí, todo el mundo sabe que una de las empresas de eventos más influyentes y con más actividad en ferias culturales, seminarios y congresos pertenece al cártel.

Miller vuelve a tocar su advertencia, a ritmo de *swing*:

And why have I the feeling stars are on my ceiling?
I know why and so do you.

He terminado la bolsa de pipas, así que voy a por otra y aprovecho para ver quién es. Chamorro. Paso de responder.

Volví a tirarme al pintamonas dos veces. Una y dos. Las dos me trajo pipas. Churruca. Después del último polvo, mientras fumábamos el piti de rigor, hablamos de la empresa tapadera. Él ya se olía algo. Es un habitual de ferias y eventos culturales, porque es donde gana más dinero. A los gafapasta les gustan sus golosinas más que sus tebeos. También son aficionados a la coca. De eso, Chamorro no tiene, pero conoce a los proveedores habituales. Ninguno asoma la nariz si Cool & Flow Events está presente.

Hay un periodista de investigación en Bristol que está tirando de la manta. Le auguro un futuro negro, tras los pasos de Miller. Mientras se lo cargan y no, leo lo que escribe. Su último artículo relaciona a C&FE con la industria armamentística. Supongo que, una vez que abres una vía de tráfico internacional, poco importa que la uses para hacer circular libros, polvos blancos o ametralladoras.

Consulto las llamadas perdidas. La última es de mi padre. Se la devuelvo y hablamos de su nueva prótesis, que es de carbono y parece biónica y cuesta un dineral. Pero, oye, merece la pena («ojalá hubieras sido tú, en lugar de ella. Ojalá»). Para eso está el dinero. La jubilación bien. Me paso de vez en cuando por el banco, a tomar café con Manuel, ya sabes. Cuelgo.

Ya que estoy al lado del área de comunicaciones, llamo al Seis Paisanos para que me traigan una hamburguesa y dos raciones de patatas. Unos tarados que dejaron la mitad de su materia gris en los años de la Movida han montado un local muy cutre cerca de la Estación Central. A modo de sátira, lo bautizaron con una versión castiza del famoso Five Guys estadounidense. Las diferencias entre ambos establecimientos son sutiles. La cadena americana fue portada durante meses en las más prestigiosas publicaciones gastronómicas. La carta del Paisas está en los buzones de todo el barrio.

Mientras espero, me como dos manzanas. Rojas. Estoy empezando a mejorar mi dieta.

XXXI

Son las doce y media. Guardo *El engaño* en la mochila. La acabé de leer en el avión, poco antes de aterrizar. Tengo *La búsqueda* reservada para el vuelo de regreso. Dicen que Charlotte arrasó con su último libro. Me alegro de que sea extranjera. Es una suerte poder leerla sin tener que esperar a que se muera o faltar a mis principios.

Para ser viernes, el aeropuerto está tranquilo. Salgo de la zona de equipajes sin pasar por la cinta. Günter ya ha llegado. Me saluda con la mano.

—Bienvenida, *señorra* Sabugo. —«Señora, tu abuela».

—Günter, carajo, ¡llámame Andrea!

—El piloto nos está esperando, *Andrrea*. —Busca mi maleta con la mirada. Me giro, para que vea la mochila. Se ofrece a llevármela.

—Ni de coña. —Asiente. Me da una bolsa de pipas. Churruca.

—Son *parra* el viaje.

—Tú sí que sabes, Günter.

Llegamos al helipuerto en menos de media hora. Por el camino, lo noto preocupado. No pregunto. Rara vez lo hago.

Poco después de las dos, estamos en Refugio del Norte. Minerva nos espera, recostada en el sofá. Ojea el libro de Moore. El libro que Miller se dejó en el estudio de Aina. Ese libro.

279

—Querida, ¡qué alegría poder disfrutar de nuevo de tu compañía! —Se acerca. Me planta dos besos en la cara. Ríe. Sabe que no me gusta que me besen.

—Así que estoy aquí por culpa de este. —Señalo el libro.

—No exactamente. —Lo deja sobre el sofá—. Ahora vamos a comer. Toda conversación gana cuando nos sentamos a una buena mesa.

Günter ha cocinado un jabalí delicioso, que acompañamos de puré de patata y cebolla asada. En mi plato, tras un montoncito de puré gratinado, me encuentro una ración generosa de kétchup. Miro al buen doctor. Me guiña un ojo.

—Günter, querido, Andrea nunca aprenderá a valorar un buen plato si no me ayudas a educar ese maltratado paladar suyo.

—Es demasiado *tarrde* para *Andrrea*, me temo —contesta y da un sorbo a la copa del tempranillo que Minerva ha escogido para la ocasión.

—¿Soy yo o me estás llamando vieja? —Mi interlocutor ríe. No me hace ni puta gracia.

Mine me pregunta por Gabi. Se alegra de que lo haya telefoneado esta semana. Me anima a que lo haga más a menudo. Está rara. La miro a los ojos. Leo. Me quiere decir algo. No lo hace.

Günter se levanta de la mesa. No se comerá el postre, pero alaba la receta centenaria de su abuela. Nos invita a disfrutarla sin él. Debe bajar a la ciudad, a por algunas cosas. Pasará allí la noche. Volverá mañana. Mine promete llamarlo si hubiera alguna urgencia (¿alguna urgencia?). Continúa preocupado. Lo leo.

Minerva se acerca a la cocina. Va a servir el postre. Aprovecho para visitar el baño. Me gusta mear en el Refugio del Norte, porque se puede ver el valle desde la taza. Meo y me pregunto qué urgencia puede surgir. Me deleito con el paisaje. Me cruzo con el bávaro, que habla con alguien por el móvil. Tiene una carpeta en la mano. De reojo, veo un membrete. Me llama la atención, por lo rococó de la tipografía impresa sobre él. Leo. Es de una clínica oncológica, en Canadá. No me jodas. Disimulo. Günter sonríe. De nuevo, no me hace ni puta gracia.

El postre está delicioso. Mine lo llama *kaiserschmarrn*. Consiste en unos bollos muy suaves acompañados de compota de manzana templada. Al parecer, hay muchas recetas, pero la que Günter ha heredado de su abuela es la auténtica. Minerva se extiende más de lo necesario con la elaboración de los *kaiserschmarrn*. Estoy impaciente por que vaya al grano. Dudo que me haya hecho venir para hablar de gastronomía bávara. No me jodas, Mine, no me jodas. Tú, no.

Al fin se decide. Prepara una cafetera. Nos sentamos en el sofá. No soy muy de preocuparme, pero lo hago. Me preocupo. Sin embargo, la Reina no va a darme motivos. Hoy, no.

Sobre la mesa, café Blue Mountain recién hecho, una jarra de leche, dos tazas, un plato con pastas de mantequilla, dos porros y el libro. De pronto, encuentro explicación a la afición de Mine por la marihuana. Una explicación más terapéutica que lúdica. «Tú no, Mine; tú no».

A nuestro lado, en la chimenea, el fuego crepita. Huele a leña. A través de la cristalera, vemos el valle, a nuestros pies. Está cubierto por un manto de nieve. Cada unos pocos metros, asoma una calva verde. Frente a nosotras, a lo lejos, el monte Cervino. Níveo, lejano y al alcance de los dedos, a la vez. Es imposible no asociar la pirámide de piedra a una de mis chocolatinas preferidas. Mato por un Toblerone.

—Y bien, querida —enciende un porro—, es el momento de atar cabos.

—Vale. —Doy un sorbo al café jamaicano. ¡Cómo lo echaba de menos!

—Dime, ¿qué sabes sobre el consumo de drogas en la Primera y Segunda Guerra Mundial?

—No mucho. Supongo que un chaval recién destetado necesitaría algo más que un fusil para reunir el coraje necesario y ponerse a luchar.

—Exacto. De ahí que el alcohol, la morfina y la cocaína fueran tan necesarios como la pólvora.

—No me digas que el cártel ya operaba entonces en Europa.

—No exactamente, pero casi. —Da un sorbo al café, una calada al porro y acaricia el libro con la yema de los dedos.

Me cuenta la historia de un poeta. Un poeta que se hizo impresor para publicar su propia obra. Un impresor que, en los años treinta, se convirtió en editor. Un editor que renunció a las musas para hacerse narcotraficante. Pura poesía.

Verse Editions nació como una editorial modesta, especializada en poesía. Fue una empresa familiar desde su fundación, en 1936. Su sede estuvo siempre en Londres. Jacob N. Miller, abuelo del Jacob Miller que las dos conocemos, es el poeta del cuento y el fundador de la editorial. La misma que, en 1944, publicaría el libro que tenemos frente a nosotras. Empezó sin apenas capital. Nadie se explicó cómo, en 1945, dejó el East End para mudarse al centro de la ciudad. Tuvo un hijo, que estudió en las mejores escuelas, y una hija, que contrajo matrimonio con un miembro de la Cámara de los Lores.

Lo que me cuenta Minerva no me aporta nada. No soy amiga de cotilleos ni me importa la vida de los nadies reales. Los ficticios sí, los nadies de las novelas, me interesan.

Me aburro. Doy una calada al porro, un sorbo al café y recupero la pauta jamaicana que tanto practiqué en la Isla del Meridiano. Ya no escucho. Oigo, pero no escucho.

—Andrea, ¿te aburro? —Da una calada y me devuelve el porro.

—Sí.

—Estoy abreviando, querida.

—Abrevia más. —Calada, sorbo.

—Lo intentaré. Walter, Miller o Pato Lucas, como lo quieras llamar...

—Miller.

—Está bien, querida. Miller heredó una editorial que ya no publicaba libros por convicción, sino como tapadera.

—Imagino que usaba su cadena de distribución para traficar con drogas —resumo.

—Exacto.

—¿Ves?, sintetizar no es tan difícil. —Me alegra no tener que seguir escuchando la historia del inglés—. Supongo que a Miller se le daban mejor los números que la coca y le vendió la empresa al Don colombiano. El mismo Don que ordenó darle matarile.

—Más o menos. Su familia hizo mucho dinero vendiendo drogas al Ejército británico, alemán o norteamericano, que proveían a sus soldados de cocaína para combatir el sueño, estimular su valor y reforzar su resistencia física.

—Había oído hablar de soldados que consumían anfetaminas, pero coca...

—Las anfetaminas llegaron después.

—Y veo que les daba igual vender a un Ejército que a otro.

—El dinero, querida Andrea, es el único dios que todas las culturas adoran por igual.

—Ya.

Minerva termina la historia. Tras la muerte del fundador de Verse Editions —«*and drugs*», añadiría yo— y de que su hijo se negara a seguir con el negocio, el Jacob Miller que conocemos hoy heredó la empresa de su abuelo. No tardó en contactar con él don Armando Giraldo. El jefe del cártel de los Saltacharcos se ofreció a comprar la editorial. Dudo mucho que al narco le interesase la poesía; lo interesante de Verse Editions era que contaba con distribución propia. De hecho, ofrecía servicio de distribución a otras editoriales, a fin de mantener la credibilidad. El viejo Miller no tenía un pelo de tonto.

Uno de mis pilotos narrativos se enciende. Parpadea en un córtex profundo, esperando a que me centre y lo atrape. Bip, bip; bip, bip; habla de Millers, músicos, poetas, tesoreros, editores, narcos... Glenn Miller, el músico, desapareció en 1944. Sobrevolaba el canal de la Mancha en un avión militar. El libro que tengo delante se publicó ese mismo año. En aquel momento, el abuelo Miller, el poeta, pasaba drogas. Londres era su centro de operaciones. Para sacar la mercancía del Reino Unido, había que cruzar el canal. ¿Y si el poeta y el músico se hubieran conocido? ¿Y si el estadounidense hubiera hecho de transportista para el inglés? Y si. Los nadies ficticios me interesan. Los *álguienes*, aún más.

—Armando hizo una oferta que Miller no pudo rechazar —aclara Minerva—. Andrea, querida, ¿me sigues?

—Sí. —Grabo mis ideas en el plano consciente a fin de inventarme una verdad nueva sobre los Millers. Hoy se acaba la lectura de duelo. Empiezo a escribir.

—Lo que quiero decir, y ya termino —a Mine le gusta que la escuchen. Yo solo la oigo—, es que Jacob hacía algunas gestiones a este lado del charco y llevaba las cuentas, lo que le permitió desviar unos cuantos millones de dólares del cártel, que no le dio tiempo a disfrutar. A partir de ahí, ya conoces la historia.

—¿Cómo acabó Miller en la Isla del Meridiano?

—La Interpol lo localizó y le propuso declarar en contra de Armando Giraldo. La alternativa era una muerte segura, por lo que no dudó. A esos hombres no se les roba sin pagar las consecuencias.

—Era un testigo protegido, pero iba a tener que pagar por unos cuantos delitos.

—Eso es. Creyó haber encontrado el lugar perfecto para librarse de la Interpol y del cártel al mismo tiempo.

—Solo era cuestión de tiempo que al cártel también le llegase el chivatazo de que estaba en la isla… y organizaron el festival.

—Esa es mi teoría, querida. Imagina la relevancia de la información que manejaba Miller para organizar todo un festival literario con el único objeto de localizarlo y hacerlo desaparecer.

—Tiene sentido.

—Más, después de leer todo lo que se ha publicado sobre Cool & Flow Events. La empresa que organizó la feria es una de las que el cártel usa para blanquear capital, así mataban dos pájaros de un tiro… Vaya, qué expresión más desafortunada.

—Evacuar la isla y controlar las comunicaciones fue una jugada maestra.

—Y enviaron a un sicario. —Toma un sorbo de café—. Lennon. Manuel Vázquez, que sigue en busca y captura.

—Un sicario que se hizo pasar por parte de la organización. Todo encaja.

—Todo, no. —Enciende el último porro. Me mira—. Es absurdo que Walter o Lennon se arriesgaran a ser descubiertos. Ambos eran profesionales. No me cuadra que mataran a Catalina.

—Ya.

Nos quedamos en silencio. Sin embargo, el rostro de Minerva habla. Lo sabe.

Son las siete de la tarde. Sobre la mesa, dos copas, una botella de vino, tres paquetes de pipas, un cenicero, cuatro colillas, tres porros y un par de blísteres. Faltan tres pastillas; verde-verde-azul. Al otro lado de la cristalera, la luz de la luna se refleja sobre la nieve. Al fondo, el Cervino.

12

El verano de 1992 prometía ser uno de los mejores de toda mi vida. Lástima que las promesas solo sean eso, promesas.

Desde que a Carlos se le llenó la boca de moscas, los veranos ya no parecían veranos. Ya no había pantorrillas arañadas. Le había quitado la bocina y los adornos de colores a mi bici. A decir verdad, ya nunca usaba mi bicicleta verde. No me había vuelto a bañar en el río. No había vuelto a nuestro refugio. No había vuelto. Volver implica repetir. El regreso solo tiene sentido si existe una constante. Carlos era la mía. Y ya no estaba.

Cuando tía María nos dijo que Marta y ella compartirían ese año el apartamento de la playa con nosotros, casi volví a oler a verano. Casi.

Tía Marta prometió llevarme un extra de lecturas, y tener a María a mi lado garantizaba barra libre de kétchup y todo el pollo frito que pudiera comer en el chiringuito de la playa. Nada podía salir mal. O eso creía yo. Nunca llegamos al apartamento de la costa.

Ocurrió de camino. Las tías llegarían al día siguiente, porque Marta trabajaba el sábado. Faltaban pocos kilómetros para cruzar las cabinas del primer peaje.

Al ver a papá abonar la cantidad correspondiente, recordé los derechos de pontazgo que se pagaban en la Edad Media. Nos lo había explicado la profesora de Historia, que se peinaba con un moño horroroso y nunca me llamaba por mi nombre. Me pregunté qué vendería yo al otro lado del puente. Me gustaban los juegos que empezaban con una historia. Sería juglar, así que mi mercancía sería, precisamente, historias.

En 1992, no sabía que el tributo que debería pagar por cruzar el puente una sola vez no rentabilizaría toda una vida de narraciones. En 1992, sabía mucho de nada y poco de todo lo demás.

Quise que mis padres participaran en el juego. No sé por qué lo hice. Quizá porque me mareaba leyendo y no quería dormirme. Quizá porque me sentía rara y cansada, sin fuerzas para espantar moscas y pisar gusanos. Quizá porque necesitaba entretenerme, para no cerrar los ojos y sumergirme en la oscuridad. Quizá.

Cedí el primer turno a papá. Dijo que sería él quien recaudara los derechos de pontazgo, porque para algo trabajaba en un banco. Fue ingenioso. Me reí. Él también. Fue la última vez que lo hizo.

Mamá contestó que le guiñaría un ojo a papá para que la dejara cruzar al otro lado. Yo sabía que eso era poco probable. Estábamos jugando a las hipótesis y dar una respuesta poco convincente era hacer trampa. Como directora del juego, opté por darle a mamá otra oportunidad y se lo expliqué. Le dije que siempre acusaba a papá de no fijarse en ella. La había oído hablar de eso con las tías, con las vecinas y con cualquiera que quisiera escucharla. Si papá no se fijaba en ella ahora, tampoco lo haría en la Edad Media. Si no la miraba, no podría ver que le guiñaba un ojo y no le perdonaría el tributo. Me pareció evidente. También le dije que si el recaudador de impuestos fuera mi profesor de Física, que siempre le tocaba el culo, la cosa cambiaría. Pero papá había jugado en primer lugar y se había pedido recaudar, así que las reglas eran las que eran y había que jugar con eso. El recaudador no era Roberto, sino papá.

Mamá se rio de mentira, solo con la boca. La vi en el espejo delantero. Sus ojos no reían. Después de la no risa, lo dijo. No debió hacerlo.

—Andrea, cielo, ¿cómo es eso de que Roberto me toca el culo?, no seas embustera.

Em-bus-te-ra. A partir de ahí todo ocurrió muy rápido.

Mi corazón empezó a latir deprisa, muy deprisa pum, pum; pum, pum. Sabía lo que me iba a pasar. Así empezaba todo. Cada vez. Los tambores anunciaban la llegada de la oscuridad. Retumbaron fuerte pum, pum; pum, pum; muy fuerte. Primero, contra mi pecho, luego en mis oídos. Dentro, muy dentro. En un instante, estaban en mi cabeza y todo se volvió rojo. Solo tambores pum, pum. Tambores rojos. Rojo fresa, rojo Kojac, rojo kétchup, rojo sangre. Rojos. Pum, pum; pum, pum.

Creo que grité, pero no estoy segura. Grité que yo no era una embustera y mamá se volvió y me dio un bofetón y yo se lo devolví y papá giró la cabeza y preguntó qué era eso de que Roberto le tocaba el culo y pidió que nos tranquilizáramos las dos y escuché un golpe o quizá no, quizá eso fue luego, y papá giró el volante, con brusquedad, creo, porque todo dio vueltas y yo no sabía qué era arriba y qué era abajo y entonces, silencio. Y. Silencio pesado y denso, que rompió papá, gritando su nombre. El suyo no, el de mamá, porque le había pasado algo horrible, pero eso lo sabría luego.

Nuestras narices se rozaban. Yo lo miraba a él y él me miraba a mí y yo leía: «Ojalá fueras tú y no ella. O-ja-lá». Y ese o-ja-lá nos separó para siempre y aún hoy nos mantiene separados.

Luego llegaron las luces y el hombre del chaleco que no me dejaba mirar y que me hablaba todo el tiempo como si yo fuera tonta y no supiera que a mamá le había pasado al-go-ho-rri-ble y a papá algo menos malo.

Llegó la ambulancia de papá, que iba delante, y la mía, que iba detrás y no hacía tanto ruido como la suya y no tenía tantas luces, pero sí unas puertas de cristal enormes que me dejaban ver la carretera. La carretera. Había hierros y chalecos amarillos y más luces y cosas de color naranja fosforito y una sábana blanca. Y había un botín. Y. Eran los favoritos de mamá. Me pregunté cómo lo habría perdido y si aún tendría puesto el otro, debajo de la sábana blanca, en la carretera. Me dije que quizá, si papá estuviera en aquel puente y ella llevara esos botines, sí se fijaría en ella y la dejaría pasar sin pagar el derecho de pontazgo. Imaginé todo eso sabiendo que era una tontería y que mamá había perdido y yo había ganado, porque en la Edad Media no existía el charol, ni el caucho, ni los tacones de aguja. Lo imaginé sin perder de vista el botín, que se alejaba, haciéndose cada vez más pequeño, hasta convertirse en un punto en la carretera. Un punto rojo, rojo fresa, rojo Kojac, rojo kétchup, rojo sangre. Rojo.

CATALINA

Te obsesionas con encontrarla cuando abandona el barrio. La odias desde hace mucho tiempo. Juras venganza el día que te devuelve a tu hermano para arrebatártelo de nuevo. El día en que las piedras aplastan a las mariposas. Solo disfrutaste la ilusión de saber a Carlos vivo unas horas.

La venganza te mantiene viva desde entonces. Piensas en ella cada noche, acompañada del llanto de tu madre. No imaginas canción de cuna más triste que aquella. Sus lágrimas inundan tu infancia y ahogan tu juventud.

Seduces a Gabi y a Carmelo por ella. Te acuestas con Fernando por ella. Estás en esta maldita isla por ella. Pero no eres consciente del alto precio que pagarás por acercarte a Andrea Sabugo.

Intentas llegar a ella sin ayuda. Dedicas horas a buscar el modo de hacerle daño. No lo consigues. A la niña que conociste, solo había algo que la hacía reaccionar. Una palabra, cuatro sílabas, nueve letras. Optas por desacreditarla a través de las redes, como con el gordo. La acusas de recibir un premio comprado. Lo ves como un fraude, una mentira con consecuencias, como la de aquella tarde en el río. No funciona. Su gestora de redes lo maneja bien. Comprendes que, en el mundo literario, todo vale; que premios, ventas, reseñas… son ficción; que, en la ficción, la mentira pierde su nombre; que Andrea ha encontrado su lugar. No sabe que la acusaste. Vive ajena a las redes, vive ajena a todo. Para ella, eres invisible. Alas de mariposa, batiendo bajo una piedra.

* * *

Te arrebató a Carlos. Tú quieres devolverle el golpe. Por eso te acercas a Gabi. Piensas que ocupa el lugar de tu hermano. Resulta fácil instalar el programa de escucha en su teléfono. Es confiado y bueno. Ella no lo merece, como no merecía a Carlos. Truncas su oportunidad de traducir la novela que lo tiene entusiasmado y esperas, hasta ver la reacción de Andrea.

Eres paciente. Llevas años cultivando esa virtud. Él la llama, destrozado. Se lo cuenta. Crees que lo escucha. Esperas que lo consuele. Cuando Gabriel termina de hablar, ella se queja del buzón de correo electrónico. Está lleno. No consigue desatascarlo. Le pide que vaya. Gabi va.

Te equivocas. Gabriel no importa. Tu hermano tampoco importó. Nadie es importante para Andrea Sabugo. Quieres hacerle daño. Quieres arrebatarle todo lo que tiene, que es nada.

Tu relación con Fernando Carriles te abre puertas. Él conoce a gente poderosa. Tiene contactos y todos están dispuestos a complacerlo. Todos menos Andrea. Andrea no cede ante su agente, ni ante sus amigos ni ante nadie. No tiene perfiles en redes, no reacciona a las críticas, no responde a las provocaciones.

Cultivas tu imagen de frívola. La mentira se combate con mentira. Te acercas a los cuarenta. Pronto perderás la baza de la juventud y no encuentras el modo de cerrar la partida.

Consigues darle a tu blog formato de libro. Convences a Fernando para que te presente a las personas adecuadas. Una tarde en el salón de belleza, una visita a tu lencería favorita y algunas fotografías comprometidas son suficientes para conseguir arrebatarle el Premio Solsticio a Andrea Sabugo. Crees que será la estocada final. Te equivocas de nuevo.

No sabes cómo vengarte, pero no desistes. Esperas tu oportunidad. Quieres estar cerca cuando se presente.

Cuando tu hermano murió, te volviste invisible. Tus profesores te trataban con delicadeza; tus compañeros con displicencia, como si perder un hermano fuera una maldición contagiosa; las vecinas con lástima. Andrea no te trataba. Para ella, no existías. Tampoco ahora. Te imaginabas cubierta por un escudo mágico que repele los afectos.

Hiciste lo posible por que te vieran. Te maquillabas como Claudia Schiffer a los dieciséis, te operaste las tetas a los veinte. No te las pusiste muy grandes, porque Claudia no era pechugona. La supermodelo era tu ídolo desde los ocho años, cuando la viste por primera vez en la tele anunciando tu refresco favorito. Cuando iniciaste tu actividad como bloguera, decidiste copiar el estilo de la Schiffer y escogiste Fanta como sobrenombre. A partir de entonces, el tiempo voló.

Hay algo que no estuviste dispuesta a cambiar. Renunciaste a teñirte el pelo. Conservaste tu melena azabache, porque te recuerda a él. Durante la época más rebelde de tu adolescencia, te encerrabas a beber en el baño. Cuando estabas lo suficientemente borracha, te mirabas al espejo y veías a Carlos, al otro lado. Eras demasiado pequeña cuando murió. Te aterraba olvidar su rostro, su voz, su risa.

Ahora quieres vengarte de Andrea, pero antes, exigirás que te cuente la historia de Sandokán.

No sabes nada de tu hermano, porque él no es lo que tus padres te cuentan o lo poco que tú recuerdas. Comprendes que Andrea te lo robó. Fueron sus botas rojas y su cuento estúpido los que te lo arrebataron. Antes de eso, te conformaste con las migajas. Unos minutos empujando tu columpio en el parque, un cuento rápido antes de dormir o conversaciones compartidas a la hora de cenar. El resto del tiempo era para ella.

Hubo un tiempo en que la admiraste. Seguías a tu hermano y a Andrea como un perrito faldero. Los espiabas siempre que tenías ocasión. Escuchabas las historias de la amiga de Carlos a escondidas. Fuiste la niña más feliz del mundo el día que te llevaron con ellos al bosque. Lo que hizo mágica aquella tarde no fue bañarte en el río. Tampoco *ponerte morada de pipas, que Carlos te pelaba, paciente. La magia de la tarde en el río fue el cuento que se inventó Andrea para vosotros.*

Más adelante, cuando leyeras a los hermanos Grimm o a Hans Christian Andersen, imaginarías a los trovadores tocando la bocina, en lugar del habitual cuerno de hueso o de madera. De Andrea, aprendiste que los mejores trovadores viajan en una bici verde con bocina.

El día después de que Carlos desapareciera, te escapaste. El aire de tu casa se había vuelto pesado. En el parque se respiraba mejor. Tu madre no se había dado cuenta, porque el médico le había dado unas pastillas que la mantenían ajena a todo. Tu padre no estaba en casa.

El parque se había llenado de vecinos y policías. Todos hablaban de Carlos. Lo echabas de menos. No solo porque te invitaba a Fanta de naranja y te pelaba pipas, lo echabas de menos porque te veía. Para tu hermano, nunca fuiste invisible.

Hasta entonces, habías sido la hermana de Carlos. Si él no aparecía, ¿quién serías? Supiste que dejarías de existir. Dejarías de ser. Te dolía la barriga y sentías ganas de llorar.

Desde el columpio, la viste hablar con un policía. Te alegraste de que estuviera allí. Pensaste que, si alguien podía encontrar a Carlos, era ella. La seguiste. Ibas caminando. Andrea iba en bici, pero la viste tomar el camino que llevaba al río. No te perderías. Sabías cómo llegar.

Ya en el bosque, te mantuviste oculta tras un árbol. Podías ver a Andrea, arrodillada en el suelo. Se balanceaba hacia atrás y hacia adelante. Susurraba. Tras ella, había un paquete de pipas arrugado y un tebeo de Sandokán.

La vegetación ocultaba la zona del río, donde tu hermano y ella se bañaban. Aunque no podías verlo, supiste que Carlos estaba allí. Cuando Andrea terminó el baile, que imaginaste parte de alguna historia, la oíste despedirse de él y jurar que guardaría su secreto. Iría a verlo al día siguiente. Comprendiste. Comprendiste que Carlos estaba enfadado con vuestra madre por querer cortarle el pelo. Comprendiste que se había escondido para no ir a la peluquería. Comprendiste que se quedaría allí hasta que su melena azabache dejase de correr peligro y que Andrea era la mejor amiga del mundo, porque sabía guardar secretos y contar cuentos. Te marchaste corriendo, antes de que ella te viera y papá volviera a casa. Ya no te dolía la barriga. Andrea la llenó de mariposas con una mentira. Pero las mentiras son frágiles y aquella no era una excepción.

Recuerdas la noche en que juraste venganza. Tu madre lloró mucho. Tu padre también. Nunca habías visto llorar a tu padre. Te asustaste. Pensaste en Carlos y en lo oscuro que estaría el bosque. Fuiste a la habitación de tus padres y se lo contaste. Que habías seguido a Andrea hasta el bosque y que Carlos solo se había escondido. Hiciste prometer a tu madre que no obligaría a Carlos a cortarse el pelo.

Recuerdas las horas que siguieron a tu confesión como el germen de tu venganza. Tu padre hablando con la policía, tu madre, esperanzada, llorando de alegría y tomándote de la mano. Luego, todo lo demás. El olor a muerte y el grito de tu madre y la sudadera como la de Rambo que llevaba Andrea y las botas rojas. El engaño. La mentira. Carlos tenía que estar bien. Andrea te había hecho creer que estaba en el bosque, escondido, ¿por qué gritaba tu madre, entonces, por qué el policía te quería alejar de allí?

Cuando las mariposas se convirtieron en piedras, gritaste lo primero que te vino a la cabeza. Gritaste «¡embustera!, em-bus-te-ra», porque sabías que era lo único que hacía reaccionar a Andrea, que era indiferente a todo. Lo era entonces y lo es ahora. Andrea, a la que no le importaba lo que dijeran de ella en el barrio o en la escuela. Andrea, para la que solo existía Andrea.

Basta con unos días cerca de ella para comprender que llevas años persiguiendo un fantasma. Esta isla no es para ti. Estas personas no son tus amigos. Ni siquiera tu amante lo es. El festival tampoco; la literatura, aún menos. La primera noche, tonteas con el inglés en la barra de la pizzería. Te lleva a su casa. Está demasiado borracho y se arrepiente en cuanto le abres la bragueta. Te deja allí, sola. No quieres regresar al hotel. Al día siguiente, el gafitas de la organización aparece y te pregunta por Walter. Sospechas que es cosa de Fernando. Conoce a todo el mundo y te quiere controlar, después de tu pequeño desliz en el Refugio del Norte con el guaperas bávaro. No sabes dónde ha ido el escultor.

La sigues vigilando, pero permaneces oculta. No quieres ver a nadie. Te sientes rechazada por todos. Chamorro es un tío asqueroso, un cerdo y un camello, ¿por qué a él le admiten en los círculos literarios y a ti no?, no has tenido reparo en meter cizaña contra su obra en las redes. También se la has jugado a Gabi y a Carmelo. Has hecho sufrir a Olga y a Fernando, ¿para qué? Para nada.

Quieres volver a casa, llamar a Fernando y decirle que se acabó. Planeas cerrar tus perfiles en redes sociales y alejarte de la mentira en la que te has instalado. Este es el mundo de Andrea, no el tuyo. Tomas la decisión de enfrentarte a ella y zanjar el asunto de una vez por todas. Luego, tomarás el primer ferri de regreso a Isla Grande.

Caminas por la playa, hacia el norte. El cielo está despejado. Estrena luna. Poco antes de llegar a Greenway House, escuchas el motor de un quad. Son Minerva y el gordo machista. Poco después llega ella. En bicicleta.

Caminas hacia la puerta principal, decidida a llamar. Tus pies se convierten en piedras, como aquellas que aplastaron las mariposas y plantaron en tu interior la semilla de la venganza. No puedes continuar. Rodeas la casa, hasta el pedrero, con intención de recorrer el arenal de Barlovento, de nuevo, en dirección a Santa Lucía. Andrea te intimida y te odias por ello.

Comprendes que no puedes vivir así, como la eterna inquilina. Instalada en la venganza, en el odio, en la mentira. Puede que ya hayas encontrado lo que buscas. Puede que no la necesites a ella para entender.

Llegas al pedrero. Tomas asiento sobre una roca. No sabes cuánto tiempo pasa. Miras las olas romper. La oyes. Sabes que es ella antes de girarte. Tienes tiempo de ver la bota. Una bota huérfana, sobre las rocas, que sin duda ha pertenecido a un pescador.

—Ho-hola, Andrea.

—Hola.

—¿No te extraña, verme aquí, a estas horas?

—No. —*Te habla como si fuese muy normal conversar a las cuatro de la mañana en una playa inhóspita. No puedes soportar más indiferencia.*

—No tienes ni puta idea de quién soy, ¿verdad?

Quieres que te mire y vea a tu hermano, en tu rostro, a pesar de las lentillas azules; a pesar de las pestañas postizas, del maquillaje. A pesar de todo.

No lo hace. Andrea no te ve. No se digna a mirarte. Has esperado toda tu vida este momento y ni siquiera te responde. Se agacha. Recoge dos piedras del suelo. Juguetea con ellas. Golpea una contra otra. Marca un ritmo constante, que imita el de unas castañuelas. Te da la espalda. Se marcha. Las piedras siguen sonando, una contra otra: tap, tap; tap, tap.

Vuelves a ser invisible. Siempre serás invisible para Andrea Sabugo. Así que haces lo único que puedes hacer. Gritas: «¡EMBUSTERA, EM-BUS-TE-RA!».

Nota sobre la Isla del Meridiano

La isla canaria de El Hierro ha sido conocida tradicionalmente como la Isla del Meridiano o Isla del Meridiano Cero. Se atribuye a Ptolomeo haber situado el meridiano origen en cabo de Orchilla, el actual municipio herreño de El Pinar. Este fue, durante siglos, el extremo occidental del mar. Mar sobre una Tierra que entonces, recordemos, se creía que era plana.

A partir de 1884, la imposición del poderío británico estableció Greenwich como nuevo meridiano origen. Así y todo, hoy en día, la isla de El Hierro sigue mereciendo, para muchos, el nombre de Isla del Meridiano.

No ha sido mi intención, en pleno siglo XXI, la de usurpar el lugar de los científicos griegos. Tampoco he pretendido imitar al Imperio británico e imponer una geografía propia. Si estás leyendo esta nota es porque te has alejado unas millas al sur del Hierro para descubrir la isla de Santa Lucía, conocida en otros tiempos como La Perdida. Si has llegado hasta aquí es porque has participado de esta historia y conocido una Isla del Meridiano diferente, fruto de mi imaginación y de algunas licencias literarias en favor de la narrativa, el buen desarrollo de la trama y, en última instancia, el entretenimiento del lector. Cuentan los herreños más ancianos que antes de que la primera comunidad de pescadores habitara la isla, solo las aves la ocupaban.

Cientos de miles de pinzones azules, que se movían en una sola e inmensa bandada, permanecían a menudo en tierra, tiñendo la isla del color del mar. Tal circunstancia ocultaba la actual Santa Lucía de los ojos de los hombres hasta que los pinzones levantaban el vuelo dejando a la vista dunas y más dunas de arena dorada. Dado que se hacía visible e invisible a su antojo, nadie sabía a ciencia cierta su ubicación. Los cartógrafos dudaban de su existencia, por lo que no figuraba en los mapas. Fue bautizada como La Perdida. Pero esto es solo una leyenda, que pudo haber nacido años atrás, pasando de generación en generación, o de la pluma de alguna escritora en busca del escenario perfecto. Una escritora a la que quizá, quién sabe, tacharán de embustera.

Agradecimientos

El compromiso autoimpuesto de mejorar con cada nuevo trabajo, la dificultad que supuso la pandemia para seguir mi calendario de reuniones documentales y un par de cafés con Esther García Llovet me llevaron a abandonar un proyecto muy avanzado y a escribir esta historia. La narro con una voz muy diferente a la que usé en mis trabajos anteriores. Por este motivo, *Embustera* —así la titulé en un primer momento y así nombré los archivos con los que trabajé hasta su publicación— es un punto de inflexión. Gracias, Esther, por arrancarme los complejos y animarme a experimentar. Tus Converse se quedan, llenas de arena, bajo el paraguas imaginario del meridiano que un día no estuvo allí.

La voz a la que me refiero fue paciente y supo esperar, bajo otras más grandes que ella, a que yo la escuchara y la entendiese como propia. Este hecho, crucial para mí, os lo debo a vosotros, lectores. Con vosotros me comprometí y por vosotros hilvano y deshilvano tramas. Gracias por estar a ese lado de la página.

Pedro Menéndez —el Profe— y Aranzazu Sumalla me han ayudado tanto, durante el proceso de gestación de esta novela, que un simple «gracias» se queda corto. Aranzazu me aconsejó en el tedioso y duro camino de buscarle un hogar a esta nueva criatura, llevándole la contraria a Andrea, en muchas de sus teorías sobre la literatura y la amistad. Suerte que la protagonista de esta historia no me leerá, porque escribo en castellano y, de momento, estoy viva. De hacerlo, no aprobaría mi agradecimiento a un excelente poeta, «pobre loco», diría la narradora de esta historia, y una editora y escritora de talento probado y pluma *gayaspera*.

No tengo tinta suficiente para expresar mi gratitud a Juan Laborda, talentoso caballero del siglo XXI, cuyos consejos, apoyo y buenos deseos han sido definitivos en la publicación de este libro. Gracias por acompañarme en la aventura y alentarme en el camino. Andrea nunca te leería, así de bueno eres.

Gracias, Alexis Ravelo, estés donde estés. Gracias por leerme, aconsejarme y aumentar el tamaño de mi montonera de libros pendientes. Tus consejos me han hecho crecer y tu ausencia me enfurece. Mucho. Andrea es porque tú eres, aunque ya no estés.

Todo mi agradecimiento a Elena García-Aranda, mi editora, por llevarle la contraria a la protagonista de esta historia. Los viajes los hace la compañía, y la mía no podría ser mejor. Aprendo con cada *mail,* cada llamada y cada mensaje.

Arturo, mi compañero de vida, es mi primer lector, mi mayor apoyo y el mayor sufridor. Gracias por el tiempo que me dedicas y también por el que te robo. Gracias por el ojo crítico y las ideas brillantes.

A mi familia le debo, en esta ocasión, un agradecimiento muy especial. Ellos me acompañaron, sufrieron y consolaron no solo en el proceso literario, sino en el que viví en paralelo a la creación de esta obra, que fue duro y doloroso, en lo físico y emocional.

María del Mar, Esteban; Almu, Mariajo, Jesu, Lucy, sois familia. Gracias.

Mi padre y mi hermano fueron dos de los lectores elegidos para sumergirse en *Muerte en el meridiano,* en pelota picada, sin saber dónde se metían. También Almudena, mi querida librera con nombre de cuento y parte de mi familia castellana. Gracias por saltar y compartir conmigo vuestras impresiones. Suman.

Gracias, Rafa Gutiérrez, por los abrazos, los cafés y la eterna sonrisa. Gracias por leerme, acompañarme, aconsejarme y estar. Sin ti, este viaje no sería lo mismo. Gracias.

Gracias, Enrique López, alma de librería Roy, por leerme, apoyarme y ayudarme en el tortuoso camino de vender historias. Ahora, te llegó el momento de disfrutarlas.

Gracias, gremio de teñidores de rojo, por el combustible y la energía violeta.

Gracias, Luisa, por seguir al pie del cañón y servirme de enlace con la Unidad Técnica de la Policía Judicial de la Guardia Civil.

Toda mi gratitud al capitán Daniel Arranz Barderas, que, desde el Departamento de Análisis Criminal, me ha ayudado a dar credibilidad a la actuación policial en la isla de Santa Lucía.

Gracias, Nira y Max, por ayudarme con la lengua germana y sus expresiones más habituales, dotando al bueno de Gabi de una solvencia que, sin vuestra ayuda, no habría sido posible.

Gracias, Agatha, por ese verano, a mediados de los ochenta, que llegaste para sustituir a los Hollister. Gracias por Poirot y Miss Marple.